윌리엄 셰익스피어 William Shakespeare

1564년 잉글랜드 스트랫퍼드어폰에이번(Stratford-upon-Avon)에서 비교적 부유한 상인의 아들로 태어났다. 엘리자베스 여왕 치하의 런던에서 극작가로 명성을 떨쳤으며, 1616년 고향에서 사망하기까지 37편의 작품을 발표했다. 그의 희곡들은 현재까지도 가장 많이 공연되고 있는 '세계 문학의 고전'인 동시에 현대성이 풍부한 작품으로, 전 세계 사람들의 마음을 사로잡고 있다. 크게 희극, 비극, 사극, 로맨스로 구분되는 그의 극작품은 인간의 수많은 감정을 총망라할 뿐 아니라, 인류의 역사와 철학까지도 깊이 있게 통찰하고 있다고 평가받는다. 고대 그리스 비극의 전통을 계승하고, 당시의 문화 및 사회상을 반영하면서도, 수백 년이 지난 지금까지 독자들의 공감과 사랑을 받는, 시대를 초월한 천재적인 작품들인 것이다. 그가 다루었던 다양한 주제가 이렇듯 깊은 감동을 이끌어 내는 데에는 그의 시적인 대사도 큰 역할을 한다. 셰익스피어가 남겨 놓은 위대한 유산은 문학뿐 아니라 영화, 연극, 뮤지컬, 오페라와 같은 문화 형식, 나아가 심리학, 철학, 언어학 등 다양한 학문에서도 수없이 발견되고 있다.

옮긴이 최종철

연세대학교 영어영문학과를 졸업하고 연세대학교와 미네소타 대학교에서 문학 석사 학위, 미시건 대학교에서 문학 박사 학위를 받았다. 셰익스피어와 희곡 연구를 바탕으로 다수의 논문을 발표하였으며 현재 연세대학교 영어영문학과의 명예교수이다. 1993년부터 셰익스피어 작품을 운문 형식으로 번역하는 데 매진하여, '셰익스피어 4대 비극'인 『햄릿』, 『오셀로』, 『맥베스』, 『리어 왕』과 『로미오와 줄리엣』, 『한여름 밤의 꿈』, 『베니스의 상인』 등을 번역 출간했다.

셰익스피어 전집 10   소네트·시

셰익스피어 전집 10

소네트·시

윌리엄 셰익스피어
최종철 옮김

민음사

셰익스피어 전집의 운문 번역을 시작하며

　　셰익스피어가 그의 극작품에서 사용하는 언어는 형식상 크게 운문과 산문으로 나뉜다. 산문은 주로 희극적인 분위기나 신분이 낮은 인물들(꼭 그렇지는 않지만), 저급한 내용, 편지나 포고령, 또는 정신 이상 상태 등을 드러낼 때 쓰이고, 운문은 주로 격식을 갖추어 사상과 감정을 표현할 때 쓰인다. 여기에서 운문이라 함은 시 한 줄에 들어가는 음보의 수에 따라 몇 가지 종류가 있지만, 셰익스피어가 주로 사용하는 것은 소위 '약강오보격 무운시'라 불리는 형식이다. 알다시피 영어에는 우리말과 달리 강세가 있으며, 강세를 받지 않는 음절 다음에 바로 강세를 받는 음절이 따라올 때 이 두 음절을 합쳐 '약강 일보'라 말하고, 이런 약강 음절이 시 한 줄에 연속적으로 다섯 번 나타날 때 이를 '약강 오보'라 부른다. 그리고 '무운'이란 각운을 맞추지 않는다는, 즉 연이은 두 시행의 끝에서 같은 음이 되풀이되지 않는다는 뜻이다. 모든 운문 형식 가운데 이 '약강오보격 무운시'가 영어의 자연스러운 리듬에 가장 가까우며 셰익스피어가 그 대표적인 사용자다. 산문은 이러한 규칙을 지키지 않는 대사를 말한다. 두 형식은 시각적으로도 구분되는데, 일정한 음보 수가 넘치면 시 한 줄이 끝나고 다음 줄로 넘어가는 운문과 달리 산문은 좌우 정렬로 인쇄되어 지면을 꽉 채우도록 배열된다. 극작품마다 운문과 산문의 사용 비율은 각기 다르지만 대부분은 운문이 전체 대사의 절반 이상을 차지하고 그 비율이 80퍼센트 이상인 희곡도 총 38편 가운데 22편이나 된다. 예를 들면 우리가 익히 아는 4대 비극의 경우, 운문과 산문 두 형식의 배분율 퍼센트는 『햄릿』이 75, 25, 『오셀로』가 80, 20, 『리어 왕』이 75, 25, 『맥베스』가 95, 5이다.

이렇게 셰익스피어 연극 대사의 대부분을 차지하는 운문을 어떻게 처리하느냐는 그의 극작품을 우리말로 옮길 때 매우 중요한 고려 사항이다. 시 형식으로 쓴 연극 대사를 산문으로 바꿀 경우 시가 가지는 함축성과 상징성 및 긴장감이 현저히 줄어들고, 수많은 비유로 파생되는 상상력의 자극이 둔화되며, 이 모든 시어의 의미와 특성을 보다 더 정확하고 아름답게, 효율적으로 전달하는 도구인 음악성이 거의 사라지기 때문이다. 이 말은 물론 산문 번역으로는 이런 효과를 전혀 낼 수 없다는 뜻은 아니다. 하지만 시와 산문은 그 사용 의도와 용도, 효과가 많이 다르기 때문에 어느 쪽을 택하느냐에 따라 그 결과는 상당히 다르게 나타날 수 있다. 일반적으로 산문 번역은 정확성을 기하는 데는 좋지만, 시적 효과와 긴장감이 떨어지고, 말이 길어지는 경향 때문에 공연 대본으로 쓰일 경우 공연 시간을 필요 이상으로 늘릴 가능성이 있다. 따라서 가장 이상적인 선택은 셰익스피어 극작품의 운문 대사를 시적 효과와 음악성을 살리면서 동시에 정확성도 확보하는 우리말 번역일 것이다.

그렇다면 셰익스피어 연극 대사의 대부분을 차지하는 영어의 '약강오보격 무운시'를 그에 상응하는 우리말 시 형식으로 어떻게 옮겨 올 수 있을까? 두 언어가 여러 가지 면에서 다르기 때문에 영어의 음악과 리듬을 우리말로 꼭 그대로 재생할 수는 없다. 그러나 모든 언어는 나름대로의 소리를 배열하여 고유의 리듬을 만들어 낼 수 있는 기본 능력을 갖추고 있다. 그렇기에 영어 음악성의 100퍼센트 복제가 아니라 그와 유사한 그러나 우리말에 독특한 리듬의 재생을 목표로 한다면 방법이 없는 것도 아니다. 이에 역자는 그 해결책으로 우리말의 자수율을 생각해 보았다. 그리고 영어 원문의 '무운시' 번역에 우리 시의 기본 운율인 삼사조와 그것의 몇 가지 변형을 적용해 보았다. 즉 우리말 대사 한 줄의 자수를 최소 열두 자에서 최대 열여덟 자로 제한하고 그 안에서 적절한 자수율을 찾아보았다. 그 결과 셰익스피어의 '오보'에 해당되는 단어들의 자모 숫자와 우리말 열두 자 내지 열여 자에 들어가는 자모 숫자의 평균치가 거의 비슷하다는 사실을 알게 되었다. 사람이 한 번의 호흡으로 한 줄의 시에서 가장 편하게 전달할 수 있는 음(의미)의 전달 양은 영어와 한국어가 별로 차이가 없다는 사실을 발견한 셈이다. 이는 또한 셰익스피어 극작품의 시행 한 줄 한 줄이 시로서만 가치를 가지는 것이 아니라, 처음부터 배우들이 말하는 연극 대사로서의 기능을 염두에 두고 쓰였다는 사실을 고려해 볼 때 더욱 자연스러운 발견이었다. 이렇게 우리말의 자수율로 영어의 리듬을 대체할 수 있었을 뿐만 아니라 우리말 시 한 줄의 길이 제한 안에서 영어 원문의 뜻 또한 최대한 정확하게, 거의 뒤틀림 없이 담을 수 있었다.

역자는 이 방법을 1993년 『맥베스』 번역(민음사)에 처음 사용하였고 그 후 지금까지 같은 식으로, 그러나 상당한 변화와 개선을 거치면서 『햄릿』, 『오셀로』, 『리어 왕』, 『로미오와 줄리엣』, 『한여름 밤의 꿈』, 그리고 가장 최근에는 『베니스의 상인』 번역(모두 민음사 세계문학전집)에 사용하였다. 이번 셰익스피어 전집도 극작품은 모두 같은 방법으로 번역하였고 앞으로 출간될 나머지 작품들 또한(소네트와 시는 원래 시 형식으로 쓰였기 때문에 말할 것도 없이) 같은 식으로 번역할 것이다.

끝으로 이러한 우리말 운문 대사가 실제로 어떤 효과를 내는지 궁금한 독자들은 해당 부분을 소리 내어 읽어 보면 그 리듬을 쉽게 느낄 수 있을 것이다. 그리고 이 번역과 다른 셰익스피어 번역을 비교해 보면(대부분 산문 또는 시행의 길이 제한을 두지 않는 불

완전한 운문 형식으로 되어 있는데) 그 차이점을 바로 알아차릴 수 있을 것이다.

2016년 봄

최종철

차례

셰익스피어 전집의 운문 번역을 시작하며 — 5

소네트 — 11
비너스와 아도니스 — 177
루크리스의 강간 — 241
불사조와 산비둘기 — 337

작가 연보 — 621

일러두기

1. 번역에 사용한 저본 및 참고본은 각 작품의 「역자 서문」에 밝혀 두었다.

2. 고유 명사의 표기는 국립 국어원의 외래어 표기법을 따르는 것을 원칙으로 하였다. 다만 이미 굳어져 널리 쓰이고 있는 표기 등은 예외를 두었다.

3. 원문에서 의도적으로 어법에 맞지 않게 쓴 표현은 그대로 살려 번역하거나 일부 방언을 사용하였고 각주로 표시하였다.

4. 독자의 편의를 위해 시의 행수를 5행 단위로 표기하였다.

소네트

Sonnets

역자 서문

　영문학이나 영시에 낯선 독자들이 『셰익스피어 소네트』를 읽기 전에 가장 궁금한 것은 아마도 소네트란 말일 것이다. 셰익스피어라는 이름은 그의 극작품을 한 편도 읽지 않았어도 햄릿의 작가로 익히 알고 있을 테니까. 그렇다면 소네트란 무엇인가? 그것은 정형시의 한 형태다. 르네상스 시대 이탈리아에서 생긴 이 시 형식이 유럽을 건너 16세기 엘리자베스 시대 영국에 수입되고 셰익스피어가 자신의 소네트를 완성했을 때까지도 소네트의 세 가지 기본 규칙에는 거의 변화가 없었다. 우선 소네트는 14행이라는 길이, 시 한 행에 들어가는 운율과 음절의 수가 정해져 있으며, 각 행 마지막 단어의 끝소리를 일정한 규칙에 따라 맞추는, 즉 정해진 각운 법칙을 따라야 한다. 그 결과 『셰익스피어 소네트』는 전체 길이가 14행이고, 각 행은 다섯 쌍의 약강 음절로 구성된 약강오보격의 운율을 지키며, 세 개의 4행시로 이어지는 앞 12행은 한 줄씩 건너 각운을 맞추다가(예컨대 abab, cdcd, efef) 마지막 두 줄이 같은 소리를 반복하는(gg) 정형시 형태를 말한다.
　그러나 이는 소네트 원문이 영어일 경우에 해당하며, 그것을 한국어로 번역했을 때는 여러 가지 내용과 형식이 바뀔 수밖에 없다. 우선 전체 길이를 14행으로 제한하는 데에는 아무런 문제가 없다. 한 행에 들어가는 음절의 수를 조정하는 문제도 큰 어려움은 없다. 하지만 운율과 각운을 맞추는 데에는 두 언어의 구조와 음악을 만들어 내는 방식에 커다란 차이가 있기 때문에 영어 소네트의 소리 배열과 그 효과를 우리말로 그대로 재현할 수 없다. 그렇다고 해서 그 일이 불가능한 것은 아니다. 왜냐하면 모든 언어는 소리의 배열을 통하여 뜻을 전달하는 도구로서 나름대로 리듬과 운율을 만들어 내는 고유의 방식이 있기 때문이다. 따라서 영어 소네트 운율의 정확한 복제가 아니라 그와 비슷한 느낌을 전달하는 한국말 고유의 방식을 찾아내는 일이 중요하다. 그래서 역자는 이번 소네트 번역에서도 앞선 극작품 운문 번역에서처럼 우리말의 삼사조와 그 변형으로 영어의 약강오보격 운율을 대체하고, 한 행의 길이를 열여섯 자 내지 열여덟 자로 제한하였으며, 각운은 포기하고 전체 길이는 영어의 14행을 그대로 유지하는 시 형식을 사용하였다.

  그래서 탄생한 것이 셰익스피어의 소네트 가운데서도 유명한 116번 소네트의 다음과 같은 번역이다.

      진정한 두 마음의 결혼에 내가 절대
      장애물을 인정하진 않도록 해 주게.
      사랑이 변화를 찾았을 때 변하거나
      떠나는 사람 따라 떠나면 사랑이 아니네.
      오, 아니네. 그것은 태풍을 보고도 언제나
      절대 아니 흔들리는 붙박이 표식이고,
      떠도는 배 모두에게 높이는 헤아려도
      가치는 알 수 없는 바로 그 별이라네.
      장밋빛 입술과 뺨 시간의 굽은 낫 안으로
      든다 해도, 사랑은 그의 놀림감이 아니네.
      사랑은 짧은 몇 시간과 몇 주에 변치 않고
      최후 심판 끝까지도 견디어 나가니까.
         이것이 오류이고 나에 맞서 입증되면
         난 쓰지 않았고, 인간은 사랑을 안 했다네.

변치 않는 사랑을 노래하는 이 소네트의 첫 4행시 첫머리에서 화자는 시의 핵심 주제를 곧바로 제시한다. 그것은 변하지도 변할 수도 없는 사랑이다. 그런 사랑의 속성을 화자는 두 마음의 결혼을 매개로 보여 주기 시작한다. 여기에서 화자가 두 사람(또는 몸)의 결혼이 아니라 마음의 결혼이라는 표현을 썼을 때 우리는 그 의미를 두 마음의 조화로운, 정신적인 결합이 결혼의 진정한 의미라고 받아들일 수 있다. 그러나 『셰익스피어 소네트』의 전체 맥락에서 보았을 때 화자가 지칭하는 두 마음의 소유자가 모두 남자라면, 즉 화자가 영원한 사랑을 고백하고 최후 심판의 날까지 지속될 결합을 강력하게 원하는 대상이 젊은 청년이라면, 이 표현은 혹시라도 있을지 모르는 동성애의 육체적인 측면을 미리 차단하는 효과를 가질 수 있다.

우리가 이 첫 4행시에서 유의할 사항은 장애물이라는 말이다. 이는 당시 결혼식에서 신부님이 두 남녀의 최종적인 결합을 선포하기 전에 결혼식에 참석한 모든 하객들에게 혹시라도 둘의 결합에 문제가 있다고 생각하는 사람은 지금 그 사유, 즉 장애물을 밝히라고 요구하는 절차를 상기시킨다. 그렇게 함으로써 화자는 다음 두 줄에서 열거하는 변심의 조건들을 더욱 강하게 부정하는 방법으로 둘의 사랑의 불가역성을 강조한다. "변화를 찾았을 때 변하거나 / 떠나는 사람 따라 떠나면"(3~4행) 그런 것은 진정한 사랑이 아니라고.

『셰익스피어 소네트』에서 두 번째 4행시는 보통 첫 4행시에서 제시한 생각을 이어받는 역할, 즉 기승전결에서 승에 해당한다. 116번 소네트도 그 관례를 지켜 앞서 말한 사랑의 불변성을 다른 비유를 가져와 구체화하면서 심화한다. 바로 사랑의 여정을 폭풍우 몰아치는 항해에 빗대는 것이다. 그런데 이 비유의 묘미는 영원한 사랑의 존재를 항해의 지침이 되는 북극성에 빗대는

데 있는 것이 아니라 "높이는 헤아려도 / 가치는 알 수 없는"(7~8행)이라는 표현에 있다. 왜냐하면 사랑은 보이지 않지만 한곳에 늘 있기를 바라는 존재여서 그 높이는 측정 가능해도—우리는 항상 같은 곳을 쳐다보고 축적된 경험에 의하여 그 거리를 추산할 수 있으니까—그 진정한 가치는 그것이 이루어지고 지속되는 과정에서 어려움이 따르지 않으면 알 수 없기 때문이다. 이 사실을 인정함으로써 화자는 둘의 사랑의 여정에 닥칠 모든 고난을 뚫고 나가는 쪽으로 그들의 사랑을 굳히겠다는 결심을 밝힌다. 궁극적으로 사랑의 높이와 가치가 일치하는 지점까지 말이다.

『셰익스피어 소네트』에서 세 번째 4행시는 보통 시상의 전환을 가리키는 '그러나, 하지만, 그런데' 등의 낱말로 시작한다. 그런데 116번의 9행은 그런 말로 시작하지 않는다. 그렇다고 여기에서 아무런 전환도 일어나지 않는 것은 아니다. 왜냐하면 앞선 두 4행시가 제시하고 전개한 혼인 서약 장면과 북극성의 비유에서 사랑은 이제 새로운 국면을 맞이하기 때문이다. 화자는 사랑의 감정뿐만 아니라 모든 사물의 변화를 초래하는 근본 원인인 시간을 등장시킨다. 이렇게 함으로써 화자는 연결과 전환의 두 가지 효과를 낳는다. 즉 그들 둘의 사랑은 앞서 설명한 난관으로는 그 강도와 지속성을 충분히 설명할 수 없기에 이제 모든 파괴의 근원인 시간의 신을 불러와 그가 사랑의 "장밋빛 입술과 뺨"(9행)은 앗아 갈 수 있지만 그 마음만은 결코 "놀림감" 삼을 수 없음을 선언한다. 이로써 소네트는 첫 행에서 말했던 두 마음의 결혼을 재확인하면서 2행 연구의 결론으로 자연스럽게 연결된다.

그래서 화자는 이렇게 시를 마무리 짓는다. 두 마음의 결혼이 시간의 파괴력을 이기고 최후 심판의 그날까지 지속되지 않는다면, 그리하여 자기가 앞서 천명했던 사실들이 "오류이고 나에 맞서 입증되면 / 난 쓰지 않았고, 인간은 사랑을 안 했다네."(13~14행)

라고. 여기에서 우리가 좀 낯설게 여길 수 있는 요소는 바로 작가/화자가 보이는 시에 대한 자부심이다. 어쩌면 터무니없는 자만심으로 비칠 수도 있는 이 자랑은 —"난 쓰지 않았고"—이 『셰익스피어 소네트』 전체와 영문학 그리고 서구 문학의 관점에서 보았을 때 하나의 관행으로 이해할 수 있다. 시와 시인의 진실성, 불멸성, 예언자적인 능력이 그들이 호소하는 뮤즈와 시신들이 불멸이듯 영원할 것이라는 믿음은 그 역사가 오래되었다. 그 믿음의 배경에는 물론 이런 소네트를 지은 시인 셰익스피어 자신의 자부심이 깃들었고, 그것은 셰익스피어의 많은 걸작에서 드러난 수많은 진실을 배경으로 볼 때 결코 허언이 아니다.

소네트 116번이라는 숫자에서 짐작하듯이 1609년에 출간된 시집 『셰익스피어의 소네트들』에는 몇 수 혹은 몇십 수가 아니라 모두 154수의 소네트가 담겨 있다. 그들은 보통 내용을 기준으로 세 부분으로 나뉘는데, 1번에서 126번까지는 대부분 화자가 "그대" 또는 "자네"라고 부르는 한 미남 청년을 노래하고, 127번에서 152번까지는 검은 낯빛의 여인이 등장하여 화자가 사랑하는 젊은이와 얽히는 이야기이며, 마지막 두 소네트 153번과 154번은 큐피드의 사랑의 횃불 때문에 생긴 온천을 다루는 그리스풍의 경구 소네트이다. 그리고 1번에서 126번까지를 좀 더 세분하면 1번부터 17번까지는 화자가 사랑하는 젊은이에게 장가들어 자식 두기를 강력히 권하는 소네트 모음이다.

『셰익스피어 소네트』의 이런 내용은 현재의 시각으로 보았을 때 충분히 다룰 수 있는 주제를 다루는 것처럼 보이지만 당시의 다른 소네트 작가들과 비교해 보면 그 차별점이 확연히 드러난다. 우선 르네상스 시대 이탈리아를 대표하는 페트라르카를 비롯하여 엘리자베스 시대 영국의 다른 모든 연작 소네트가 한 사람을 제외하고는 모두 여성을 연정의 대상으로 삼는 반면, 셰익스피어가 1번부터 126번에서 선택한 대상은 젊은 남성이다. 그리고 두 사람의 사랑은 남녀 간의 애정에 어울리는 온갖 표현을 동원하지만 그 본질은 정신적이고 초월적인 우정이다. 『셰익스피어 소네트』의 두 번째 모음인 소위 "검은 여인 소네트"(127~152번) 또한 당시 다른 시인의 우상과는 모습이 판이하다. 130번 소네트가 노래하듯이 그녀의 "두 눈은 태양과는 전혀 다르고" 그녀의 입술보다 산호가 훨씬 더 붉으며, "머리칼이 끈이면 검은 끈이" 그녀의 머리에 자라기 때문이다. 이들 소네트에 나타나는 사랑은 육체적이고 적나라하며 질투와 시기와 환멸, 거짓과 혐오 등 남녀의 애정 관계에서 볼 수 있는 다양한 감정들이 등장한다.

그런데 『셰익스피어 소네트』에서 우리의 궁금증을 가장 크게 일으키는 인물은 다름 아닌 화자의 애인, 미남 청년이다. 그는 누구인가? 물론 우리는 그를 시인의 상상 속에서만 존재하거나, 실제 인물이라 하더라도 시인과 아무런 관련이 없는 사람으로 생각할 수도 있다. 하지만 소네트가 개인의 감정을 노래하는 특성을 지닌 시 형식이기 때문에, 또 『셰익스피어 소네트』를 출판한 토머스 소프(Thomas Thorpe)가 헌사에서 "뒤따르는 여러 소네트의 유일한 원천"으로 "W. H. 씨"를 언급했기 때문에, 그리고 셰익스피어가 소네트를 썼다고 추정되는 기간에 '젊은이'로 추정할 수 있는 셰익스피어의 후원자 몇 명이 실제로 생존했기 때문에 학자들과 비평가들은 이 인물이 누구인지 밝히는 데 많은 노력을 기울였다. 예컨대 캐서린 덩컨 존스(Katherine Duncan-Jones)는 셰익스피어가 이 아름다운 청년을 소재로 하는 몇몇 소네트를 1591년에서 1595년 사이에 썼다면 그 사람은 사우샘프턴 백작인 헨리 라이어스슬리(Henry Wriothesley)를, 만약 1609년까지 계속 써서 완성하고 그해에 출판한 것이라면 펨브로크 백작인 윌리엄 허버트(William Herbert)를 가리킨다고 추정한다.[1] 그러나 결국 추측일 뿐 이 미남 청년의 정체를 명확하게 밝히는 일은 현재로서는 불가능하다. 127번에서 152번 소네트에 등장하는 "검은 여인"의 실제 인물을 찾는 일 또한 아무런 단서가 없어 더더욱 불가능하다. 그럼에도 이런 노력들이 계속되는 것은 그들의 존재가 『셰익스피어 소네트』에 흥미를 더하고 새로운 해석을 낳을 수 있기 때문이다.

『셰익스피어 소네트』 해석에 따르는 또 하나의 난점은 이 연작 소네트의 배열 순서다. 이는 각각의 소네트를 별개의 시로 받아들일 경우에는 문제가 적어지지만 지금처럼 같은 주제를 다루는 여러 소네트가 몇 개의 묶음으로 연결될 때는 꽤 큰 해석상의 차이를 낳을 수 있기 때문에 중요하다. 이에 관한 주장은 크게 두 가지로 나뉜다. 한편에는 이 소네트 시집을 출판한 토머스 소프의 평판과 좀 이상한 그의 서문 형식과 내용, 전체 내용의 일관성을 문제 삼아 현재의 시집은 작가에게 허락을 받지 않은 채 출판되었고 따라서 그 배열은 작가의 것이 아니라고 주장하는 편집자들이 있다. 다른 편에는 셰익스피어가 시집의 출판을 허락하였고 끝까지 관여하였기 때문에 현재의 배열은 작가 본인의 의사가 반영된 것이라는 편집자들이 있다. 그러나 이 같은 논쟁 역시 정확한 답이 없기 때문에 우리는 현재의 순서로 배열된 소네트(들)에서 최대한의 의미를 찾아내고 감상할 수밖에 없다.

끝으로 이번 번역은 캐서린 덩컨 존스 편집의 아든(The Arden Shakespeare) 제3판 『셰익스피어 소네트(*Shakespeare's Sonnets*)』를 기본으로 하고, 블레이크모어 에번스(G. Blakemore Evans) 편집의

---

[1] *Shakespeare's Sonnets, ed.* Katherine Duncan (London, UK: Bloomsbury, 2013), pp. 68~69.

리버사이드 셰익스피어(*The Riverside Shakespeare*) 판과 조너선 베이트(Jonathan Bate)와 에릭 라스무센(Eric Rasmussen) 편집의 RSC (Royal Shakespeare Company) 판을 참조하였다. 본문의 주에 언급되는 '아든' 또는 '리버사이드'는 이들 판본을 가리킨다.

뒤따르는 여러 소네트의

유일한 원천인

W. H. 씨에게

모든 행복과

영원히 살아 있는

우리의 시인이

약속한

영생을

잘되기를 바라는

이 모험가

출판에 즈음하여

바랍니다.

T. T.[1]

---

[1] T.T. 『셰익스피어 소네트』를 출판한 토머스 소프의 머리글자.

1

가장 고운 생명체가 생산하길 바라는 건
그 장밋빛 아름다움 절대로 죽지 않고
먼저 성숙한 자가 시간 따라 사라지면
여린 후손 그의 기억 간직할 수 있어서네.
하지만 그대는 빛나는 자기 눈과 혼인하여
자신의 생명 불꽃 자신을 태워서 밝히고
풍요로움 있는 곳에 기근을 불러오며
친절한 자신의 천적처럼 너무 잔인하다네.
그대는 지금 이 세상의 싱싱한 장식이고
현란한 봄날의 하나뿐인 전령인데
그 꽃망울 속에다 자신의 행복 묻고,
나이 어린 구두쇠여, 인색해서 낭비하네.
  세상을 동정하게, 아니면 무덤과 둘이서
  세상 몫을 삼키는 대식가가 되게나.

시의 화자가 젊은이에게 독신을 포기하고 결혼하여 자식 낳기를 권하는 일련의 소네트(1~17번) 가운데 첫 번째.

2

동장군이 마흔 번 그대 이마 공격하고
아름다운 그 전장에 깊은 참호 팔 때면
지금 매우 주목받는 그 화려한 청춘의 제복도
값어치 별로 없는 넝마가 될 거라네.
그럴 때 그대의 아름다움 다 어디 있느냐,
활기찬 날들의 보물은 다 어디 있느냔 물음에
푹 꺼진 그대의 눈 안에 있다고 말한다면
다 삼키는 수치이고 헛된 칭찬일 것이네.
만약에 "이 고운 자식이 내 재산을 헤아려
내 노년을 보상해 줄 거요."라고 답하면서
개의 미모 계승된 그대 걸로 입증할 수 있다면
그대의 미모 활용 얼마나 더 큰 칭찬 받을까.
　　　그리되면 늙은 그대 새로 빚어진 것이고
　　　차가운 그대 피가 따뜻함을 알 것이네.

3

거울 속에 보이는 그대의 얼굴에게 말하게,
그 얼굴을 또 하나 만들 때 바로 지금이라고.
그대가 지금 그걸 갱신하지 않는다면
이 세상을 속이고 한 어미의 복을 빼앗노라고.
왜냐하면 숫처녀 자궁 갖고 그대의 쟁기질을
무시할 만큼이나 고운 여자 어딨을까?
아니면 스스로 자기애의 무덤 되어
후손을 끊을 만큼 어리석은 남자는 누굴까?
그대는 어머니의 거울이고 그녀는 그대 통해
전성기의 즐거운 사월을 되불러 본다네.
그대 또한 주름이 잡혀도 노년의 창을 통해
그대의 이 황금기를 그녀처럼 볼 것이네.
      하지만 그대가 기억되지 않으려고 산다면
      혼자 죽게, 그럼 그대 모습도 함께 죽네.

4

절약 않는 미남이여, 그대는 어째서
물려받은 미모를 자신에게 써 버리나?
자연의 유증은 빌려주는 것 말고는 없는데
통이 큰 그녀는 손이 큰 이들에게 빌려줘.
그렇다면 아름다운 구두쇠여, 왜 그대는
주라고 주어진 풍성한 그 선물을 오용하나?
무소득의 수전노여, 왜 그대는 그토록 큰
금액 중의 최고액을 쓰는데도 살 수 없지?
왜냐하면 그대는 자신과만 거래하며
자신의 최고 기쁨 자신 속여 뺏으니까.
그렇다면 자연이 그대에게 가라 할 때
흡족한 결산으로 어떻게, 뭘 남길 수 있나?
  안 쓴 그대 미모는, 썼더라면 살아남아
  그 집행자 될 텐데, 그대 곁에 묻혀야 해.

4행 그녀 자연의 의인화, 즉 자연의 여신을 가리킨다.

5

세월은 부드럽게 작용하며 모든 눈이 머무는
그 사랑스러운 응시의 대상을 만들어 냈지만
바로 그 대상에게 폭군 역을 할 것이고
빼어나게 고운 것을 곱지 않게 만들겠지.
왜냐하면 절대로 쉬지 않는 시간이
여름을 끔찍한 겨울로 이끌어 파괴하면
수액은 서리로 멈추고 무성한 잎 다 지며
미모 위엔 눈 덮이고 사방은 헐벗을 테니까.
그럴 때 여름을 증류하여 유리 벽 속에 갇힌
액상의 수감자를 남겨 두지 않는다면
미모의 결과는 미모와 더불어 사라지며
그것과 그것의 옛 모습도 아니 기억될 테지.
     하지만 증류된 꽃들은 겨울을 맞이해도
     겉모습만 잃을 뿐 그 본질은 늘 향기롭다네.

10행 액상의 수감자 유리병 속에 든, 예컨대 장미 향수와 같은 액체

6

그러니 겨울의 거친 손이 그대 안의 여름을
그대가 증류도 되기 전에 지우지 않게 하게.
한 자궁에 낙을 주고, 미모 보배 썩기 전에
그것으로 어떤 곳을 보배롭게 해 주게.
그러한 대여는 금지된 고리대가 아니고
기꺼이 꿔 주는 이들을 행복하게 만드는데,
그것은 그대가 그대를 또 하나 낳거나,
하나 대신 열이면 열 배 더 행복한 일이지.
열 명의 자식이 그대를 열 배로 재생하면
그대는 지금보다 열 배 더 행복할 것이네.
그러면 그대가 떠난들 죽음이 뭘 어쩌겠나,
후손 속에 살아 있는 그대를 남기는데?
      고집 그만 부리게, 그대는 죽음에 정복당해
      구더기를 상속자 삼기엔 너무 많이 곱다네.

7

저보게, 동쪽에서 자비로운 저 불빛이
타는 머릴 들었을 때 지상의 모든 눈은
그 신성한 폐하를 바라보고 숭배하며
새롭게 나타난 그 장관에 경의를 표하네.
또한 그가 중년의 강건한 청년처럼
가파른 하늘의 언덕을 올라간 뒤에도
인간들은 여전히 그 미모를 경배하고
그의 금빛 순례를 섬기며 따른다네.
하지만 가장 높은 지점에서 지친 마차 이끌고
허약한 노인처럼 한낮 지나 비틀댈 때
그들 눈은 앞서는 고분고분했으나 이제는
그의 낮은 궤도 떠나 딴 곳을 쳐다봐.
  이처럼 그대도 그대의 정오를 넘어가면
  아들 낳지 않는 한 눈길 잃고 죽는다네.

9행 마차 태양신이 하늘을 가로질러 몰고 간다고 여겼던 불 수레.

8

그대가 음악인데, 왜 음악을 슬프게 듣는가?
단맛은 단맛과 안 싸워, 기쁨끼린 기쁘고.
왜 그대는 즐거이 못 받아들이는 걸 좋아해?
아니면 귀찮은 걸 왜 유쾌히 받아들이는가?
잘 조율된 소리들의 진정한 화음이
서로 융합되었음에도 그대 귀에 거슬리면
그것들은 감미롭게 꾸짖을 뿐이라네, 그대는
맡아야 할 역할을 독신으로 망치고 있다고.
현 하나가 어떻게 다른 현의 남편 되어
서로의 순서 따라 각각 퉁겨 주는지 주목하게.
그들은 아비, 자식, 그리고 행복한 어미처럼
모두가 하나로서 즐거운 노래 한 곡 부르네.
    여럿인데 하나같은 그들의 말 없는 노래는
    "독신으론 안 된다."고 그대에게 노래하네.

9

과부 한 명 눈 적시게 할까 봐 두려워서
그대는 독신으로 자신을 소모하고 있는가?
아! 그대가 자손 없이 죽기라도 한다면
이 세상은 짝 잃은 아내처럼 통곡할 것이네.
보통의 과부는 다 자식들의 눈을 통해
남편의 형체를 맘속에 잘 지킬 수 있는데
그대는 그대 모습 남겨 놓지 않았다고
이 세상은 그대의 과부 되어 계속 울 것이네.
헤픈 자가 이 세상 안에서 쓰는 건 무엇이든
자리만 바뀔 뿐 세상은 항상 그걸 즐기지만
미모의 낭비는 이 세상 안에서 끝나는데,
안 쓰고 둔다면 그것의 사용자가 파괴하네.
      그토록 창피한 자해 행위 범하다니
      그 가슴속에는 남에 대한 사랑이 없다네.

5행 보통의 과부 4행과 8행의 "세상"이라는 과부와 대비되는 개인.

10

창피하니 부인하게, 자신을 위해선 그토록
무대책인 그대가 누굴 사랑한다는 걸.
인정하게, 할 테면, 그대는 많은 사랑 받지만
누구도 사랑하지 않는 게 아주 명백하다는 걸.
그대는 살인적인 미움에 몹시도 사로잡혀
아름다운 그 집안의 복구가 그대의
주 소원이 되어야 함에도 그것을 허물려고
자신을 해치는 음모를 주저 않고 있다네.
오, 생각을 바꾸게, 내 마음 바뀔 수 있도록.
미움이 온화한 사랑보다 더 좋은 데 묵어야 해?
그대의 존재처럼 자비롭고 친절하게,
아니면 적어도 자신에게 친절함을 입증하게.
  미모가 자식이나 그대 안에 늘 살아 있도록
  나에 대한 사랑으로 그대를 또 하나 만들게.

11

그대는 빠르게 시드는 만큼이나 빠르게
그대가 남기는 자식 한 명 안에서 자랄 테고,
그대가 젊을 때 내주는 신선한 그 피는
청춘을 마칠 때 그대 것이라고 할 수 있네.
이 속에 지혜와 아름다움, 증식이 있으며,
이 밖엔 어리석음, 노년과 차가운 소멸이네.
모두가 그대처럼 맘먹으면 세대는 멈추고
육십 년에 인류도 사라질 것이라네.
자연이 종을 보존 안 하려고 빚어낸 자들은
거칠고 밉상에다 천한 채, 불모로 사라져라.
그녀는 최고 혜택 준 자에게 더 많이 줬는데,
그 풍성한 선물을 그대는 풍성히 내줘야 해.
  자연이 그대를 그녀의 인장으로 새긴 뜻은
  원본의 소멸이 아니라 더 많은 복사라네.

12

시간을 알리는 종소리를 내가 정말 세면서
멋진 낮이 끔찍한 밤 속에 빠지는 걸 볼 때면,
제비꽃이 한창때를 지나고 검은 곱슬머리가
온통 흰 파뿌리가 되는 것을 볼 때면,
한때는 가축 위에 그늘로 열기를 막아 주던
드높은 나무들이 잎을 다 떨어뜨린 모습과
여름의 푸른 곡식 밀단으로 다 묶여
뻣뻣한 흰 수염이 수레에 실린 걸 볼 때면
난 그대의 미모를 문제 삼게 된다네,
그대도 시간의 황야로 가야 하는 데다가
감미로운 것들과 미모도 저절로 망가지고
딴것이 자라는 걸 보는 만큼 재빨리 죽으며,
    시간이 그대를 앗아 갈 때 그의 낫에 맞서서
    방어할 수 있는 건 자식 말곤 없으니까.

13행 낫 전통적으로 의인화된 시간(또는 죽음)이 들고 있는 도구로서 7~8행의 수확의 심상과 연결된다.

13

오, 자네가 자네 것이었으면! 근데 임아, 자네는
이 땅에 사는 것 외에는 자네 것이 아니네.
자네는 다가오는 이 최후에 대비하여
귀여운 그 생김새를 누구에게 줘야 해.
그래야 자네가 임차해서 가진 그 미모가
소멸되지 않을 테지. 그러면 자네는 사망 후
귀여운 자네의 자식이 귀여운 자네 모습
지니게 됐을 때 다시 자네 자신이 될 것이네.
그 누가 이리도 고운 집을 썩게 할 것인가,
잘 건사한다면 겨울철의 폭풍우와
영원히 차가운 죽음의 메마른 격노에
명예롭게 맞서서 지킬 수 있는데 말이지?
  오, 사랑하는 임이 알 듯, 헤픈 자들밖엔 없지.
  자네 아들 자네처럼 아빠 얘기 하게 해 줘.

1행 자네 지금까지 화자가 쓴 시적인 "그대"보다 좀 더 친숙하고 허물없는 호칭.

14

나는 저 별들에서 점괘를 뽑지는 않지만
점성술은 이해하고 있다고 생각하네,
하지만 역병이나 기근 또는 계절의 특징으로
길흉을 점치려고 하는 건 아니라네.
또한 나는 운세를 시시각각 점치면서
천둥과 비바람을 때맞춰 가리킬 수도 없고
하늘에서 내가 자주 찾아내는 조짐들로
군주들께 만사형통할 건지 말할 수도 없다네.
하지만 난 그대의 두 눈에서 지식을 얻으며
붙박이별들인 그 둘에서 정절과 미모가
더불어 번창할 비결을 읽는다네, 만약에
그대가 자식 두는 쪽으로 바뀐다면 말일세.
   안 그러면 그대에 관한 내 예측은 이렇다네,
   그대의 최후는 정절과 미모의 종말이네.

15

내가 저 자라는 모든 것은 완벽에 이르러
잠시만 그 상태에 머문다는 사실과,
이 거대한 무대 위엔 볼거리만 나타나고
별들이 거기에 미치는 비밀 영향 고려할 때,
또한 내가 인간도 식물처럼 늘어나고
꼭 같은 하늘의 기운 받고 또 기가 꺾이며
청춘의 활력으로 우쭐대다 정점에서 기울어
그 멋진 상태가 망각됨을 감지할 때,
난 만물이 불안정하다는 생각이 들면서
청춘이 극에 달한 자네가 내 눈에 띄는데,
그 시야엔 파괴적인 시간이 쇠락과 다투면서
자네의 젊은 낮을 더러운 밤으로 바꾸려 해.
  또한 자넬 사랑하여 시간과 총력전 펼치며
  그가 자네 앗아 갈 때 난 자넬 새로이 접붙이네.

14행 접붙이네 그대의 존재와 미모를 시(소네트)에 접목한다는 말.

16

그런데 왜 자네는 더 강력한 방법으로
이 피비린 독재자, 시간과 싸우지 않는가?
그래서 불모의 내 시보다 더 복받은 수단으로
쇠락의 시기에 자신을 강화하지 않는가?
지금 자넨 행복한 시간의 정점에 서 있고
아직도 씨 안 뿌린 많은 처녀 정원들이
자네의 그림 속 모조품보다 더 자네 닮은
자네의 생화를 정숙히 바라며 낳고자 해.
그래서 후손이 그 생명을 복원해야 하는데,
그것은 시간의 붓, 또는 내 졸필로는
내적 가치, 외적인 미, 그 어느 면에서도
사람들 눈앞에 살아 있게 만들 수 없다네.
      자신을 내주는 게 자신을 늘 지키는 일이고,
      자네는 자신을 멋지게 그려서 살아야 해.

14행 그래서 그림을 그리듯이 자식이란 형태로 자신을 복사해서.

17

내 운문이 자네의 장점으로 가득한들
다가올 시간에 누가 그걸 믿겠는가?
그건 단지, 맹세코, 무덤처럼 자네의 인생을
감출 뿐 그 자질의 반도 못 보여 주는데.
내가 자네 두 눈의 아름다움 글로 쓰고
신선한 시행으로 그 매력을 다 셀 순 있어도
후세는 그러겠지, "시인 말은 거짓으로
그 천상의 필법은 지상의 얼굴엔 안 맞아."
그래서 내 시집은 (세월로 누레진 채)
진실보다 말이 많은 노인처럼 조롱받고,
자네 몫의 당연한 찬사는 시인의 광기이며
오래된 노래의 억지 장단이라고 하겠지.
    하지만 자네의 자식이 그때 살아 있다면
    자네는 그 애와 내 시에서 거듭 살 것이네.

18

내 어디 그대를 여름날에 견줘 볼까?
그대가 더 아름답고 더 온화하다네.
거친 바람 예쁜 오월 꽃망울을 막 흔들고
여름에게 주어진 기간은 너무나 짧다네.
하늘의 저 눈은 때론 너무 뜨겁게 비치고
그것의 금빛 또한 자주 흐릿해지며,
고운 건 언젠가, 우연이든 자연이든,
모두 다 치장 벗고 그 미색을 잃는다네.
하지만 그대의 영원한 여름은 지지 않고
그대가 소유한 미색도 잃지 않을 것이며,
영원한 시 속에서 그대가 시간 따라 자랄 때
죽음도 그대가 어둠 속 헤맨다고 못 뻐길 것이네.
      인간이 숨 쉴 수 있거나 눈이 볼 수 있는 한,
      이것이 사는 한, 이것이 그대를 살린다네.

1행 여름날 가장 더운 7월의 평균 온도가 섭씨 약 12~21도인 영국의 여름.

19

삼키는 시간이여, 넌 사자의 발이나 썩히고
대지에게 자신의 예쁜 새끼 삼키라 해.
무서운 호랑이 턱에서 날카로운 이빨 뽑고
오래 산 불사조를 그 피로 태워라.
날아가는 도중에 희비의 계절을 남기고,
이 넓은 세상과 사라지는 온갖 고운 것들에게
내키는 건 뭐든 해라, 발 빠른 시간이여.
하지만 극악 범죄 하나는 못 짓게 할 텐데,
오, 내 사랑의 고운 이마 시간으로 조각 말고
그 낡은 붓으로 거기에 아무 줄도 긋지 마라.
후세에게 그가 미의 전형이 되도록
네가 가는 도중에 물들지 않게 해 주거라.
      하지만 최악을 범해라, 늙은이 시간아, 그래도
      내 사랑은 내 시에서 언제나 젊을 거야.

20

그대는 자연이 손수 그린 여자의 얼굴을
가졌다네, 내 열정의 남자 여자 주인님아.
상냥한 여자 마음 가졌지만 삿된 여자들처럼
바꾸고 변하는 습관엔 익숙지 못하고,
그들의 눈보다 밝은 눈 가졌지만 덜 굴리며
쳐다보는 대상을 금빛으로 물들이지.
모든 안색 스스로 통제하는 안색의 남자로서
남자들의 눈 훔치고 여자들의 혼 빼놓지.
또 그대는 처음에 여자 위해 창조되었지만
자연이 그대를 만들 때 그대에게 푹 빠져
내 목적엔 소용없는 물건 하나 덧붙여
덧셈으로 그대를 내게서 빼앗아 갔다네.
      근데 그댄 여자들이 즐기는 걸 가졌으니
      사랑은 나에게, 사랑 맛은 그들의 보배로 줘.

2행 남자 여자 남성과 여성의 역할을 모두 하는 존재.
11행 물건 남자의 성기를 완곡하게 이르는 말.

21

그래서 난 분칠한 미모에 자극받아
시를 쓰는 시인과는 사정이 다른데,
그 사람은 하늘조차 장식으로 사용하고
고운 건 다 자신의 미녀와 함께 열거하면서
해와 달, 지구와 바다의 값비싼 보석과
갓 피어난 사월의 꽃들과, 이 거대 천구에
하늘의 공기로 감싸인 희귀한 것 모두를
그녀와 자랑스레 비교하며 연결 짓네.
오, 참사랑 하는 나만 참된 글 쓰게 하고
그런 다음 날 믿게. 내 사랑은 공중에 붙박인
저 금빛 촛불들만큼은 밝지 못하지만
어떤 어미 아들이라도 그만큼은 곱다네.
      소문에 막 쏠리는 자들이 더 얘기하라고 해,
      난 팔 생각 없으니 칭찬하지 않을 거야.

22

청춘과 그대의 나이가 같은 한, 내 거울도
내가 나이 들었음을 설득 못 할 테지만,
내가 그대에게서 시간의 고랑을 쳐다볼 땐
죽음이 내 인생을 끝내 주길 기대하네.
왜냐하면 그대를 감싸는 모든 아름다움은
내 가슴속에 사는 그대의 심장 같은
그대 속 내 심장의 화려한 의복일 뿐이니까.
그렇다면 내가 어찌 그대보다 연상인가?
오, 그러니 사랑이여, 몸조심 꼭 하게,
나 또한 내가 아닌 그대 위해 그럴 테고,
친절한 유모가 애기가 해 안 입게 살피듯
내가 지닌 그대 심장 꼭 주의할 테니까.
   내 심장 죽을 때 그대 것 넘보지 말게나,
   그대는 그것을 되받고자 내게 주진 않았네.

23

완벽하게 못 외운 배우가 무대에서
두려움 때문에 대사를 싹 잊어버리듯이,
너무 심한 광분으로 가득한 맹수가
넘치는 힘 때문에 심장이 허약해지듯이
나 또한 나를 믿기 두려워 올바른 사랑의
완벽한 예의를 잊고 말 못 하면서
내 사랑의 막강함에 과도하게 눌린 채
그 사랑의 힘 때문에 무너지는 것 같네.
오, 그러니 내 책이 내 마음 알려 주는
웅변과 벙어리 해설자가 되도록 해 주게.
더 많은 걸 더 많이 표현한 혀보다는 마음이
사랑을 더 많이 간청하고 보답을 바란다네.
  오, 사랑이 말없이 쓴 것을 읽는 법 배우게!
  눈으로 듣는 건 사랑의 예지에 속한다네.

24

내 눈은 화가의 역을 하며 미남자 그대를
내 마음의 화폭에 각인해 두었고,
내 몸은 그것을 지탱하는 액자이며,
최고급 화가의 기술은 원근법이라네.
왜냐하면 자네는 화가 통해 그의 기술 알아야
자네의 참모습이 그려진 걸 찾을 텐데,
그건 내 흉부의 가게 안에 늘 걸려 있으며
그 창엔 자네 눈이 유리처럼 끼워졌네.
이제 눈이 눈에게 어떤 선행 했는지 보라고.
내 눈은 그대 모습 그렸고 그대 눈은
내 가슴의 창인데, 태양은 거기를 통하여
기쁘게 엿보고 안쪽의 그대를 응시하네.
   하지만 눈에겐 자기 기술 꾸며 줄 꾀는 없네,
   보는 것만 그리지 그 마음은 모르니까.

4행 원근법 화자의 눈에 맺힌 "그대"의 작은 모습과 그의 마음 화폭에 새겨진 큰 "참모습"을 연결해 거리감을 만들어 내는 방법.

25

별들의 총애 받는 자들이 공적인 영예와
고귀한 호칭을 뽐낼 동안 난 운명이
그런 과시 못 하게 막으니, 뜻밖의 기쁨을
내가 가장 존중하는 것에서 얻도록 해 주게.
위대한 군주의 총신들은 금잔화들처럼
태양의 눈을 따라 고운 잎을 펼칠 뿐
단 한 번의 찌푸림에 영광 속에 죽으니까
그들의 화려함은 그들 속에 묻힌다네.
가치 있어 유명해진 부지런한 전사도
천 번의 승리 뒤에 단 한 번 패배하면
명예의 책장에서 말끔히 지워지고
그가 애쓴 나머지도 다 잊히고 만다네.
    그래서 난 행복해, 떠나거나 쫓겨날 수
    없는 데서 사랑하고 또 사랑받으니까.

26

내 사랑의 주인님, 난 빼어난 그대에게
가신의 존경심으로 단단히 묶였는데,
내 재주를 보이려는 게 아니라 존경심을
증언하기 위하여 이 문서 사절을 보냅니다.
이 막중한 존경심은 나의 얕은 재주로는
표현할 말이 달려 초라해 보일 수 있지만,
그대가 영혼 속의 훌륭한 생각으로
(적나라한) 그것을 좀 예쁘게 꾸며 줘서
마침내 내 진로를 이끄는 그 어떤 별님이
상서로운 영향으로 우아하게 날 비추고
찢긴 내 사랑에 옷을 입혀 친절한 그대 배려
받을 자격 있음을 보여 주길 바랍니다.
    그럼 난 내 사랑의 크기를 감히 뽐내겠지만
    그때까진 그대에게 들통날 덴 못 갑니다.

27

노고에 지친 나는 서둘러 침대로 가
여독 어린 사지에 소중한 휴식을 주지만
그때 내 머릿속엔 여행이 시작되어
몸의 일이 끝났을 때 마음이 일을 하네.
왜냐하면 그때 내 생각은 머나먼 곳에서
그대 향한 열성적인 순례를 작정하고
감기는 내 눈꺼풀을 활짝 열어젖히고는
맹인들이 보는 어둠 쳐다보기 때문이지.
그런데 내 영혼은 상상의 시각으로
캄캄한 내 시야에 그대 모습 비추는데,
그것은 유령 같은 밤에 걸린 보석처럼
검은 밤 미화하고 그 늙은 얼굴을 일신해.
  자, 그래서 낮엔 내 사지가, 밤엔 내 마음이
  그대 때문에, 나 때문에 평온을 못 찾네.

                                28

그래서 난 휴식의 혜택이 금지된 자인데
어떻게 행복한 상태로 돌아갈 수 있겠나?
낮의 억압 밤에 의해 풀리지 않은 데다
그 낮은 밤에게, 또 밤은 낮에게 억압받고
각각은 서로의 통치에 적대적이지만
합의하여 악수하고 나를, 한쪽은 노고로,
다른 쪽은 내가 그대에게서 얼마나 애써 멀리,
더욱 멀어지는지 불평을 하라고 고문하네.
나는 낮의 마음에 들려고, 그대는 빛나고
구름이 하늘을 덮어도 낮을 꾸며 준다고 해.
꼭 같이 난 검은 얼굴 밤에게도 아첨해,
별 아니 반짝여도 그대가 저녁을 금칠한다고.
        하지만 낮은 매일 내 슬픔을 더 늘리고
        밤은 긴 비탄을 밤마다 더 키우는 것 같아.

29

운명의 여신과 사람들의 호의에서 멀어져
내쳐진 내 처지를 오직 홀로 한탄하고
무익한 외침으로 귀머거리 하늘을 괴롭히며
나 자신을 쳐다보고 내 운명을 저주할 때,
난 나보다 더 희망찬 사람 되길 바라면서
그처럼 생기고 그처럼 친구들이 있으며
이 사람의 기술과 저 사람의 자유를 원하면서
최고로 즐기는 것에서 최하로 만족하네.
근데 이런 생각으로 나를 거의 멸시하면서도
우연히 그대를 생각하면, 그러면 내 상태는
동틀 녘에 날아오르는 저 종달새처럼
음울한 땅을 떠나 하늘 문에 찬송가 부르네.
   달콤한 그대 사랑 기억에 난 아주 부유해져
   내 처지를 왕들과 바꾼대도 거절할 것이네.

30

내가 그 즐겁고 조용한 생각의 법정에
지나간 일에 대한 기억을 소환할 때
난 찾았던 많은 것이 없음에 한숨 쉬며
귀한 시간 낭비를 옛 고뇌로 다시 통곡하네.
그때 난 이 눈을 (눈물에는 서툴지만)
죽음의 끝없는 밤에 갇힌 절친 위해 적시고,
오래전에 청산한 사랑의 고뇌를 새로 울며
사라진 수많은 모습에 신음할 수 있다네.
그때 난 지나간 비탄들에 비탄하고
앞서서 신음했던 신음의 구슬픈 내력을
비통에서 비통으로 무겁게 밝힐 수 있는데,
난 그걸 전에 갚지 않은 듯이 새로 갚네.
    근데 그때 그대를 생각하면, 소중한 친구여,
    모든 손실 회복되고 슬픔도 끝난다네.

31

그대의 가슴은 내겐 없어 죽었다고 여겼던
모두의 마음으로 소중한 게 되었고,
또 거기엔 사랑과, 사랑의 모든 사랑 능력과,
묻혔다고 여겼던 내 모든 친구가 군림하네.
간절하고 경건한 나의 사랑 때문에
난 얼마나 거룩한 상례의 눈물을 수도 없이
그 죽은 이들에게, 이제 보니 그대 안에
옮겨 와 숨었을 뿐인데, 답례로 흘렸던가.
그대라는 무덤 속엔 묻힌 사랑 살아 있고,
떠나간 내 연인들의 기념물이 걸렸는데,
그들은 그들의 내 몫을 그대에게 다 줘서
다수의 소유물이 이제는 그대만의 것이네.
  사랑했던 그들 모습 난 그대에게서 보고
  그댄 그들 모두로서 내 모든 걸 다 가졌네.

32

저 상놈의 죽음이 내 뼈를 흙으로 묻게 되는
나의 결산 날보다 그대가 오래 살아
사망한 그대의 연인이 쓴 조잡한 이 시를
우연히 다시 한 번 훑어보게 된다면,
그것을 세월 따라 나아진 것들과 견준 뒤
다른 모든 작품보다 뒤처진다 할지라도
더 운 좋은 이들의 높이에 추월당한
작시법이 아니라 내 사랑 때문에 보관하게.
오, 그런 다음 애정 어린 이 생각만 해 주게.
"내 친구의 뮤즈가 이 시대와 함께 자라났다면
그의 사랑은 이보다 더 귀한 걸 탄생시켜
더 멋진 작품의 대열에서 행군시킬 것이다.
    근데 그는 죽었고 시인들은 더 좋아졌으니
    그들 것은 문체, 그의 것은 사랑 보고 읽겠다."

2행 결산 자연에게 진 빚을 죽음으로 다 갚는 일.

10행 뮤즈 작가들에게 창작의 영감을 주는 그리스 신화의 여신으로 원래 이름은 무사(Mousa)이고 뮤즈는 영어식 발음이다.

33

찬란한 아침이 참으로 여러 번 군주의 눈길로
저 산꼭대기에게 아첨하는 걸 난 보았지,
그 금빛 얼굴로 저 푸른 풀밭에 키스하고
천상의 연금술로 창백한 시냇물 금칠하며.
근데 곧 가장 천한, 못생긴 구름 떼가
자신의 신성한 얼굴에 올라타게 놔두고
비참한 이 세상 밖으로 자기 모습 감추면서
치욕을 안고 숨어 서쪽으로 도망치지.
꼭 그렇게 내 해님도 어느 이른 아침에
지극한 광채 다해 내 얼굴에 빛났었지.
하지만, 아뿔싸, 그는 한 시간만 내 거였고
드높은 구름이 지금 그를 내게서 가렸다네.
    그렇다고 내 사랑은 전혀 그를 경멸 않네.
    하늘 해도 흐린데 세상 해 흐릴 수 있으니까.

34

그대는 왜 그토록 아름다운 하루를 약속하고
나더러 외투 없이 여행하게 만든 다음
저급한 구름이 도중에 날 따라잡게 하면서
그 썩은 증기 속에 그대의 화려함을 감추나?
그대가 구름 새로 터져 나와 폭풍에 시달린
내 얼굴의 빗물을 말린다고 족한 건 아니네,
상처는 낫게 하나 치욕은 못 고치는 고약을
좋다 할 수 있는 사람 아무도 없으니까.
그대의 수치 또한 내 비탄에 약은 못 되는데,
그대가 뉘우쳐도 내 상실은 여전하고
가해자의 슬픔은 중죄의 고통 겪는 자에겐
작은 위안밖에는 못 주기 때문이네.
    아, 하지만 그대의 사랑의 눈물은 진주이고
    값비싼 것이며, 모든 비행 다 속죄한다네.

35

그대가 한 일을 더 이상 비탄하진 말게나,
장미엔 가시가, 은빛 못엔 진흙이 있으며
구름과 일식이 달과 해를 더럽히고
흉악한 자벌레가 가장 고운 새싹에 사니까.
모두가 잘못을 범하고 나 또한 그렇다네,
그대의 탈선을 비교를 통하여 공인하고
그대의 실수를 위로하며 나를 타락시키고
이런 죄를 지나치게 변명한단 점에서.
그대의 감성적인 잘못에 난 이성을 부르고,
그대의 적대자가 그대의 옹호자 된 다음
나에 맞서 합법적인 탄원을 개시하니까.
내 사랑과 미움엔 대단한 내전이 벌어져
     가혹하게 내 것을 빼앗는 이 친절한
     도둑의 종범이 나는 꼭 돼야만 한다네.

36

분리 안 된 우리 사랑 하나지만 우리 둘은
둘이어야 한다고 내가 실토하도록 해 주게.
그러면 나와 함께 남게 될 그 오점들은
그대의 도움 없이 나 홀로 견뎌 낼 것이네.
우리의 두 사랑엔 초점이 하나뿐이지만
우리의 두 삶엔 악의적인 이별이 있는데,
그것이 사랑의 단일화 작용은 못 바꾸나
사랑의 기쁨에서 즐거운 시간은 뺏는다네.
통탄할 내 죄로 그대가 부끄럽지 않도록
난 그대를 언제라도 모른 체할 수 있고,
그대도 그대의 명성을 상하지 않고는
공적인 친절로써 나를 예우할 수 없네.
    하지만 그러지 말게나. 그대가 내 것이니
    그 호평도 내 것일 만큼 난 그대 사랑하네.

14행 그 호평 그대가 받은 세상 사람들의 좋은 평가.

37

노쇠한 아버지가 활발한 제 자식의
청년다운 행위를 보고서 기쁨을 얻듯이
가장 아픈 운명의 상처로 불구가 된 나도
그대의 가치와 정절에서 모든 위안 다 얻네.
왜냐하면 미모, 출신, 재산이나, 재주나,
이 모두의 아무거나, 모두나, 더 많은 게
그대의 자질 중 최상의 자격을 얻든 간에
나는 이 풍요에 내 사랑을 접붙이네.
그러면 나에겐 불구, 가난, 경멸도 없으며,
이 환상이 그러한 실체를 만들어 내는 한
난 그대의 풍성함 속에서 만족하고
그대 영광 전체의 일부로서 살 것이네.
    난 무엇이 최고든 그대가 그걸 갖기 바라고
    그 바람이 있기에 난 열 배나 행복하네.

38

어찌 내 뮤즈에게 쓸거리가 모자랄 수 있나,
그대가 숨 쉬는 한 나의 시 안으로
평범한 글로 다 읊기엔 너무나도 빼어난
아름다운 주제를 쏟아붓고 있는데?
오, 정독할 가치 있는 내 안의 그 무엇이
그대 눈에 띈다면 자신에게 감사하게.
왜냐하면 그대가 창작의 빛을 밝혀 주는데
그 누가 그대에게 글도 못 쓸 벙어릴까?
그대는 시인들이 호소하는 늙은 아홉 뮤즈보다
열 배나 더 가치 있는 열 번째가 된 다음
그대를 부르는 사람은 긴 세월 뛰어넘을
영원한 시편을 내놓도록 해 주게.
  여린 내 뮤즈가 이 깐깐한 시절에 기쁨 주면
  그 수고는 내 것이나 칭찬은 그대의 것이네.

10행 아홉 뮤즈 작가들에게 창작의 영감을 주는 그리스 신화의 여신들. 각각 다른 분야를 담당하며 클리오, 에우테르페, 탈리아, 멜포메네, 테르프시코레, 에라토, 폴림니아, 우라니아, 칼리오페가 그 아홉 명이다.

39

오, 그대가 나의 좋은 부분의 전부인데
어떻게 내가 그대 장점을 점잖게 노래하지?
내 자화자찬이 나에게 무슨 소득 있으며
그대를 칭찬하면 그게 내 것 아니고 뭣인가?
바로 이 때문에 우리는 헤어져 따로 살고
소중한 우리의 사랑은 하나란 이름을 버려서
이 별거로 말미암아 오로지 그대만
받을 권리 있는 걸 내가 줄 수 있게 하게.
오, 이별이여, 넌 정말 대단한 고문이 될 거야,
역겨운 네 여가 시간을 사랑의 생각으로
보내도 좋다는 달콤한 허락이 없다면, 또
네가 그 시간과 생각을 참 달콤하게 속이고
    다른 데 있는 그를 여기에서 칭찬해
    하나를 둘 만드는 법 가르치지 않는다면.

40

내 애인 다 가지게, 임이여, 암, 다 가지게.
그래서 전보다 더 많이 가진 게 뭣인가?
참사랑이라고 할 사랑은, 임이여, 아니겠지.
이만큼 더 갖기 전에도 내 건 다 그대 것이었어.
그러니 내 사랑 대신에 내 애인 받는다면
내 사랑과 자는 그대 욕할 수는 없다네.
그렇지만 자신은 거절하고 있는 것을
욕심껏 맛봄으로 자신을 속인다면 욕을 먹게.
그대가 나의 가난 전부를 훔쳐 가긴 하지만
난 그대의 절도를 용서하네, 온화한 강도여.
그래도 사랑은 미움의 알려진 상처보다
연인의 못된 짓 견디는 게 더 슬픈 줄 안다네.
　　　　나쁜 게 다 좋아 보이는 음탕한 미덕이여,
　　　　심술로 날 죽여도 우리는 원수지면 안 되네.

41

내가 가끔 그대의 마음 집을 비웠을 때
그대의 방종이 범하는 귀여운 잘못들은
그대 있는 곳에는 늘 유혹이 따르니까,
그대의 미모와 나이에 아주 잘 어울리네.
그대는 상냥하여 획득의 대상이고
그대는 아름다워 공략의 대상이네.
그리고 여자가 구애할 때 어느 여자 아들이
그가 이길 때까지 그녀를 언짢게 놔두겠나?
아 이런, 그럼에도 그대는 내 여자 멀리하고
그대의 미모와 젊은 일탈 꾸짖으면 좋겠네.
그 둘은 방탕하여 그대가 이중의 서약을—
그 미모로 그녀를 유혹하여 그녀 것을,
      그 미모로 날 배신해 그대 것을—
      깰 수밖에 없는 데로 그대를 이끄니까.

42

그대의 그녀 소유, 내 비탄의 전부는 아니지만
그래도 난 그녀 지극히 사랑했다 할 수 있네.
그녀의 그대 소유, 내 통곡의 골자인데
내게는 더 깊이 와 닿는 사랑의 상실이네.
사랑의 죄인들, 그대들을 난 이렇게 변명하네.
그대는 나의 그녀 사랑을 아니까 그녀를 사랑해,
또 그녀도 날 위해 꼭 같은 식으로 내 친구가
날 위해 자기를 건드리게 하면서 날 학대해.
내가 그대 잃으면 내 상실은 내 애인의 득이고,
내가 그녀 잃으면 내 친구가 그 상실을 되찾네.
양쪽은 서로를 되찾고, 난 양쪽 둘을 잃고,
그래서 양쪽은 내게 이 십자가를 지우네.
      하지만 기쁨이 있는데, 내 친구와 난 하나야.
      감언이다! 그러니 그녀는 나만을 사랑해.

43

내가 눈을 꼭 감을 때 눈은 가장 잘 본다네,
그것은 온종일 무관한 사물을 접하지만
내가 잘 땐 꿈속에서 그대를 바라보고
어둡게 빛나면서 어둠 향해 빛을 내니까.
그러니 그대의 영상이 영상들을 빛내는 그대는
앞 못 보는 눈에게 그 허상이 이토록 밝은데,
그 영상의 실체는 환한 낮에 훨씬 환한
그대의 빛으로 얼마나 행복한 볼거릴 만들까?
그대의 곱고도 불완전한 허상이 한밤중에
깊은 잠을 통하여 어두운 눈 위에 남는데,
내 눈이 생생한 대낮에 그대를 바라보면
(정말이지) 얼마나 축복을 받게 될까?
    낮은 다 내가 그대 볼 때까지 보이는 밤이고,
    밤은 내가 꿈에서 그대 보는 밝은 낮이라네.

4행 빛나면서…내니까 당시 사람들은 눈이 빛을 받아들일 뿐만 아니라 발한다고 생각했다. (아든)

44

둔한 내 육신의 본질이 만약 생각이라면
심술궂은 거리 둬서 내 길 막진 못하겠지,
공간에도 불구하고 난 머나먼 변방에서
그대가 머무는 곳으로 날아올 테니까.
그러면 나의 발이 가장 멀리 떨어진
땅 위에 서 있어도 아무 상관 없겠지,
민첩한 생각으로 그가 있을 장소를 생각하면
곧바로 바다 육지 다 건너뛸 수 있으니까.
하지만, 아, 그대가 떠났을 때 난 생각이
아니라는 생각으로 죽는다네, 수많은
흙과 물로 빚어져 먼 길 못 뛰어넘고
시간의 여유를 신음하며 기다려야 하니까.
  또 그토록 느린 두 원소에게 비통의 표시인
  무거운 눈물밖엔 받는 게 없으니까.

45

나머지 둘, 실체 없는 공기와 정화의 불,
이 양쪽은 내가 어디 있든지 그대와 있다네,
첫째는 내 생각을, 다른 쪽은 내 욕망을
없으며 또 있는 이것들은 신속히 스치니까.
왜냐하면 더 빠른 이 원소들이 그대에게
애정 어린 사랑의 심부름을 갔을 때,
내 삶은 넷으로 이루어졌기에 둘만으론
신속한 그 심부름꾼들이 그대로부터 돌아와
삶의 구성 성분이 다시 회복될 때까지
우울증에 눌려서 죽음으로 착 가라앉는데,
그런데 바로 지금 그들이 되돌아와
그대의 건강이 좋다고 설명하며 보증했네.
    이 말에 난 환희하나 더 이상 기쁘진 않아서
    그들을 되돌려 보내곤 곧바로 슬퍼하네.

1행 공기와…불 인간의 몸을 구성한다고 생각했던 4원소 가운데 둘. 나머지 둘은 물과 흙이다.

46

내 눈과 마음은 그들이 노획한 그대 모습
어떻게 나눌지 필사적인 전쟁을 벌이네.
내 눈은 마음이 그대를 못 그려 보게 하고,
마음은 눈에게 그런 특권 안 주려 한다네.
내 마음은 그대가 수정의 눈에는 한 번도
안 뚫린 방, 자기 안에 있다고 진술하나
피고인은 그 진술을 부인한 다음에
그대 고운 모습은 자기 안에 있다 하네.
이 주장을 확인코자 생각 배심원단이
소집되었는데, 그들은 다 마음의 주민들로
그들의 평결에 의하여 그 맑은 눈의 몫과
소중한 마음의 지분을 결정하였다네.
    그래서 그대의 겉모습, 내 눈의 차지이고
    그대의 맘속 사랑, 내 마음의 권리라네.

47

내 눈과 내 마음 사이엔 동맹이 맺어졌고
이제는 각자가 서로에게 선행을 한다네.
내 눈이 보고 싶어 환장을 하거나
사랑하는 내 마음이 한숨으로 질식하면,
그러면 내 눈은 내 애인의 초상을 만끽하고
그 그림의 잔치에 내 마음을 부른다네.
다른 때엔 내 눈이 내 마음의 손님 되어
주인의 애정을 좀 나누어 갖는다네.
그래서 그대의 초상 또는 내 사랑에 의하여
그대는 멀어져도 항상 나와 함께 있네,
왜냐하면 그대는 내 생각을 못 벗어나는데
나는 늘 그것과, 또 그것은 그대와 있으니까.
  또는 그게 잠들면 내 시야엔 그대의 초상이
  내 마음 깨워서 마음과 눈이 기뻐하니까.

12~13행 그것…그게 생각.

48

　　　내가 길을 떠났을 때 난 하찮은 모든 것을
　　　얼마나 조심스레, 최고의 빗장 아래
　　　삿된 손 안 닿게끔, 안전하게 믿을 곳에
　　　고스란히 내가 쓰게 밀어 넣어 뒀던가.
　　　그런데 내 보석을 하찮게 보는 그대,
　　　가장 귀한 위안처, 이젠 나의 최고 비탄,
　　　가장 소중하면서 내 유일한 걱정인 그대가
　　　모든 천한 도둑들의 먹이로 남게 됐네.
　　　난 그대를 내 가슴의 부드러운 울을 빼곤
　　　그 어떤 궤에도 안 가뒀고, 난 그대가
　　　있음을 느끼지만 그대가 없는 그 가슴으로
　　　그대는 마음대로 드나들 수 있는데,
　　　　　　거기서도 그대를 뺏길까 난 겁이 난다네.
　　　　　　그런 귀한 상품이면 정직해도 훔치니까.

49

내 결함에 찌푸리는 그대를 내가 보는
그런 때에, 그런 때가 온다면, 대비하여,
또 그대의 사랑이 결산을 끝내고
그것을 신중히 고려하여 감사에 붙일 때,
또 그대가 낯설게 나를 지나치면서
태양 같은 그 눈으로 인사조차 안 할 때,
또 사랑이 지난날의 상태에서 변하여
진중하게 가라앉은 이유를 찾을 때,
그런 때에 대비하여, 난 여기서 나 자신이
보상받을 가치가 없음을 알고서 물러나
내 손을 나 자신에 반대하며 높이 들어
그대 편의 합법적인 이유를 옹호하네.
  내 사랑의 이유를 내가 댈 수 없으니까
  그대는 불쌍한 나를 버릴 법의 힘을 가졌네.

50

내가 도달하려는 지겨운 여행의 끝에서
안락과 휴식으로 가르침을 얻은 것이
"친구와는 이만큼 멀어졌군." 그 말이면
난 얼마나 울적한 여행을 하고 있나.
나를 태운 짐승은 내 한탄에 지쳐서
둔하게 터벅대며 내 무게를 견디는데,
그는 내가 그댈 빨리 떠나는 게 싫다는 걸
마치 어떤 본능으로 정말 아는 것 같네.
때로는 분노로 그의 가죽 찌르는
피투성이 박차도 그를 자극 못 하고,
그는 그에 응답하며 신음을 내뱉는데
난 그것이 그의 허리 박차보다 더 아프네.
      바로 그 신음으로 내 기쁨은 뒤에 있고,
      내 비탄은 앞에 있단 생각이 났으니까.

51

내가 빨리 그대를 떠나갈 때 내 사랑은
둔한 말이 느린 죄를 이렇게 변명할 수 있네.
그대 있는 곳에서 내가 왜 서둘러 가야지?
내가 돌아올 때까지 급행은 필요 없어.
오 그럼, 불쌍한 내 짐승은 극도로 빠른 게
느린 것만 같을 땐 어떤 변명 찾아낼까?
그럴 때 난 바람을 탔어도 박차를 가해야지,
날아가고 있어도 움직임을 못 느낄 테니까.
그러면 어떤 말도 내 욕망에 보조를 못 맞추고
그래서 최고의 사랑으로 빚어진 욕망은
불같이 달려도 둔한 말처럼 울진 않겠지만,
사랑은 내 야윈 말 사랑으로 변명해 줄 거야,
  그가 그대 떠날 땐 일부러 느리게 갔으니
  그대를 향할 땐 나는 뛰고 그는 걷게 한다고.

                    52

나는 마치 잠가 놓은 아름다운 보물에
축복받은 열쇠로 다가갈 순 있지만
매시간 둘러봐서 가끔씩 맛보는 기쁨의
예각을 무디게 하지 않는 부자와 같다네.
그러므로 축제는 긴 한 해 동안에
가끔씩 오기에 그토록 성대하고 희귀한데
가치 있는 광물처럼, 커다란 목걸이의
주된 보석들처럼 드물게 박혔기 때문이지.
그와 마찬가지로 그대를 내 금고처럼,
아니면 예복 넣은 옷장처럼 지니는 시간도
특별한 한순간에 갇혀 있던 장관이
다시 나타남으로써 특별히 축복받는다네.
        그대의 가치를 가지면 우쭐하고, 없으면
        갖고 싶어지니까, 그대는 축복받았다네.

53

자네의 본질은 뭣인가, 뭣으로 빚었기에
수백만의 이상한 형상이 자네를 따르나?
각자의 그림자는 각자가 하나인데 자네는
단 하나로 모든 형상 빌려줄 수 있으니까.
아도니스를 묘사해 봐, 그럼 그 모조품은
자네를 초라하게 모방한 것이라네.
헬레나의 뺨 위에 미의 기술 다 입히면
그리스 복장의 자네가 새로 그려졌다네.
봄과 또 한 해의 풍작을 말하자면
한쪽은 미모의 자네 형상 보여 주고
다른 쪽은 자네의 선심으로 나타나며,
축복받은 모든 모습들에서 우린 자넬 본다네.
  자넨 모든 외형미를 약간씩 다 가졌지만
  변치 않는 그 마음은 출중하게 남다르네.

5행 아도니스 비너스의 사랑을 받은 미소년으로 셰익스피어의 장시 『비너스와 아도니스』의 주요 인물.

7행 헬레나 트로이 전쟁의 원인이 된 그리스의 미녀.

54

오, 미모는 향기로운 정절로 장식할 때
얼마나 더 크게 아름다워 보이는가!
장미는 곱지만 거기 깃든 향 때문에
우리는 그것을 더 곱다고 여긴다네.
찔레꽃은 장미의 향내 나는 그 색깔
그것만큼 완벽하게 짙은 색을 가졌고,
그 가시도 비슷하며, 여름의 숨결에
닫힌 망울 열 때면 꼭 같이 야하게 나부껴.
하지만 그것의 미점은 그 모습뿐이라서
아무도 안 찾고 못 본 채 시들어
외로이 사라져. 그와 달리 향기로운 장미는
향기로운 죽음으로 최고 향수 만든다네.
  아름답고 멋진 청년 자네도 꼭 그처럼
  그 미모 졌을 때 그 정절 시로써 증류되네.

14행 시로써 증류되네 시라는 증류기를 써서 그대의 정절을 순수한 액체로 만들어 보존할 것이네.

55

군주들의 대리석도, 금칠한 기념물도
이 강력한 시보다 오래 살지 못할 텐데,
자네는 이 내용 속에서 더러운 시간의 때
닦지 않은 비석보다 더 밝게 빛나리라.
파괴적인 전쟁으로 동상들이 뒤집히고
석공들의 작품이 난동으로 뽑힐 때
군신의 칼로도, 전쟁의 재빠른 불길로도
자네를 기억하는 이 생생한 기록은 못 태우리.
죽음과 만사에 적대적인 망각에 맞서서
자네는 나아가고, 자네를 기리는 찬사는
이 세상 종말까지 이어질 후손들
모두의 눈에서도 늘 여지를 찾으리라.
  그래서 자네는 심판 날에 일어설 때까지
  이 안에 살면서 연인들의 눈 속에 머물리라.

56

달콤한 사랑아, 네 힘을 재생해. 네 칼날이
만족하면 오늘 바로 수그러졌다가
내일이면 날카로운 위력을 회복하는
욕망보다 무디다는 얘기는 없도록 해.
사랑아, 그래 줘. 오늘은 굶주린 네 눈을
포만으로 내리감을 때까지 채우지만
내일이면 다시 떠서, 사랑의 활기를
끝없는 무기력증으로 죽이지는 마라.
이 슬픈 간극을 마치 저 해안을 갈라놓는
바다처럼 만들어, 새 혼약을 맺은 둘이
해변으로 매일 와서 돌아오는 애인 볼 때
그 광경이 더 큰 축복 받을 수 있게 해라.
    또는 이걸 근심에 찬 겨울이라 불러서
    여름맞이 세 배나 더 바라고 드물게 해.

57

자네의 노예로서 자네 욕망의 시와 때를
기다리는 것밖에 내가 뭘 해야 하나?
자네가 요구할 때까지 난 귀하게 쓸 짬도
시중을 들어야 할 일도 도무지 없으며,
또한 난, 군주여, 자네를 기다리는 동안에
끝도 없는 그 시간을 감히 욕도 못 하고,
자네가 자네의 종에게 작별을 고할 땐
역겨운 이별의 그 쓴맛을 생각도 못 하며,
또한 난 질투심에 자네가 어디에 있을지
감히 질문하거나 자네 일을 추측도 못 하고,
슬픈 노예처럼 자네가 있는 곳, 자네가 그들을
얼마나 기쁘게 해 줄까, 그것밖엔 생각 못 해.
    사랑은 너무 참된 바보라서 자네가 뭘 하든
    자네에게 나쁜 뜻은 없다고 생각하네.

11행 그들 자네와 함께 있는 사람들.

58

나를 처음 자네의 노예 만든 신께서는
내가 자네 쾌락 횟수 규제할 생각을 하거나
자네 여가 기다리게 돼 있는 종으로서
자네의 시간 명세 요구는 못 하게 하시길.
오, 처분대로 할 테니 자네의 자유가 불러온
나의 갇힌 이별 상태 견디게 해 주고,
상처 주는 자네를 고발 않고 온갖 비난
다 참도록 인내심을 길들이게 해 주게.
원하는 곳에 있게, 자네의 특권은 막강하여
스스로 자신의 시간을 맘대로 쓸
권한을 가졌고, 스스로 저지르는 범죄를
사면하는 것 또한 자네에게 달렸다네.
    난 기다려야 하고, 그 기다림 지옥이나
    자네 뜻은 나쁘든 좋든 간에 비난 안 해.

59

지금 것은 앞서도 있었던 것일 뿐
새로운 게 없다면, 발명 중인 우리 뇌는
산고를 겪으면서 옛 자식의 둘째를
잘못 낳음으로써 얼마나 속임을 당하는가?
오, 태양이 오백 번 돌았던 기간까지
기록을 되돌아봄으로써 내가 자네 모습을
글자로 인간의 마음을 처음 적은 이후의
어떤 고대 서적에서 볼 수가 있었으면.
그래서 그 옛날 세계가 이 놀라운 구성체,
자네 몸에 대하여 뭐라 할 수 있었는지,
우리가 개선된 것인지, 그들이 더 나은지,
시간이 지나도 꼭 같은 것인지 알았으면.
  오, 내가 확신하건대 지난날의 재사들은
  더 못난 이들에게도 찬탄을 보냈다네.

60

저 파도가 조약돌 해안 향해 달려가듯
우리의 분초도 끝을 향해 서두르고
각각은 먼저 지나간 것과 자리를 바꾸면서
연이은 고생 속에 다들 앞을 다툰다네.
탄생은 일찍이 빛의 대양 가운데 있었으나
성숙기로 기어가 그 절정에 이르면서
심술궂은 일월식이 그 영광과 싸우고,
선물 줬던 시간은 이젠 그걸 부순다네.
시간은 청춘의 윤기를 싹 말려 버리고
미모의 이마에 주름 골을 파 놓으며
자연의 진실 담긴 진품들을 파먹는데,
베어 내는 그 낫은 아무것도 못 막네.
      하지만 내 시는 그대의 가치를 훗날까지
      시간의 잔인한 손에도 불구하고 기릴 거네.

12행 낫 전통적으로 시간 또는 죽음이 생명을 베는 도구.

61

무거운 내 눈꺼풀을 지켜운 밤 내내
그대의 모습으로 여는 게 그대의 뜻인가?
그대 닮은 영상이 내 시야를 조롱할 때
그대는 내 수면이 깨지길 원하는가?
내 행위를 들여다보려고 그대는 집에서
그토록 먼 곳으로 그대의 혼을 보내
그대가 품고 있는 의심의 목표와 의미인
내 수치와 허튼 시간 찾으려 하는가?
오, 아니, 그대 사랑 크지만 아주 크진 않다네.
내가 눈을 쭉 뜨게 만드는 건 내 사랑,
내 휴식 망쳐 놓고 그대 위해 야경꾼 역
언제나 하려는 나 자신의 참사랑이라네.
    그대가 먼 데서 너무나 가까운 남들과
    깨 있는 동안에 난 그대 때문에 못 잔다네.

62

자기애라는 죄가 내 눈을 다, 영혼을 다,
그리고 내 전신을 다 지배하고 있고,
이 죄는 내 가슴 아주 깊이 그 자리를
잡았기 때문에 구제할 방법이 없다네.
내 생각에 내 것만큼 우아한 얼굴 없고,
잘생긴 몸매도, 소중한 정절도 없으며,
또한 모든 가치에서 남들을 다 능가하므로
나는 나 자신의 가치를 스스로 정한다네.
하지만 내 거울이 황갈색의 노화로
깨지고 갈라진 나의 실물 보여 줄 때
나는 나의 자기애를 정반대로 읽는다네,
그러한 자기애의 자신은 사악할 거라고.
   그대의 한창때 미모로 내 노년 색칠하며
   나라고 칭찬하는 것은 그대(나 자신)이네.

63

내 사랑이 시간의 상처 주는 손에 의해
지금의 나처럼 뭉개지고 심하게 닳았을 때,
세월이 그의 피를 말리고 그 얼굴을
주름살로 채웠을 때, 그 청춘의 아침이
여행을 계속해 노년의 험한 밤에 가 닿고,
지금은 그가 왕인 모든 아름다움이
시야에서 사라지고 있거나 사라졌고,
보물 같은 그 봄날이 도둑을 맞는 때,
그럴 때에 대비해 난 지금 파괴적인 노년의
잔인한 칼에 맞서 그것이 내 사랑의
생명은 자를망정 내 고운 사랑의 미모는
기억에서 절대로 못 지우게 방비하네.
    그의 미모, 이 검은 시행 안에 보일 테고,
    그는 이 시 안에 살면서 언제나 푸르리라.

1행 사랑 화자가 사랑하는 젊은이.
10행 그것 앞줄의 "파괴적인 노년"을 가리킨다.

64

내가 저 묻힌 옛 노인의 값진 잘난 장식이
잔인한 시간의 손으로 훼손된 걸 봤을 때,
한때 높던 탑들이 쓰러지고 영원한 청동이
인간의 격노에 노예가 되는 걸 봤을 때,
내가 저 굶주린 대양이 해안이란 왕국에
교두보를 마련하고 단단한 흙덩이가
바닷물 이기는 걸, 서로가 유실로 풍요를
풍요로 유실을 늘리는 걸 봤을 때,
내가 그런 뒤바뀌는 상태를, 아니면
상태 그 자체가 없어지는 걸 봤을 때
파멸로 말미암아 난 이렇게 숙고했네,
시간은 다가와 내 사랑을 앗아 갈 거라고.
    이 생각은 잃을까 봐 겁나는 걸 가져서
    울 수밖에 없게 하는 죽음과도 같다네.

65

청동, 석상, 땅이나 가없는 바다가 아니라
우울한 필멸성이 이들의 힘을 압도하는데
미가 어찌 이 폭거에 맞서서 한 송이
꽃보다 더 약한 소송으로 항변을 하겠나?
난공불락 바위가 아무리 단단하고
쇠문이 아무리 강해도 시간이 부수는데
오, 여름의 꿀 같은 입김이 어떻게
난타하는 세월의 파괴적 포위를 버티겠나?
오, 무서운 명상이다! 시간의 최고 보석,
맙소사, 시간의 상자 밖 어디에다 감출까?
어떤 강한 손으로 재빠른 그의 발 붙잡거나
누가 그의 미모 약탈 금지할 수 있을까?
  오, 내 사랑이 검은 잉크 속에서 늘 빛나는
  이 기적이 효과가 없다면 아무도 못 하지.

11~12행 그 의인화된 시간.
13행 사랑 화자가 사모하는 젊은이와 그런 마음을 둘 다 가리킨다.

66

이 모두에 지쳐서 난 편한 죽음 열망하네.
예를 들면, 우수한데 거지로 태어나고,
가난한 무일푼이 화려하게 치장하고,
가장 깊은 신의를 사악하게 저버리고,
금빛 영예 창피하게 엉뚱한 데 주어지고,
처녀의 순결이 거칠게 창녀로 취급받고,
진정으로 완전한데 부당하게 욕먹고,
절름발이 통치로 능력을 잃게 되고,
권력에 의하여 문학이 입 막히고,
우매함이 학자처럼 재주를 억제하고,
명백한 진실이 명청하단 오명 쓰고,
대장 악을 따르는 포로 선을 보는 것,
   이 모두에 지쳐서 난 내 사랑 홀로 두고
   죽는 것만 아니라면 이런 데서 떠나려네.

67

아, 왜 그는 오염된 자들과 살아야만 하고
자신의 존재로 사악함을 꾸며 주어
죄인들이 그를 통해 이득을 얻으며
그와 교제함으로써 겉멋이 나야 하지?
왜 거짓된 초상화가 그의 뺨을 흉내 내고
살아 있는 그 안색을 죽여서 훔쳐보지?
열등한 미인들은 왜 장미의 그림자를
간접으로 구하지, 그의 장미 진짜인데?
자연은 이제 파산하여 산 핏줄을 통하여
빨개질 피도 못 보내는데 왜 그가 살아야지?
지금 자연에게는 그의 금고밖엔 없고
많은 걸 자랑하나 그의 수익 가지고 사니까.
      오, 자연은 어떤 부를, 형편없는 최근 말고
      옛적에 가졌는지 보이려고 그를 보존한다네.

7행 장미 미의 화신, 미의 절대적이고 이상적인 기준.

68

그래서 그의 뺨은 지난날의 지도라네.
그때는 미모가 지금의 꽃처럼 살다 죽고,
미의 가짜 모습이 생겨나기 이전 또는
살아 있는 얼굴에 감히 깃들기도 전이었지.
묘지가 권리 가진 죽은 자의 금발이
잘리어 나간 다음 두 번째 머리에서
두 번째 삶을 살기 전이었고, 딴 사람이
미녀의 죽은 털로 멋을 내기 이전이지.
그에게는 저 신성한 고대가 보이는데,
그것은 아무런 장식 없이 자체이고 진실하며
딴 사람의 녹색으로 여름도 안 만들고
옛것 훔쳐 자기 미모 새 단장도 않는다네.
    또 자연은 지도처럼 그를 보존한 다음
    거짓 화장술에게 옛적 미모 보여 주네.

69

이 세상의 눈에 비친 그대의 자질에
진심으로 개선할 수 있는 것은 없으며,
모두가 영혼의 목소리로 적들조차 추천할
진실을 내뱉으며 그 사실을 인정하네.
그대 겉은 이렇게 겉치레 찬사를 듬뿍 받아.
하지만 그대 것을 그렇게 말하는 그 모두는
눈이 보여 준 것보다 더 깊이 봄으로써
또 다른 언어로 이 칭찬을 엎어 버려.
그들은 아름다운 그대 마음 살펴보고,
그것을 그대의 행위로 미루어 측정한 뒤
그들의 촌뜨기 생각으로 (눈은 친절했으나)
고운 꽃 그대에게 잡초 악취 더한다네.
   하지만 그대의 냄새가 모습과 다른 이유,
   그것의 토양은 그대가 천해진단 사실이네.

70

비방의 표적은 언제나 고운 이들이었으니
그대가 욕먹는 건 그대 허물 아니라네.
미모의 장식품은 의심인데, 하늘의
가장 고운 공기 속을 날아가는 까마귀지.
그대가 착한 한, 비방은 시대의 사랑 받는
그대의 더 큰 가치 입증해 줄 뿐이라네,
자벌레 악덕은 가장 고운 꽃망울을 즐기는데
그대는 흠 없이 순수한 청춘을 펼치니까.
그대는 젊음의 매복을, 공격받지 않았거나
습격을 받고도 승자가 되어서 통과했네.
그래도 이 찬사는 고삐가 늘 풀린 시기심을
묶어 놓을 만큼의 찬사는 못 된다네.
   악행을 좀 의심받아 그 모습이 안 가리면
   그대는 세상인심 홀로 차지할 것이네.

7행 자벌레 자벌레나방의 애벌레.

71

내가 죽어 거칠고 우울한 조종이 세상에게
내가 이 더러운 세상을 최고로 더러운
구더기와 살기 위해 버렸다고 알리거든
그것을 듣는 것 이상으로 슬퍼하진 말게나.
오히려, 자네가 이 시를 읽을 때 그 작가는
기억하지 말게나. 난 자네가 너무 좋아
만약 그때 자네가 날 생각해 비탄하면
달콤한 자네 생각 속에선 잊히고 싶으니까.
오, 내가 아마 진흙과 합쳐져 있을 때
자네가 혹시 이 운문을 (정말로) 보게 되면
불쌍한 내 이름 되뇌는 일조차도 하지 말고
바로 내 생명과 더불어 자네 사랑 끝내게,
    현명한 이 세상이 자네 신음 살펴보고
    나 떠난 뒤 자네를 나와 함께 못 비웃게.

72

오, 이 세상이 자네에게 자네가 사랑하는
내 장점을 말하라고 촉구하지 않도록
나 죽은 뒤 (임이여) 날 완전히 잊게나,
자네가 입증할 내 가치는 전혀 없을 테니까.
만약에 자네가 나의 공과보다는 나를 위해
고상한 거짓을 꾸며 내고, 사망한 나에게
수전노 진실이 기꺼이 내주려는 것보다
더 많은 찬사를 건네지 않는다면 말일세.
오, 자네가 못된 나를 사랑으로 좋게 말해
자네의 참사랑이 거짓처럼 보이지 않도록
내 몸이 있는 곳에 내 이름도 묻어 주고
더는 나나 자네에게 창피 주며 살진 말게.
      나는 내가 내놓은 것 때문에 창피하고,
      값없는 것 사랑한 자네도 그래야 하니까.

13행 내가…것 보통 시라고 해석되지만 '창피'와 연결시키면 화자의 내면에서 나온 생각이나 행동도 포함될 수 있을 것이다.

73

그대는 저 고운 새들이 최근에 노래하던
무너진 빈 성가대석, 나뭇가지 위에서
추워 떠는 노란 잎이 없거나 몇 개만이
매달린 계절을 내게서 볼 수 있을 것이네.
그대는 해 진 뒤 서쪽에서 사라지는
어느 날의 땅거미를 내게서 보는데,
그것은 곧 모든 것을 휴식으로 마감하는
검은 밤, 제2의 죽음이 앗아 가 버린다네.
내게서 그대는 청춘의 잿더미 속에서
은은하게 빛나는 불을 보고 있는데,
그것은 그 죽음의 침상에서 그것을 키워 준
자양분이 소모되어 꺼져야만 한다네.
    그대는 이를 알고 그대 사랑 강화하여
    머지않아 떠나야 할 것을 듬뿍 사랑한다네.

2행 성가대석 합창단이 찬송가를 부르던 곳은 새들이 노래하던 나뭇가지와 동일시된다.

74

하지만 냉혹한 그 저승사자가 나를
보석금 전혀 없이 데려가도 침착하게,
나의 삶은 이 시에 거주권이 좀 있고
이 시는 유품으로 늘 그대와 머물 테니.
그대가 이것을 살펴볼 때 그대는 또 한 번
그대에게 바쳐진 바로 그 부분을 본다네.
땅은 오직 제 몫인 흙만 가질 수 있지만
나의 더 나은 부분, 내 영혼은 그대의 것이네.
그러니 그대가 잃은 건 단지 삶의 찌꺼기,
내 몸이 죽었으니 구더기의 먹잇감,
철면피가 비겁하게 칼로 얻은 것으로서
그대가 기억해 두기엔 너무나 천하다네.
      그것의 가치는 그것이 담고 있는 것이고
      그것은 이것이며, 이것이 그대와 함께 남네.

5행 이것 이 시.   13행 그것 그의 몸.
6행 바쳐진…부분 8행에 언급된 그의 영
혼.

75

그래서 내 생각에 자넨 내게 사는 데 음식물,
아니면 땅에게 고운 계절 소나기와 같으며,
자네의 평화 위해 난 수전노와 그의 재물
사이에 있을 법한 갈등을 겪는다네.
때로는 즐기는 자로서 우쭐하고, 곧바로
도적놈 시대가 자기 보물 훔쳐 갈까 겁내며,
때로는 자네와 있는 것만 최고로 치다가
세상이 내 기쁨을 보는 게 더 낫다고 여기며,
자네 걸 가졌거나 가져와야 하는 것 말고는
어떠한 기쁨도 소유 또는 추구하지 않으면서
때로는 자네 모습 축제처럼 만끽하고
곧이어 한번 보길 간절히 바란다네.
   그래서 난 전부를 포식 또는 버리면서
   이렇게 나날이 배고프고 과식하네.

76

내 시는 왜 새로운 광채가 그렇게 없냐고,
변주나 재빠른 변화에서 그토록 머냐고?
내가 왜 시대와 더불어 새로운 기법과
이상한 합성어로 눈 돌리지 않느냐고?
왜 내가 꼭 같은 식으로만 늘 쓰고
눈에 띄는 옷으로만 창작을 포장하여
모든 말이 대부분 내 이름을 밝히면서
그 출신과 그 출처를 보여 주느냐고?
오, 임이여, 난 항상 자네에 대해 쓰고
자네와 사랑은 항상 내 주제라는 걸 알게.
그래서 내 최선은 옛말을 새로이 다듬어
이미 사용된 것을 다시 사용하는 거네,
    저 태양이 나날이 새롭고 또 낡았듯이
    내 사랑도 했던 말 계속하고 있으니까.

77

그대의 거울은 그대 미모 어떻게 삭는지,
시계는 귀한 분초 어떻게 썩는지 보여 주고,
텅 빈 그 종이는 그대의 마음 자국 지닐 테고,
이 책으론 이런 배움 맛볼 수 있을 거네.
그대의 거울이 진짜로 보여 줄 주름에
그대는 입 벌린 무덤을 떠올릴 것이고,
남몰래 움직이는 시침의 그림자로
영원 향한 시간의 도둑 걸음 알 수 있네.
그대가 기억에 못 담는 건 무엇이든
이 빈칸에 맡기게, 그러면 그대는
그대 뇌가 분만하여 양육한 자식들을 되찾아
그대의 마음을 새로이 알게 될 것이네.
    이 임무는 그대가 자주 보는 그만큼
    득이 되고, 그대 책을 값지게 할 것이네.

4행 이 책 정확하게 무엇을 가리키는 것인지 불분명하지만, 아마도 이 소네트 모음, 14행에서 말하는 "그대 책", 화자가 친구에게 건네는 공책, 또는 상상 속의 책일지도 모른다.

78

난 그대를 내 뮤즈로 매우 자주 불러냈고
시 짓기에 상당히 큰 도움을 얻은 결과
모든 낯선 시인들이 내 습관을 따랐으며
그대의 후원으로 그들의 시를 퍼뜨린다네.
벙어리가 큰 소리로 노래하게, 무식꾼이
높이 날게 가르쳐 준 그대의 두 눈은
학자들의 날개에 깃털을 더했고
우아한 이들에게 두 배의 위엄을 부여했네.
그래도 내가 지은 것들을 최고로 뽐내게,
그대가 영감 주고 그대가 낳은 것들이니까.
타인들의 작품에선 그대가 문체만 고치면
기술은 우아한 그대 덕에 우아해진다네.
 하지만 그대는 내 기술 전체이고, 나아가
 내 거친 무식을 학식의 단계로 높인다네.

3행 낯선 시인들 이른바 '경쟁 시인 소네트'라 불리는 일련의 소네트(78~86번)에 등장하는 시인들에 대한 첫 번째 묘사는 그들과 화자 사이의 거리감을 드러내는 낯설음이다.

79

나 혼자만 그대의 도움을 구했기에
나의 시만 고귀한 그대 호의 다 입었네.
하지만 우아한 내 운문도 이제는 바랬고
병든 내 뮤즈는 자기 자릴 내준다네.
그대라는 어여쁜 주제는, 임이여,
더 훌륭한 작가의 노고에 맞음을 인정하네.
그러나 시인이 그대 두고 창작한 건
그대 것을 훔쳐서 그대에게 되갚는 것이네.
미덕이란 단어를 그대의 행동에서 훔쳐 와
그대에게 빌려주고, 미모도 주는데
그건 그대 뺨에서 찾았으며, 어떠한 칭찬도
그대 안에 있는 것 말고는 못 해 주네.
  그러니 그의 말에 고마워하진 말게,
  그대에게 그가 진 빚, 그대가 갚으니까.

80

오, 자네 얘기 쓸 때면 난 얼마나 기죽는지.
더 나은 인물이 자네 이름 이용하고
그 칭찬에 온 힘 쏟아, 내가 자네 명성을
말 못 하게 입 막고 있는 것을 아니까.
하지만 자네의 가치는 대양처럼 넓어서
작은 배도 호화선도 같이 받아들이니까
건방진 내 쪽배는, 그의 것에 훨씬 못 미쳐도
자네의 드넓은 대양에 멋대로 나타나네.
자네의 가장 적은 도움에도 난 뜨는 반면에
그는 그 깊이 모를 자네의 심연을 가르네.
아니면, 파선을 당한 난 가치 없는 배인데
그의 것은 높이 지어 멋지고 화려하네.
   그러니 그는 번영하는데 난 내쳐진다면,
   최악은 내 사랑이 내 파멸이었다, 이거네.

81

내가 살아 자네의 묘비명을 짓든지, 아니면
땅속에서 썩을 때 자넨 살아남을 테지.
내 모든 자질은 다 잊힐 테지만, 죽음도
자네에 대한 기억 여기에서 못 가져가.
한번 가면 나는 온 세상에게 죽은 몸이지만
자네 이름 지금부터 영생을 얻을 거네.
땅은 내게 흔한 무덤 줄 수 있을 뿐이나
자네는 사람들 눈 안에 묻혀 있을 것이네.
다정한 내 시가 자네의 기념비가 될 텐데,
아직은 안 태어난 눈들도 그걸 읽을 것이고
세상에서 숨 쉬는 모두가 죽었을 때에도
미래의 입들이 자네의 존재를 읊을 거네.
    숨이 가장 강한 곳, 바로 사람 입속에서
    자네는 내 글의 힘으로 계속 살 것이네.

82

그대가 내 뮤즈와 결혼하지 않았기에
난 그대가 작가들의 책을 다 축복해 주면서
그들의 고운 주제, 그대에게 바쳐진 헌사를
욕 안 먹고 살펴볼 수 있다고 인정하네.
그대는 혈색이 고운 만큼 학식도 넉넉하여
내 찬사 너머에서 자신의 가치를 찾기에
진보하는 이 시대의 더 신선한 작품을
새로이 구하라는 강요를 받는데, 임이여,
그리하게. 하지만 그들이 수사학을 동원해
그 어떤 무리한 필법을 구사하더라도
진정 고운 그대는 진실을 말하는 친구의
진솔한 말에 의해 진정으로 표현되네.
    또 그들의 과한 색칠, 그대에겐 오용이니
    뺨에 피가 필요한 데 쓰이는 게 더 낫겠네.

83

난 자네가 화장이 필요한 적 못 보았네,
그래서 그대의 미모엔 화장을 안 했다네.
난 자네가 시인이 헛되이 갚겠다는 글 빚을
능가한 걸 알았다네,(알았다고 여겼네.)
그래서 자네를 묘사할 때 졸았기 때문에
자네는 스스로, 그 존재로, 평범한 문체가
가치를 말하면서 자네 안에 자라는 가치에
얼마나 못 미치는지 잘 보여 줄 수 있었네.
이 침묵을 자네는 나의 죄로 돌렸는데,
말 없는 그것은 나의 최고 영광일 것이네.
입 다문 난 미모를 해치지 않는 반면
남들은 생명을 주려다가 무덤을 파니까.
      고운 자네 한쪽 눈엔 자네의 두 시인이
      꾸며 낼 칭찬보다 더 많은 생명이 산다네.

13행 두 시인 셰익스피어 본인과 그의 경쟁 시인, 또는 다른 두 경쟁 시인, 또는 그냥 두 시인.

84

누가 가장 잘 말하나? 자네만이 자네이고
그 안에 자네 같은 사람의 성장을 예시하는
넉넉함이 잠재한다. 이런 값진 찬사보다
더 많이 말할 수 있는 자 누구인가?
자신의 주제를 조금도 못 빛내는 작가는
깡마른 빈곤의 팔자를 타고났겠지만
자네에 대하여 쓰는 자가 자네가 자네임을
말할 수 있다면, 그의 얘긴 품격이 높아지네.
자연이 그토록 티 없이 만든 걸 안 망친 채
자네 안에 쓰인 걸 그가 베끼기만 하면,
그러한 복사물로 그 재주는 명성 얻고
그 문체는 어디서든 감탄받을 것이네.
   자네는 자네 칭찬 망치는 칭찬에 혹하여
    축복받은 자네의 미모에 저주를 더한다네.

자네를 칭찬하는 해설이 넉넉히 모여서
황금빛 필체로 자네의 성품을 보존하고
소중한 구절을 뭇 뮤즈가 갈고닦는 동안에
말문 막힌 내 뮤즈는 공손히 가만있네.
남들이 좋은 글 쓸 때면 난 좋은 생각 하고,
정제된 필법에다 세련된 형식으로
능력 있는 인물이 내놓는 갖가지 찬가에
난 무식한 서기처럼 늘 "아멘."을 외친다네.
누가 자넬 칭찬하면 난 "그렇소, 옳소." 하며
그 극도의 칭찬에 뭔가를 더하지만
맘속으로 하는데, 그 마음은 자네 사랑
(말은 맨 뒤에 와도) 앞줄에서 지킨다네.
    그러니 남들은 숨과 같은 그들 말을, 내 경우엔
    사실상 말하는 벙어리인 내 마음을 주목하게.

86

위대한 그의 시가 지극히 소중한 포획물,
자네를 향하여 활짝 펼친 멋진 돛 때문에
성숙한 내 생각은 그것이 자라났던 자궁을
묘지로 삼으면서 나의 뇌 안쪽에 묻혔나?
내가 넋을 잃은 것이 초인적인 글쓰기를
영혼들에게 배운 그의 지능 때문인가?
아니네, 나의 시를 경악하게 만든 것은
그도, 밤에 그를 도와준 동료들도 아니라네.
그도, 또 그를 밤마다 역정보로 속이는
상냥하고 허물없는 그 수호신도
내 침묵의 승자라고 뽐낼 수는 없다네,
난 그쪽이 두려워 아픈 건 아니었으니까.
   근데 자네 얼굴에 그의 시가 꽉 찼을 때
   난 소재가 모자랐고 나의 시는 약해졌네.

87

잘 가게, 그댄 내가 갖기엔 너무나 소중하고
그대는 자신의 평가를 당연히 알고 있네.
그대는 그대 가치의 특권으로 해방되고
나의 그대 소유권은 모두 다 만료됐네.
그대의 허락 없이 내 어찌 그대를 잡으며
그 보화를 내가 누릴 자격은 어디 있나?
이 고운 선물을 받을 까닭 내겐 없고,
그래서 내 특허권은 되돌아간다네.
그댄 그때 자신의 가치를 알지도 못한 채,
아니면, 그걸 준 사람인 날 오판한 채 주었고,
그래서 그대의 큰 선물은 오류로 생겼지만
더 나은 판단에 의하여 집으로 다시 가네.
    난 그렇게 그대를 꿈속의 아침처럼 가졌어,
    잘 때는 왕인데 깨고 나면 그런 게 아니라네.

88

앞으로 그대가 날 가볍게 여길 마음 생기고
내 장점을 경멸의 눈빛으로 바라볼 때,
난 그대 편에서 나에 맞서 싸우면서
그대의 위증에도 그대 정직 입증할 것이네.
나는 나 자신의 약점을 가장 잘 알기에
내가 물들었지만 감춰 뒀던 오점 얘기
그대 위해 적어 내어 그대가 큰 영광을
날 무너뜨림으로써 얻게 할 수 있다네.
그로 인해 나 또한 이득을 볼 텐데,
사랑하는 내 마음을 그대에게 다 기울여
내가 나 자신에게 입히는 뭇 상처는
그대에게 득 되면서 내겐 배로 득 되니까.
    내 사랑 대단하여, 난 온통 그대 것이어서,
    그대의 선을 위해 악은 내가 다 견딜 것이네.

89

내게 흠이 좀 있어서 날 버렸다 말하게,
그럼 나는 그 죄를 풀어 설명할 것이네.
내 불구를 알리게, 그럼 난 바로 절뚝거리면서
그대가 든 이유들에 아무 항변 않겠네.
그대가 원했던 변심을 밝힌대도, 임이여,
그대가 내게 주는 망신은 그대 뜻을 알면서
내가 내게 줄 것의 절반도 못 된다네.
난 친분을 억누르고 낯설게 행동하며
그대의 산책로 멀리하고, 더 이상 내 입에
그대의 사랑하는 고운 이름 안 담겠네,
너무 지나치게 불경한 내가 혹시 잘못하여
우리의 옛 친분을 발설하면 안 되니까.
  그대 위해 나에 맞선 투쟁을 난 맹세할 거네,
  그대가 미워하는 사람은 절대 사랑 못 하니까.

90

그러니 원할 때 날 미워하게, 할 거면, 지금,
이 세상이 내 행위를 막으려 하는 지금
심술궂은 운명과 힘을 합쳐 나를 꺾되
한 방 더 먹이려고 나를 찾아오진 말게.
아, 내 마음이 이 슬픔을 헤치고 나왔을 때
극복된 비탄의 뒤쪽으로 오지 말 것이며,
의도했던 파멸을 질질 끌기 위하여
저녁 바람에 아침 비를 더하지도 말게.
나를 떠나겠으면 여러 다른 사소한 고뇌의
악영향이 사라진 마지막에 가지 말고
그 시작 때 가게, 내가 그 막강한 운명의
바로 그 최악을 맨 먼저 맛보도록. 그러면
   다른 유의 비탄은 지금은 비탄처럼 보여도
   그대 잃은 사실에 비하면 달라질 테니까.

91

누구는 자신의 혈통을, 누구는 기술을,
누구는 자신의 재산을, 누구는 완력을,
누구는 신식인데 볼품없는 의복을,
누구는 매와 개를, 누구는 말들을 자랑하고,
각각의 기호는 그에 따른 쾌락이 있으며
거기에서 무엇보다 큰 기쁨을 얻겠지만
이 모든 항목은 내 잣대가 아니라네,
종합 1위 하나로 난 이들보다 나으니까.
내겐 그대 사랑이 귀한 혈통보다 낫고
재산보다 값지며, 화려한 의복보다 멋지고
매나 말들보다도 많은 기쁨 준다네.
그대를 가진 난 모두의 영광을 뽐낸다네.—
    단 하나 비참한 건, 그대가 이걸 다 앗아 가
    나를 가장 비참하게 할 수 있단 사실이네.

92

하지만 최악을 저질러 슬며시 달아나게.
내 일생 동안에 그대는 분명히 내 것이고
내 생명은 그대의 그 사랑에 달렸기에
그대의 사랑보다 오래가진 않을 걸세.
그럼 난 최악의 상처도 겁낼 필요 없겠지,
가장 적은 것에도 내 삶은 끝나니까.
난 그대의 변덕에 의존하는 것보다는
더 나은 상황에 처했음을 알고 있네.
그대의 변심에 내 생명이 걸렸기에
그대는 불안정한 마음으로 나를 못 괴롭혀.
그대 사랑 가진 행복, 죽을 행복 있으니
오, 나에겐 이 얼마나 행복할 권리인가!
    하지만 무결점의 큰 축복이 어디에 있냐고?
    그대는 배신할 수 있지만, 난 모르는 일이네.

93

난 그렇게 그대의 정절을 상상하며 속아 온
남편처럼 살 것이네. 그러면 사랑의 얼굴은
내겐 늘 사랑처럼 보이겠지, 새롭게 변하여
그 용모만 내게 있고 마음은 딴 데 가도.
그대 눈에 미움이 살 수는 없으니까
그 점에서 난 그대의 변화를 알 수 없네.
많은 이의 용모에서 거짓된 마음은
변덕과 찌푸림, 이상한 주름으로 전달되지.
하지만 하늘은 그대를 창조한 뒤
그 얼굴에 상냥한 사랑이 늘 있으라, 명했네.
그대의 생각이나 마음씨가 어떠하든
그대의 용모는 상냥함만 말해야 하니까.
  그대의 외모와 상냥한 미덕이 어긋나면
  그대 미모 정말로 이브의 사과처럼 된다네.

94

해칠 힘 있으면서 그렇게 안 하는 이들과,
꼭 할 것처럼 보이는 그 일을 하지 않고
남들을 자극하면서도 스스로는 돌같이
미동도 않은 채 차갑고 유혹에 느린 이들,
그들은 하늘의 미덕을 올바로 물려받아
자연의 보화가 낭비되지 않도록 간수하네.
그들은 자기 얼굴의 군주이고 소유자며
나머지는 자기 장점의 관리인일 뿐이라네.
여름에 피는 꽃은 저 혼자 살다가
죽어 갈 뿐이지만 여름철엔 향기롭네.
하지만 그 꽃이 천한 병을 옮으면
가장 천한 잡초가 그 자태를 넘어서네.
   가장 고운 것들도 행위로 가장 역겨워지며
   백합의 악취는 잡초보다 훨씬 고약하니까.

95

그대는 향기로운 장미 속의 자벌레처럼
피어나는 자기 이름 갉아먹는 그 수치를
얼마나 달콤하고 아름답게 만드는지.
오, 그대는 자기 죄를 참 달게도 포장하네!
그대의 향락을 음탕하게 설명하며
그대가 보낸 세월 얘기하는 그 입은
헐뜯지는 못하고 칭찬하는 방식으로
그대 이름 불러서 추문을 축복하네.
오, 악덕은 그대를 살 집으로 선택해서
얼마나 훌륭한 저택을 가졌는가!
그곳에선 미모의 장막이 오점을 다 가려
눈에 띄는 모든 것 아름답게 변한다네.
  소중한 임이여, 이런 큰 특권을 조심하게.
  최강의 칼날도 잘못 쓰면 무뎌지네.

96

누군 그대 단점이 젊음이고, 누군 방탕,
누군 그대 장점이 젊음과 고급 향락이라는데
장점도 단점도 아래위의 사랑을 다 받고,
그대는 몰려오는 단점을 장점으로 만드네.
옥좌에 자리한 여왕의 손가락 위라면
가장 천한 보석도 높이 평가받듯이
그대에게 나타나는 과오도 그처럼
진실로 바뀌어 진실한 것으로 여겨지네.
사나운 늑대가 자신의 모습을 양으로
바꿀 수 있다면 얼마나 많은 양을 잡을까?
그대가 지위의 힘을 다 이용할 수 있다면
얼마나 수많은 숭배자를 오도할까?
     하지만 그러지 말게나. 그대가 내 것이니
     그 호평도 내 것일 만큼 난 그대 사랑하네.

13~14행: 하지만…사랑하네 36번 소네트를 끝맺은 것과 꼭 같은 2행 연구.

쏜살같은 한 해의 최고 기쁨, 그대 떠난
내 이별은 얼마나 겨울과 같았던가!
난 얼마나 혹한을 느꼈고 어두운 날 봤으며,
그 늙은 섣달의 헐벗음은 얼마나 흔했던가!
그럼에도 멀어져 간 이 시간은 여름철,
풍성한 증식으로 부풀은 다산의 가을로서
남편들 사망 후의 과부들 자궁처럼
왕성했던 청춘의 산물을 지니고 있었다네.
그런데도 이 풍부한 결실이 내겐 단지
고아들의 희망이며 사생아로 보였다네,
여름과 그에 따른 쾌락이 그대 시중들다가
그대가 가 버린 뒤 새들도 입을 다무니까.
    혹은 노래한대도 기분이 영 안 좋아서
    잎들도 오는 겨울 겁내며 창백해 보이니까.

98

　　　　　난 봄부터 자네 곁을 비우고 없었는데,
　　　　　그때는 화려한 사월이 색동옷 다 차려입고
　　　　　만물에 청춘의 기운을 불어넣어
　　　　　무거운 사투르누스도 함께 웃고 뛰었지.
　　　　　그런데 새들의 노래에도, 색깔과 향내가
　　　　　서로 다른 꽃들의 달콤한 냄새에도
　　　　　난 여름 얘기를 못 꺼냈고, 그것들을
　　　　　화려한 그 자생지에서 꺾지도 못했다네.
　　　　　난 또한 백합의 흰색에 놀라지도 않았고
　　　　　장미의 짙은 주홍 칭찬도 안 했다네.
　　　　　이들은 그 모두의 원형인 자네를 본떴기에
　　　　　예쁠 뿐이었고, 기쁨의 약도일 뿐이었네.
　　　　　　　　날은 계속 겨울과 같았고, 난 자네가 없어서
　　　　　　　　이들을 자네의 초상처럼 데리고 놀았다네.

4행 사투르누스 로마 신화에서 농경과 계절의 신.

일찍 핀 제비꽃을 난 이렇게 꾸중했지.
"예쁜 도둑, 내 연인의 숨결 말고 넌 어디서
그 단내를 훔쳐 왔니? 부드러운 네 뺨을
피부처럼 물들이는 그 자랑스러운 자줏빛은
명백히 내 연인의 핏줄에서 가져왔어."
난 백합은 그대의 흰 손을, 박하 꽃망울은
그대의 곱슬머릴 훔쳤다고 책망했네.
장미들은 겁먹은 채 가시 위에 앉아서
하나는 붉은 수치, 또 하난 흰 절망에 젖었네.
붉지도 희지도 않은 셋짼 양쪽 색을 훔쳤고
자신의 도둑질에 그대의 숨결도 더했다네.
하지만 그 절도의 대가로 성장의 절정에서
복수하는 자벌레가 갉아먹어 죽였다네.
　　　　　나는 더 많은 꽃을 살폈지만, 그대의 향기나
　　　　　색깔을 훔치지 않은 건 하나도 못 봤다네.

이 소네트는 다른 것보다 한 줄이 많은 15행으로 되어 있다.

100

넌 어디 있는데, 뮤즈여, 너의 모든 힘을 주는
그것에 대하여 그렇게 오래 잊고 말을 않지?
천한 대상 빛내 주는 네 능력에 먹칠하며
시시한 노래에 너의 시적 영감을 허비해?
돌아와, 잘 잊는 뮤즈여, 그리고 곧바로
그토록 헛되이 보낸 시간 귀한 시로 보상해.
네 가락을 존중하는 귀에게 노래하고
네 붓에는 기술, 주제, 양쪽을 넣어 줘라.
일어나, 게으른 뮤즈여, 시간이 내 사랑의
그 고운 얼굴에 주름을 팠는지 살펴보고,
그랬다면 파멸을 풍자하는 시를 지어
시간의 약탈을 사방에서 경멸하게 만들어라.
  내 사랑에게는 생명 꺾는 시간보다 명성을
  빨리 줘서, 그의 낫과 굽은 칼을 미리 막아.

2행 그것 젊은 친구에 대한 화자의 사랑. 14행 그 의인화된 시간으로 보통 자루가 긴 큰 낫을 들고 있다. 여기에서 "굽은 칼"은 그 낫을 되풀이하여 강조하는 말.

101

오, 태만한 뮤즈여, 미에 깃든 정절을
네가 무시한 일은 어떻게 배상할 참이지?
정절과 미, 이 둘은 내 애인에 달려 있고,
너 또한 그러하며, 그 점에서 영예로워.
답으로, 뮤즈여, 넌 아마 이렇게 말하겠지.
"정절은 고유의 색 외에 다른 색 필요 없고
미 또한 미의 정절 색칠할 붓이 필요 없지만
최고는 뒤섞이지 않았을 때 최고"라고.
그는 칭찬 필요 없어서 넌 입을 다물 거야?
침묵을 그렇게 변명 마라, 금칠한 묘지보다
그가 훨씬 오래 살고 다가올 시대에도
칭송받을 것이냐는 네게 달렸으니까.
  그러니 뮤즈여, 할 일 해, 먼 훗날 그가 네게
  지금처럼 보이게 하는 법 내가 알려 줄 테니까.

3행 애인 화자가 사랑하는 젊은 남자 친구.

102

내 사랑은 더 약해 보이지만 강해졌고,
사랑을 적게 하진, 그렇게 보여도, 않는다네.
사랑은 그걸 가진 사람이 드높은 그 가치를
온 사방에 공개할 때 상품화된다네.
우리의 사랑은 새로웠지, 하지만 내가 그걸
노래로 맞이하곤 하였던 봄철에만 그랬지,
필로멜라가 여름의 초입에는 울다가
계절이 익어 가면 목소리를 멈추듯이.
그 새의 구슬픈 가락에 밤이 조용해졌던
그 여름이 지금은 덜 유쾌해서가 아니라
가지마다 거친 음악 걸리고 예쁜 게 흔해져
원래의 소중한 기쁨을 잃기 때문이라네.
  그래서 나도 그 새처럼 자네가 내 노래를
  지겨워하지 않도록 때론 입을 다문다네.

7행 필로멜라 아테네 왕 판디온의 딸로 형부 테레우스에게 강간당한 뒤 혀를 잘렸으나 나중에 언니와 함께 복수하고 밤꾀꼬리(나이팅게일)로 변신했다.

103

아아, 내 뮤즈는 참으로 빈약한 걸 내놓네,
자신의 화려함을 보여 줄 기회가 있었는데
꾸밈이 전혀 없는 자네가 내 찬사까지
덧붙여 받았을 때보다 더 뛰어나다니.
오, 내가 더는 글 못 써도 날 꾸짖진 말게!
자네 거울 쳐다보게, 내 무딘 창조력을
완전히 넘어서는 한 얼굴이 나타나
내 시를 지겹게 만들고 날 망신 줄 테니까.
그러니 온전했던 대상을 고치려 하다가
망가뜨려 놓는 게 죄받을 일 아닌가?
내 시는 자네의 장점과 천품 얘기 말고는
그 어떤 목표도 지향하지 않으니까.
　　또 자네 거울은 내 시 안에 든 것보다 많은 걸,
　　훨씬 더 많은 걸 자네에게 보여 줄 수 있으니까.

104

내 고운 친구여, 내게 자넨 절대로 안 늙어,
자네는 내가 처음 그 눈을 보았던 때처럼
미모도 늘 그래 보이니까. 세 번의 찬 겨울
화려한 여름 숲을 세 번 무너뜨렸네.
아름다운 봄이 세 번 계절의 변화 따라
노란빛 가을로 바뀌는 걸 난 봤으며,
생생한 자네를, 아직도 푸르지만, 처음 본 뒤
세 번의 사월 향기 유월의 더위에 세 번 탔네.
아, 그렇지만 미모가 시계의 시침처럼
숫자에서 도망치고 발자국을 안 남기듯
고운 자네 안색도 늘 고정된 것 같지만
움직이고 있었고, 내 눈은 속았을지 모르지.
  그랬을까 두려우니 후세는 들어 보게,
  미의 여름, 자네들이 나기 전에 죽었다네.

105

내 사랑을 우상 숭배라고 일컫는다거나
내 연인을 우상처럼 보이지 않게 하게,
내 노래와 찬사는 다 한 사람을 향하는,
한 사람에 대한 걸로 늘 항상 그럴 테니까.
친절한 내 사랑 오늘도, 내일도 친절하며
빼어나고 놀랍게 끊임없이 일관되네.
그러므로 내 시는 일관성에 묶여 있어
같은 것만 표현하며 차이점은 빼 버리네.
곱고 친절 진실하다, 내 주장의 전부이고,
곱고 친절 진실하다, 다른 말로 바꾸면서
그러한 변화에 내 창작력을 다 썼는데,
한 사람의 세 주제로 놀라운 자유를 준다네.
  곱고 친절 진실하다, 셋은 종종 따로 살고
  한 사람 안에 자리한 적은 여태껏 없었네.

106

내가 저 지나간 시간의 연대기 속에서
가장 고운 사람들을 묘사한 글들과,
죽은 숙녀, 예쁜 기사 찬양하는 옛 시가
미인 덕에 멋있어지는 것을 볼 때면,
나는 그 향기로운 최고급 미인들의
손과 발, 입술과 눈, 이마의 기록에서
그들이 자네가 지금 가진 바로 그 미모를
고풍의 붓으로 표현코자 했음을 안다네.
그래서 그들의 칭찬은 다 자넬 예상하면서
우리의 이 시대를 예언한 것뿐인데,
그들은 오로지 점치는 눈으로만 봤기에
자네 가치 노래할 기술은 충분치 않았다네.
     지금 이 현대를 바라보는 우리도
     놀랄 눈은 있지만 칭찬할 혀는 없으니까.

나 자신의 두려움도, 이 넓은 세상에서
앞일을 꿈꾸면서 예언하는 사람들도
금고형을 받아야 한다고 여겨지는
내 참사랑의 수명을 아직은 못 정하네.
이승의 달님은 월식으로 사라졌고
슬픈 점술가들은 자신의 예감을 비웃네.
불확실한 것들이 이제는 확실히 끝나고
평화는 영원한 태평성대 선언하네.
이제 이 최고의 방향이 내리는 시절에
내 사랑은 생기 있고 죽음은 내게 지네.
둔하고 무식한 족속들을 죽음이 밟는 동안
나는 이 초라한 시 속에서 살 것이고
    그대는 폭군의 투구와 청동 묘가 삭을 때
    이 안에서 그대의 기념비를 볼 테니까.

4행 참사랑 이것이 사랑의 감정이 아니라 실제 인물을 암시한다면 당시 이 소네트에서 말하는 "금고형", 즉 옥살이를 한 두 사람은 제임스 1세 즉위(1603년) 후 방면되었던 셰익스피어의 초기 후원자 사우샘프턴 백작과, 계속된 투옥과 추방 뒤 1601년 궁정으로 복귀한 말기 후원자 윌리엄 허버트 백작이 있다. (아든)
5행 이승의 달님 같은 맥락에서 이는 당시 여왕이었으며 1603년에 서거한 엘리자베스 1세를 가리킨다.

108

머릿속에 잉크로 표기할 게 있으면서
그대에게 내 진심을 못 전한 게 뭣인가?
내 사랑, 아니면 그대의 장점을 표현함에
새롭게 말할 것, 새롭게 기록할 게 뭣인가?
없다네, 소년님아. 하지만 난 매일 기도처럼
꼭 같은 걸 외워야 해, 낡은 걸 안 낡았다고,
또, 내가 처음 그대의 고운 이름 받들었던
바로 그때처럼 그댄 내 것, 난 그대 것이라고.
그래서 영원한 사랑은 신식의 사랑으로
세월의 먼지와 상처를 개의치 아니하고
불가피한 주름에도 굴하지 않으면서
노년을 영원히 자기 시종 만든다네.
    사랑의 첫 착상은 그 시간과 외형으론
    죽은 걸로 보이는 곳에서 생겨남을 아니까.

5행 소년님 전체 소네트에서 유일하게 화자가 그의 젊은 남자 친구를 이렇게 부르는 곳.

109

이별로 내 열정이 줄어든 것 같지만
오, 내 마음이 불성실했단 말은 절대 말게.
내 사랑의 거주지, 그대 가슴 안에 있는
내 영혼을 떠나느니 나는 나 자신을
더 쉽사리 떠나겠네. 난 돌아다녔어도
여행하는 사람처럼 되돌아온다네,
시간 따라 안 바뀐 채 정해진 시간에,
그래서 내 오점 씻을 물을 직접 가져온다네.
갖가지 기질에 밀려드는 갖가지 약점이
내 본성에 군림했었지만, 그 때문에 내가
그대 미덕 전체를 허투루 버릴 만큼 턱없이
오염될 수 있다고는 절대로 믿지 말게.
    나의 장미, 그대를 뺀 이 넓은 우주를 난
    허무라 부르고, 그 안에서 그댄 내 전부라네.

110

아뿔싸, 사실 난 여기저기 가 보았고,
자신에게 광대의 얼룩 옷을 입혔으며,
생각을 더럽혔고, 최상품 값싸게 팔았으며,
새로운 애정으로 옛것에게 죄지었네.
내가 삐딱, 이상하게 정절을 쳐다본 건
참으로 사실이네. 하지만 하늘에 맹세코,
이러한 곁눈질로 내 마음 더 젊어졌고,
저질의 시도로 그대가 내 최고 사랑, 입증됐네.
이제 다 끝났으니 끝나지 않을 걸 가지게.
이 몸이 매여 있는 사랑의 신, 옛 친구를
시험해 보려고 내 욕망을 새로운 실험으로
돋우는 일은 절대 더 이상 안 하겠네.
  그러니 날 환영하게, 제2의 천국이여,
   순수한 지극히 사랑하는 바로 그대 가슴에.

111

오, 나 대신에 자네가 운명을 꾸짖게,
나의 나쁜 행동에 책임 있는 여신인데,
천한 처신 하게 하는 천한 수단 안 쓰게
내 생활을 향상시켜 주지는 않았다네.
그 때문에 내 이름엔 낙인이 찍혔고
거의 그 때문에 내 본성은 염색가의 손처럼
그걸 쓰는 환경에 거의 종속되었다네.
그러니 날 동정하고 내 재생을 빌어 주게.
그동안 난 강력한 감염을 막기 위해
환자처럼 식초 물약 기꺼이 마실 테고,
쓴 걸 쓰다 하거나, 받은 벌 또 받는 걸
이중의 속죄라고 생각하지 않겠네.
  그러니 날 동정하게, 귀한 친구, 그럼 난
  자네 동정 내 치료에 충분하다 확신하네.

3행 천한…수단 이것이 셰익스피어 본인의 처지를 암시하는 말이라면 우리는 그가 몸담았던 극장과 배우라는 직업을 떠올릴 수 있을 것이다.

112

자네의 사랑과 동정이년 대중이 찍어 놓은
내 이마의 추문 도장 지워질 것이네.
자네가 내 잘못 덮어 주고 선행을 인정하면
나에 대한 호불호 내가 왜 신경 쓰지?
자넨 내게 이 세상 전부이고 난 자네 입에서
내 수치와 칭찬을 알려고 애써야 한다네.
굳어진 내 감성을 옳거나 그르게 바꿀 사람
자타 간에 자네밖엔 살아 있지 않으니까.
난 타인의 의견 걱정 깊은 심연 속으로
다 던져 버렸기에 귀먹은 내 감각은
헐뜯고 아첨하는 자들에겐 닫혀 있네.
내가 이 무관심을 어떻게 해명하나 잘 보게.
  자네는 내 맘속에 너무 깊이 들어와
  나 밖의 온 세상은 자네가 죽었다 생각하네.

113

내가 자넬 떠난 뒤로 내 눈은 맘에 있고,
내가 걸어 다니도록 통제하는 시각은
기능이 나뉘어 얼마간은 장님인데,
보는 것 같지만 실제로는 꺼져 있네.
그것이 파악하는 그 어떤 새나 꽃, 형체도
생김새를 의식으로 보내 주지 않으니까.
마음은 스쳐 가는 것들에 관여 않고
시력도 스스로 붙잡은 걸 안 지키네,
왜냐하면 그것이 가장 험하다거나 귀한 모습,
가장 잘났다거나 못난 생명, 산이나 바다나,
밤이나 낮, 까마귀나 비둘기를 본다 해도
그것들을 자네의 외모로 바꾸어 버리니까.
    자네로 가득 차 더 이상 수용이 불가능한
    나의 최고 진심은 이렇게 망상을 일으키네.

114

자네가 왕관을 씌워 준 내 마음이
군주의 재앙인 이 아첨을 마신단 말인가?
아니면 내 눈은 진실을 말한다고, 그리고
자네의 사랑이 그것에게 연금술을 가르쳐
사물이 그 시야에 들어오는 만큼이나 재빨리
나쁜 건 하나씩 완벽한 최고로 만들면서
괴물과 모양 없는 것들에서 귀여운 자네 닮은
천사들을 빚었다고 해야 한단 말인가?
오, 첫째라네, 내 눈에 아첨이 들어왔고
나의 큰마음은 참으로 왕답게 그것을 마시네.
내 눈은 뭐가 그의 미각에 맞는지 잘 알고
그의 입에 맞추어 잔을 준비하니까.
  그것이 독배라도 내 눈이 좋아하고
  먼저 들기 시작함으로써 죄는 줄어든다네.

2행 아첨 앞선 소네트의 마지막 행에 언급된 "망상"을 가리킨다.

115

내가 앞서 썼던 시는 거짓말을 하고 있네,
자네를 더 깊이 사랑할 순 없다 했던 것까지도.
그런데 그때 내 판단력은 나의 최강 열정이
왜 나중에 더 밝게 타는지 이유를 몰랐다네.
하지만 시간은 수백만의 사건을 통하여
서약에 기어들고, 왕의 칙령 바꿔 놓고,
신성한 미 흐려 놓고, 불굴의 뜻 꺾어 놓고,
사태의 추이로 굳은 맘 돌리는 걸 고려할 때,
아, 그럼 난 왜 그때 시간의 폭정을 겁내면서
"자네를 지금 가장 사랑해."라고 못 했을까,
현재를 왕으로 여기고 그 나머질 못 믿으며
불확실성 너머까지 확신하고 있었는데?
    사랑은 애기라네, 그럼 난 그렇게 말해서
    늘 자라는 걸 다 자란 것 만들 순 없었을까?

11행 그 나머질 앞으로 올 시간을.
13행 애기 사랑은 어린 큐피드이니까.

116

진정한 두 마음의 결혼에 내가 절대
장애물을 인정하진 않도록 해 주게.
사랑이 변화를 찾았을 때 변하거나
떠나는 사람 따라 떠나면 사랑이 아니네.
오, 아니네. 그것은 태풍을 보고도 언제나
절대 아니 흔들리는 붙박이 표식이고,
떠도는 배 모두에게 높이는 헤아려도
가치는 알 수 없는 바로 그 별이라네.
장밋빛 입술과 뺨 시간의 굽은 낫 안으로
든다 해도, 사랑은 그의 놀림감이 아니네.
사랑은 짧은 몇 시간과 몇 주에 변치 않고
최후 심판 끝까지도 견디어 나가니까.
   이것이 오류이고 나에 맞서 입증되면
   난 쓰지 않았고, 인간은 사랑을 안 했다네.

9행 낫 전통적으로 시간 또는 죽음이 생명을 베는 도구.
10행 그 9행에 등장한 의인화된 시간을 가리킨다.

117

날 이렇게 고발하게. 자네의 큰 은혜를
갚아야 하는 일을 내가 다 소홀히 했으며,
내가 매일 묶이어 온갖 구속 다 받는
지극한 자네 사랑 잊고 아니 찾았다고.
또 내가 모르는 사람들과 어울리며
자네가 비싸게 산 권리를 시간에게 줬다고.
또 내가 돛을 올려 모든 바람 다 받으며
자네의 눈에서 가장 먼 곳으로 갔었다고.
내 의도적 행동과 실수를 둘 다 기록하고
타당한 근거 위에 추측을 높이 쌓게.
찌푸린 얼굴 하며 나를 겨냥해 보게,
하지만 깨어난 미움으로 날 쏘진 말게나.
    자네 사랑의 일관성과 정직성을 떠보려고
    정말 애를 썼다는 게 나의 항변이니까.

118

우리가 식욕을 더 날카롭게 하려고
톡 쏘는 혼합물로 미각을 찌르는 것처럼
안 보이는 질병을 예방하기 위하여
설사를 시킬 때는 병 피하려 병낸다네.
꼭 그처럼 절대 안 물리는 자네의 단맛으로
꽉 찬 나는 쓴 양념에 내 식사를 맞추었고,
건강에 싫증 나서 정말로 탈 나고 싶기 전에
미리 탈이 나는 게 좀 적절함을 알았네.
그래서 꾀 많은 사랑은 없었던 악행을
미리 막기 위하여 과오를 확신했고
건강한 상태에 약품을 썼다네, 나빠져서
지나치게 좋은 것이 치유되길 바라면서.
    하지만 거기서 내가 얻은 참 교훈에 따르면
    자네 땜에 이렇게 병든 자의 약은 곧 독이라네.

119

내가 무슨 지옥만큼 더러운 증류기로
세이렌의 눈물을 걸러 만든 물약을 마셨나?
희망에 공포를, 공포에 희망을 섞으면서,
병 이기는 날 봤는데 늘 지면서 마셨나?
내가 마음속으로 이런 축복 받은 적 없다고
생각하는 사이에 웬 끔찍한 실수를 범했나?
미치게 만드는 이 열병의 착란 속에
내 눈은 밖으로 얼마나 튕기어 나왔었나?
오, 악행의 혜택이여, 난 이제 좋은 건
나빠진 뒤 늘 더 좋아지며, 무너진 사랑도
재건될 땐 처음보다 더 곱고, 더 강하고,
훨씬 더 커지는 게 사실임을 알았다네.
  그래서 난 질책받고 만족으로 돌아오며
  써 버린 것의 세 배를 악행으로 얻는다네.

2행 세이렌 원래는 유혹적인 노래를 불러 뱃사람들을 죽인 그리스 신화의 요정이지만 여기에서는 당시 엘리자베스 시대 사람들이 이해한 것처럼 인어와 같은 뜻으로 쓰였다. (아든)

120

자네의 옛 불친절이 이젠 나를 돕는 점과,
그때 내가 정말로 느꼈던 그 슬픔 때문에
내 근육이 청동이나 강철이 아니라면
나는 내 일탈로 머리를 숙여야 한다네.
왜냐하면 자네가 내 불친절에 떨었다면,
내가 떤 것처럼, 자네는 지옥 시간 보냈고,
폭군인 난 자네의 범죄로 내가 한때
얼마나 아팠는지 따질 겨를 없었을 테니까.
오, 비탄의 밤중에 우리가 참 슬픔이 얼마나
거센지에 대하여 극심했던 내 느낌 상기한 뒤
곧바로 자네에게, 그럼 자넨 나에게,
가슴 상처 고치는 회개의 연고를 줬더라면!
　　　하지만 자네 탈선, 이제는 보상금이니까
　　　우린 서로 속죄하고 속죄받고 해야 하네.

121

더럽다는 평가보단 더러운 게 더 낫다네,
안 그런데 그렇다는 책망을 받으면서
정당한 쾌락을 잃을 땐, 우리의 느낌 아닌
남들 눈에 그것이 더럽게 여겨질 땐.
남들이 왜 거짓된 불순한 눈으로
방탕한 내 기질을 아는 체 인사하지?
난 좋다 여기는 걸 일부러 나쁘다며
내 약점을 엿보는 더 약한 자들은 왜 있지?
안 된다네. 나는 곧 나이고, 내 비행을
겨누는 자들은 본인 것을 세고 있네,
그들은 빗나가도 난 올곧을 수 있으니까.
인간은 다 나쁘고 나쁨으로 번성한다,
    이러한 보편 악을 그들이 우기지 않는 한
    썩은 그들 맘으로 내 행위를 봐서는 안 되네.

4행 그것 정당한 쾌락.

122

그대 선물, 그 종이 수첩은 내 머릿속에서
영원히 기억될 글자로 가득한 채
모든 시대 지나서, 심지어는 영원까지,
그 하찮은 글줄 넘어 남아 있을 것이네.
아니면 적어도 뇌와 또 심장이 스스로
지탱할 능력을 가지는 한 남을 테고,
그 둘이 각각의 그대 몫을 망각할 때까지
그대의 기록은 절대로 사라질 수 없다네.
그 초라한 저장고는 그리 많이 못 담았고
난 소중한 그대 사랑 새길 곳도 필요 없네.
그래서 난 그것을 용감하게 내주었고
그대를 더 많이 적을 기억 수첩 믿었다네.
      그대를 떠올리기 위하여 조수를 두는 건
      내가 잘 잊어버린다는 뜻이었을 테니까.

9행 초라한 저장고 1행에서 말한 "종이 수첩".

123

아니! 시간아, 넌 내가 변한다고 못 뻐겨.
최근의 힘으로 네가 지은 피라미드들은
내게는 새롭지도 낯설지도 않단다,
앞선 구경거리에 옷 입힌 것뿐이니까.
우리의 일생은 짧단다, 그래서 우리는
네가 슬쩍 끼워 넣는 낡은 것에 감탄하고
전에도 그것 얘기 들었다는 생각보단
그것이 우리가 원해서 태어났다 여기지.
나는 네 연대기와 너를 둘 다 무시하며
현재나 과거에 대하여 놀라워하지 않아,
네 기록과 우리가 보는 것은 거짓으로
네가 계속 서둘러 키우거나 줄이니까.
   네 낫과 너에도 불구하고 난 충실할 거야,
   난 이걸 맹세하고 이건 영원할 거야.

13행 낫 전통적으로 시간 또는 죽음이 생명을 베는 도구.

124

소중한 내 사랑이 상황의 산물일 뿐이라면
그것은 시간의 호의나 미움에 달렸기에
잡초 중의 잡초나 꽃들과 함께 딴 꽃처럼
운명의 사생아로 아비가 없을지도 모르지.
아니, 그것은 우연과는 먼 데서 생겼고
미소 짓는 권력에 굴하지 않으며, 이 시대에
우리 같은 사람들이 갖게 되는 불만을
억압하고 가두어도 꺾이지 않는다네.
그것은 짧은 시간 단위로 움직이는
저 이단자, 술책을 두려워하지도 않으면서
오직 홀로 엄청나게 신중히 행동하여
열기에 자라거나 소나기에 죽지 않네.
    이에 대한 증인으로 난 죄인으로 살다가
    양민으로 죽었던 시간의 희생자들 부르네.

13~14행 증인…희생자들 이는 종종 그 당시 신앙 때문에 처형당한 가톨릭 신자들을 가리킨다고 보지만, 많은 유사한 사건들과 에섹스 백작의 경우에도 해당될 수 있다. (아든)

125

일산을 받쳐 들고 나의 겉모습으로
군주의 겉치레에 존경을 표하거나,
머지않아 깨지거나 뭉개질 큰 초석을
영원처럼 놓는 게 내게 무슨 소용인가?
격식과 호의를 중시하는 자들이 다 잃고,
게다가, 순한 맛 버리고 단것을 얻으려고
너무나 큰 대가 치른 가엾은 졸부들이
눈치만 보다가 끝난 것을 난 알지 않는가?
아니, 난 그대의 맘속에서 헌신하게 해 주고
내 제물을 받아 주게, 작지만 순수한데
잡물도 안 섞이고 재주도 안 부렸으며
오직 나를 그대 위해 주고받는 것이라네.
  꺼져라, 너 매수된 밀고자여, 참 영혼이
  가장 탄핵받을 때 너는 가장 무력해.

13행 매수된 밀고자 많은 비평가들이 실제 인물로 해석하지만 아마도 의인화된 시간을 가리킬 가능성이 가장 크다. (아든)

126

오 그대, 멋진 내 소년이여, 그대는 시간의
늘 변하는 모래시계, 낫질을 장악했고,
고운 그 자신이 자랄 때 그대의 애인은
시드는 걸 보여 주며 시간 따라 자랐다네.
파괴를 지배하는 절대 여왕, 자연이
그대가 앞으로 나아갈 때 항상 낚아챈다면
붙잡는 목적은 그녀의 기술로 시간을
못 믿게 만들고, 비열한 분초를 꺾는 거네.
하지만 자연을 겁내게, 오, 그녀의 총아여.
그녀는 자기 보물 억류할 뿐 늘 지킬 순 없네!
그녀는 결산을 비록 늦춰졌지만 해야 하고,
그녀의 빚 청산은 그대를 넘겨주는 거라네.
       (   )
       (   )

12행으로 이루어진 이 소네트로 화자의 "젊은 친구"가 주제인 일련의 소네트 (1~126번)가 끝난다.
1행 소년 화자는 앞서 소네트 108번에서 "소년님"이란 호칭을 사용한 바 있다.

13~14행 내용으로 볼 때 이 시는 12행으로 완결되지만 1609년에 출판된 4절판에는 마지막 두 줄이 괄호로 처리되어 있고 이 번역도 그 예를 따랐다.

옛날에는 검은 얼굴 곱다 하지 않았고,
그렇다고 했어도 미녀란 이름은 못 가졌지.
하지만 지금은 검은 얼굴 미의 계승자이며
미녀는 창피한 서출로 모욕을 당하네.
각자가 자연의 능력을 손에 쥐고
빌려 온 딴 얼굴로 박색을 미색 만든 이래로
멋진 미는 이름도, 신성한 휴식처도 없으며
불명예 속에 살진 않아도 모독을 당하니까.
그래서 내 애인의 두 눈은 까마귀처럼 검고,
같은 색의 그녀 눈은 태생은 안 고운데
미색은 부족하지 않아서, 거짓된 평가로
자연미를 욕보이는 여자를 애도하는 것 같아.
    그런데 그 눈의 애도는 한탄과 잘 맞아서
    모두들 미모는 그렇게 보여야 한다 하네.

1행 검은 얼굴 당시 시인들에게 찬미의 대상이었던 맑고 밝고 깨끗한 흰 낯빛과 대조되는 까무잡잡한 얼굴색의 여인을 가리킨다. 이는 소위 "검은 여인"을 다루는 첫 소네트이다.
11행 미색은…않아서 인공적으로 미모를 더했기에, 화장을 했기에.

128

나의 음악, 그대가 축복받은 건반 위에
그 고운 손가락을 움직여 음악을 펼칠 때,
내 귀를 교란하는 그 현들의 화음을
부드럽게 다룰 때, 난 그대의 손 안쪽
여린 곳에 키스하려 솟구치는 그 막대를—
그런 보답 받아야 할 불쌍한 내 입술은
그 나무의 용기에 빨개져 곁에 서 있는데—
얼마나 여러 번 부러워하는지?
그런 간지럼이면 내 입술은 그대의 손가락이
산 입술보다도 죽은 건반 더 축복하면서
부드럽게 거닐 때 춤추는 그 나뭇조각들과
자신의 상태와 또 상황을 바꾸려 할 거야.
    뻔뻔한 그 막대가 이 일로 그토록 행복하니
    그대 손은 그것에게, 입술은 키스할 내게 줘.

129

정기를 창피하게 낭비하며 쏟는 것은
행동 중의 욕정이고, 행동 전의 욕정은
위증하고, 흉악하고, 피비리고 죄 많으며,
포악, 과격, 조잡, 잔인, 무책임한 데다
즐기자마자 곧바로 경멸을 받으며,
이성 넘어 뒤쫓다가 가지자마자 곧
먹으면 미치라고 일부러 놓아둔 미끼를
꿀꺽한 것처럼 이성 넘어 미움을 받으며,
추구할 때 미쳤고 소유할 때에도 그러하며,
극단으로 가졌고, 가지고, 가지려 하는데,
음미할 땐 지복이나 그 뒤엔 진정한 한탄으로
앞일이면 예상된 기쁨이나 지나면 꿈이라네.
  세상은 이걸 다 잘 알지만 아무도 인간을
   이 지옥에 보내는 그 천국 피할 줄은 잘 몰라.

130

내 애인의 두 눈은 태양과는 전혀 달라.
산호가 붉은 그녀 입술보다 훨씬 붉어.
눈이 만약 희다면, 그럼 그녀 가슴은 갈색이고
머리칼이 끈이면 검은 끈이 그 머리에 자라지.
난 붉고 흰 색깔이 뒤섞인 장미를 봤지만
그녀의 뺨에선 그런 장미 못 보았고,
어떤 유의 향수엔 내 애인이 숨 쉴 때
내뿜는 것보다 더 많은 기쁨이 들어 있어.
난 그녀의 말을 듣기 좋아해, 그럼에도
음악이 훨씬 더 유쾌한 소리란 걸 잘 알아.
난 여신이 걷는 걸 본 적이 없다고 인정해,
내 애인은 걸을 때 땅을 밟고 다니니까.
    그래도 맹세코, 난 엉터리 비유로 와전된
    그 어느 여인만큼 내 애인이 희귀하다고 봐.

131

그대는 폭군 같아, 지금 있는 그대로도,
미녀라고 뻐기며 잔인한 이들과 꼭 같아.
미혹에 빠진 내 가슴엔 그대가 가장 곱고
가장 귀한 보석인 줄 그대는 잘 아니까.
그래도 참말로, 그대를 본 사람들 말로는
그 얼굴에 사랑앓이 시킬 힘은 없다는데,
나 홀로 있을 때는 그 사실을 맹세해도
난 그들이 틀렸다고 과감히 말은 못 해.
또 그게 거짓이 아님을 확신코자 난 신음을
그대의 얼굴 생각만으로도 천 번을 내뱉고,
그것들은 연이어 그대의 그 검은 혈색이
내 마음속으로는 최고로 곱다고 증언해 줘.
  그대는 행동을 빼놓곤 검은 데가 없는데,
  내 생각에 이 험담은 그 때문에 생겨나.

132

난 그대의 두 눈을 사랑하고, 그들은
날 깔보며 고문하는 그대 마음 알고는
날 동정하면서 검게 입고, 내 고통을 어여삐
가엾게 보면서 사랑의 조문객이 되었는데,
참말로, 하늘의 아침 해도 동쪽의 잿빛 뺨에
그대의 애도하는 두 눈이 그 얼굴에
어울리는 것보다 더 잘 어울리진 않으며,
저녁을 안내하는 저기 저 꽉 찬 별도
차분한 서쪽을 그들의 반만큼도 못 빛내네.
오, 그럼 날 애도하는 것 또한 그대 맘에
걸맞게 해 봐, 애도는 그대를 꾸며 주고
온갖 데와 꼭 같이 그대 동정심에도 맞으니까.
    그럼 난 미 자체가 검으며, 그대의 혈색을
    못 가진 이들은 다 추하다고 맹세할게.

133

내 친구와 나에게 깊은 상처 주면서
내 마음을 앓게 하는 빌어먹을 그 마음.
나 하나 고문하는 것으로 충분치 않아서
가장 고운 내 친구도 노역 노예 돼야 해?
잔인한 그대 눈은 내게서 날 앗아 갔고
그대는 내 최고 벗을 더 심하게 독점했어.
난 그와 나 그리고 그대에게 버림받고,
그래서 고문을 세 번 세 겹 당해야 해.
내 마음은 그대의 쇠 가슴 감방에 넣지만
내 친구 마음은 불쌍한 내 마음이 가두게 해.
누가 날 가지든 내 마음이 그를 보호한다면
내 감옥 안에서는 그대가 가혹한 짓 못 하니까.
    그래도 하겠지, 그대 안에 갇힌 난 부득이
    내 안의 전부인 그와 함께 그대 것이니까.

134

내가 이제 그는 그대 것임을 인정했고,
나 자신도 그대의 욕망에 저당 잡혔으니
그대가 또 다른 나를 복귀시켜 나를 늘
위안하게 해 준다면 난 자신을 포기하지.
근데 그댄 안 그럴 테고 그도 해방 원치 않아,
그대는 턱없이 탐내고 그는 관대하니까.
그는 나를 위하여 자신도 묶이는 계약에
단지 보증인처럼 서명할 줄 알게 됐어.
모든 것을 이자 놓는 그대 고리대금업자는
그대의 미모라는 저당권을 행사하여
날 위해 빚지게 된 친구를 고소할 터인데,
그럼 난 무정하게 학대받아 그를 잃네.
   난 그를 잃었고 그대는 그와 나를 가졌어.
   그는 다 갚는데, 난 아직 해방이 안 되네.

3행 또…나 앞서 말한 화자의 친구.
14행 다 그가 그대에게 몸으로 갚아야 할 사랑의 빚 전액.

여자들이 원하는 바람을 그대는 피우고
게다가 여러 번 그리고 심하게 피우지.
줄곧 그대 조르는 난 고운 그대 바람을
추가로 다 채워 주고도 남을 사람이라네.
크고도 널찍한 바람 가진 그대가 한 번만
내 바람을 그대 걸로 덮어 주면 안 될까?
다른 이의 바람은 참 우아해 보이는데
내 바람은 빛나는 고운 허락 못 바라나?
바다는 다 물인데도 빗물을 늘 받아들이며
풍요로움 속에서도 재고를 늘리듯이
바람이 부자인 그대는 그 바람에 내 바람
하나를 더하여 그 큰 바람 더 키워 봐.
    애걸하는 고운 이들 무정하게 죽이진 마,
      모두가 하나이고 나를 그 바람이라 생각해.

1행 바람 이 소네트는 셰익스피어의 이름 윌리엄(William)의 약칭인 윌(Will)을 반복적으로 사용한다. "바람"은 그 단어의 몇 가지 다른 뜻을 최대한 전달하려는 의역이다.

136

내가 막 붙는다고 그대가 속으로 거리끼면
눈먼 그 속맘에게 난 그대의 바람이었고
바람이 거기 들어왔음을 안다고 맹세해.
그만큼은 사랑 위해 달콤한 내 구애를 채워 줘.
바람은 그대의 사랑 독을 채울 테고, 암,
바람을 바람 가득, 내 것까지 채울 거야.
용량이 큰 물건들 속에서 여럿 중 하나는
아무것도 아니란 걸 우린 쉽게 증명해.
그러니 그 다수에 나를 그냥 끼워 줘,
난 그대의 재고 중 하나가 틀림이 없지만
아무도 날 안지 않는데 그대가 즐거이
그 헛것, 나, 그대에게 달콤한 걸, 안으니까.
    내 이름만 그대의 애인 삼고 늘 사랑해,
    그럼 그댄 날 사랑해, 내 이름은 바람이니까.

137

눈먼 바보, 사랑아, 넌 내 눈에 뭘 했는데
그것이 쳐다본 뒤 보이는 걸 못 보느냐?
그것은 미인이 뭣인지, 어딨는지 아는데
그럼에도 최악을 최고라고 여긴단다.
눈이 만약 과도한 편향으로 망가져
모두가 배를 타는 그런 만에 든다 해도
너는 왜 두 눈의 거짓으로 낚시를 만들어
내 마음의 판단력을 그 끝에 달았느냐?
내 마음이 온 세상의 공유지로 아는 것을
내 마음은 왜 사유지로 생각해야 하지?
또 내 눈은 이걸 알고, 이건 아냐 하면서
왜 고운 미색을 그리 추한 얼굴에 입히지?
　　　내 마음과 두 눈은 정직한 걸 잘못 봤고,
　　　이제는 이 헛것 보는 전염병을 옮았어.

1행 사랑 큐피드인데 보통 눈을 가린 모습으로 그려진다.
11행 이걸…이건 자기가 최고라고 여기는 여인이 "공유지"와 같다는 사실.

138

내 애인이 자기는 정절로 빚어졌다 맹세하면
난 거짓인 줄 알지만 정말로 믿는다네,
그녀가 날 무식하고 이 세상의 간사함에
무지한 청년으로 생각할 수 있게끔.
난 이렇게 그녀가 날 젊게 본단 헛생각에
내가 한물간 것을 그녀가 알면서도
거짓을 말하는 그녀 입을 단순히 신뢰해,
그래서 단순한 사실은 양쪽에서 은폐되지.
근데 왜 그녀는 자신이 틀렸다고 안 할까?
그리고 왜 나는 늙었다고 안 할까?
오, 사랑의 최고 옷은 겉치레 믿음이며
사랑하는 늙은이는 나이 얘기 안 좋아해.
   그래서 난 그녀와 거짓말을 주고받고,
   거짓 통한 잘못 속에 우리는 즐겁다네.

139

오, 그대가 불친절로 내 마음을 학대한 일
나를 불러 변호하게 만들지는 말아 줘.
눈 돌려서 나를 다치지는 말고 혀를 써 봐.
힘에 힘을 더하되 간계로 날 죽이진 마.
딴 사람 사랑한다고 해. 하지만 내 앞에선,
소중한 임이여, 곁눈질은 삼가 줘.
꾀를 써서 해칠 필요 뭐 있어, 그대 힘이
압도된 내 방어로는 못 견디게 강한데?
내가 그대 변명할게. 아, 내 애인은
예쁜 자기 표정이 내 적이었음을 잘 알고,
내 원수가 딴 데서 상처를 입히라고
그놈을 내 얼굴에서 돌려세워 놓습니다.
  하지만 그러지 마, 난 거의 살해됐으니까
  표정으로 나를 확 죽여서 고통을 없애 줘.

140

그대는 잔인한 만큼 현명해지고, 말 못 하는
내 인내심 너무 크게 혐오하며 누르진 마,
슬픔으로 내가 말을 하게 되어 내 고통은
동정을 원한다고 말할까 봐 겁나니까.
그대에게 내가 한 수 가르칠 수 있다면,
날 사랑 안 해도 한단 말은 하고 싶다고 해.
죽음이 가까운 성미 급한 환자들은
의사들로부터 건강하단 소식만 들으니까.
왜냐하면 내가 절망한다면 미칠 테고
그 광기로 그대에게 악담할 수 있는데,
이제 이 곡해하는 세상은 너무나 악해져서
험담가가 미쳤어도 미친 귀로 믿으니까.
   내가 그 꼴 되거나 그대가 욕먹지 않도록
   잘난 그대 마음은 빗나가도 시선은 고정해.

141

사실 난 그대를 눈으로는 사랑 안 해,
그것으로 그대의 천 가지 오점을 보니까.
하지만 내 마음만은 보는 것과 상관없이
즐거이 혹하여 눈이 경멸하는 것을 사랑해.
내 귀도 그대 혀의 가락에 기쁘지 않으며,
부드러운 촉감도 천한 접촉 쉬이 않고,
미각도, 후각도, 그대와 단둘이는 그 어떤
감각의 향연에도 초대받길 원치 않아.
하지만 나의 다섯 기능도 감각도
그대를 섬기려는 바보 맘 하나를 못 말리고,
그것은 오만한 그대 맘의 노예가 되려고
허울뿐인 인간인 날 팽개친 채 떠난다네.
  날 죄짓게 하는 그녀가 고통 주는 데까지만
  나는 내 전염병을 이득으로 여긴다네.

9행 다섯 기능 상상력, 사고력, 지능, 기억력, 환상력.

142

내 죄는 사랑이고, 그대의 미덕은 미움인데,
죄 많은 사랑을 이유로 내 죄를 미워하지.
오, 하지만 그대 상태 나와 비교해 보면
그대는 내 사랑 꾸짖는 게 부당함을 알 테고,
타당하더라도 그대의 입술로는 못 그러지.
그 입술은 자신의 주홍 장식 모독했고,
내 것만큼 여러 번 거짓 사랑 계약을 맺었고,
남들의 침실에서 그들 재산 빼앗았으니까.
내 눈이 그대를 조르듯, 그대가 그대 눈이
구애하는 이들을 사랑하듯 내 사랑이 합법이면,
그 가슴에 동정 심어 그것이 자라날 때
그대의 동정도 동정받을 가치가 있게 해.
  그대가 자신은 안 주는 걸 얻으려 한다면
  본인의 예에 따라 거절당할 수도 있어.

13행 안…걸 동정을. 여기에서 동정은 성적인 요구를 들어준다는 뜻으로 쓰인 말이다. (아든)

143

보라, 주의 깊은 주부가 달아난 날짐승을
달려가 잡으려고 할 때 보면
애기를 내려놓고 멈춰 있길 바라는 그것을
추적하며 최대한 신속히 서두는데,
그동안 버림받은 자식은 쫓아가며
잡으려고 울지만 그녀는 불쌍한 영아의
불만은 무시한 채 앞에서 날아가는
그것을 쫓는 일에 바삐 주의 기울이듯,
그대도 그대 피해 날아가는 그것을 뒤쫓고,
그동안 그대 아기, 난, 멀리서 그대를 따라가.
하지만 그대가 소원을 이루면 내게 와서
어머니 역을 하고 키스하며 정답게 대해 줘.
    그대가 돌아와 크게 우는 나를 달래 준다면
    난 그대가 그대 바람 이루도록 기도할게.

14행 바람 135~136번 소네트에서 썼던 것과 같은 뜻의 말.

144

나에겐 두 애인, 위안과 절망이 있는데
그들은 두 혼령처럼 항상 내게 속삭이네.
선한 쪽 천사는 완전 고운 남자이고
악한 쪽 귀신은 병색의 여자라네.
내 악녀는 나를 빨리 지옥 데려가기 위해
선한 천사 내게서 떼 놓으려 유혹하고,
순수한 그에게 더러운 오만으로 구애하며
내 성자를 악마로 타락시키려고 해.
그리고 내 천사가 악귀로 변할지 말지는
의심할 순 있으나 딱히 말은 못 하겠네.
하지만 둘은 내 곁에 없고 서로들 친구니까
천사가 상대방의 지옥에 있는 것 같아.
  그런데 난 이걸 내 악한 천사가 선한 쪽을
  몰아낼 때까진 모를 테니 의심 속에 살 거야.

145

사랑 신이 손수 만든 그 입술이
그녀를 갈망하는 나에게 "미워해."
그 소리를 입 밖으로 내놨다네.
하지만 비참한 내 꼴을 본 그녀에게
자비심이 곧바로 그녀 맘에 찾아와,
언제나 상냥하여 관대한 판결을
내리는 데 쓰였던 그 혀를 꾸짖으며
다시 인사하도록 가르쳤네.
그녀는 그 "미워해."를 천국에서
지옥으로 악마처럼 달아난 밤
온화한 낮이 따라오듯이 따라온
한마디 끝말로써 바꿨다네.
     그녀는 "미워해."의 미움을 내던지고,
     "당신 말고." 하며 날 살렸네.

이 소네트의 원래 시행은 보통의 열 음절 대신 여덟 음절로 되어 있고, 그 결과 번역된 시행도 전체적으로 짧아졌다.

146

죄 많은 내 육신의 중심인 불쌍한 영혼아,
넌 너를 치장하는 이 반란군들을 먹이고
네 외벽을 그토록 비싸고 밝게 칠하면서
왜 안으론 굶주리며 결핍을 겪느냐?
아주 짧은 일생인데 너는 왜 그렇게
사라지는 저택에 그 큰돈을 쓰느냐?
이 풍요의 상속자인 구더기가 네 비용을
다 써 버릴 거라고? 이것이 네 몸의 끝이야?
그러면 영혼아, 넌 네 종의 손실로 살아가고,
그를 굶주리게 해서 네 재물을 쌓아라.
찌꺼기 시간 팔아 영생을 사들이고
안은 살찌우되 겉은 더 넉넉해지지 마.
  그럼 넌 인간을 잡아먹는 죽음을 잡아먹고
  한번 죽은 죽음 뒤에 죽는 일은 더 없단다.

내 사랑은 열병처럼 그 병을 더 오래
자라게 해 주는 걸 언제나 갈망하고,
뭔지 모를 불건강한 욕구를 만족시키려고
그 질병을 유지해 주는 걸 먹는다네.
내 사랑의 의사인 이성은 자신의 처방이
지켜지지 않은 데 분노하여 날 떠났고,
절망한 난 이제 치료를 마다했던 욕망이
죽음이란 사실을 증명하고 있다네.
이성도 안 돌보는 난 이제 못 고칠 상태이고
그래서 더욱더 큰 불안으로 광란하네.
내 생각과 담화는 광인들의 것처럼
사실과 멀어져 멋대로 헛되이 표현되네.
    지옥처럼 검으며 밤처럼 어두운 그대를
    난 곱다고 맹세했고 밝다 여겼으니까.

148

아 이런! 사랑이 웬 눈을 내 머리에 넣었기에
보는 것과 진실로 보이는 게 불일치하지?
일치한다 해도, 판단력은 어디로 달아나
내 눈이 바르게 보는 걸 그르게 평가하지?
거짓된 내 눈이 혹하는 대상이 곱다면
이 세상은 뭣 때문에 그렇지 않다 하지?
그렇다면, 사랑 눈은 만인의 것들만큼
진실하지 못함을 잘 나타내고 있어. 맞아,
어떻게? 오, 어떻게 사랑 눈이 철야와 눈물로
대단히 괴로운데 진실할 수 있겠어?
그러니 내가 잘못 본대도 놀랄 일 아니지,
태양도 하늘이 맑아질 때까진 못 보니까.
   오, 약빠른 사랑아, 넌 내가 추한 네 잘못을
   참눈으로 못 찾게 내 눈을 눈물로 가렸어.

149

오, 잔인한 그대여, 내가 나에 반대하며
그대 편을 드는데 그댈 사랑 안 한다고?
내가 나 자신과 모두에게 폭군인 그대 위해
잊혔는데, 내가 그대 생각지 않는다고?
이른바 내 친구로서 누가 그댈 미워하지?
누구에게 난 알랑대는데 그대는 찌푸리지?
아니, 그대가 날 노려보면 나는 곧장
신음으로 나에게 복수를 하지 않아?
내 최고 자질이 모두 다 그대의 결점을
그대 눈짓 명령 따라 숭배하고 있는데,
너무 자랑스러워서 그대 시중들기를
경멸할 정도로 존중할 내 장점은 뭐지?
    하지만 쭉 미워해, 난 이제 그대 맘 아니까.
    그댄 눈뜬 자들이 좋은데, 난 눈이 멀었어.

150

오, 무슨 힘이 그대에게 이 막강한 힘을 주어
그대는 무능력한데도 내 마음 좌우하여
내가 나의 참된 시각 반박하게 만들고,
빛이 낮을 장식하지 않는단 맹세를 시키지?
그대는 어떻게 나쁜 걸 멋있게 만들기에
그대의 바로 그 쓰레기 행위에도
대단한 힘과 또 기술의 보증이 있어서
내 맘엔 그대의 최악이 최고를 다 능가하지?
마땅히 미워할 이유를 내가 듣고 볼수록
그대를 더 사랑하게 하는 법 가르친 게 누구지?
오, 난 남들이 혐오하는 것을 사랑하지만
그대는 내 상태를 남들과 함께 혐오 못 하네.
  그대가 무가치한데도 내게 사랑 생겼으면
  그대 사랑 받을 가치 내게 더 있으니까.

151

사랑은 양심이 뭣인지 알기엔 너무 어려.
그래도 양심은 사랑이 낳는 걸 누가 몰라?
그러니, 사기꾼님, 내 실수를 고발 말게,
내 과오가 달콤한 그대 죄가 안 되도록.
왜냐하면 난 그대의 배신에 내 귀한 영혼을
조잡한 내 육신의 반역에 정말로 넘기니까.
내 영혼은 내 몸이 사랑에서 승리해도
좋다 하고, 내 물건은 이유를 더 묻지 않고
그대의 이름에 일어나 승리의 상금으로
그대를 가리키며 꽉 찬 욕정 자랑하네.
그 물건은 기꺼이 그대의 불쌍한 노예 되어
그대 일로 섰다가 그대 옆에 쓰러지겠다니까.
    그녀를 내 '애인' 해도 양심 부족 그러지 마,
    그녀의 소중한 사랑 위해 난 섰다가 죽으니까.

1행 사랑 사랑의 신, 즉 큐피드.
2행 양심은…몰라 양심과 사랑의 관계는 이곳 또는 다른 어디에서도 확실히 드러나지 않는다.
8행 물건 남자의 성기를 완곡하게 이르는 말.

152

그대는 내가 그댈 사랑해서 위증한 것을 알아.
근데 그댄 내게 사랑 맹세해서 두 번 위증했어.
혼인 서약 깨뜨리는 행위로, 새 사랑 품은 뒤
새 미움 서약해서 새 믿음 찢은 일로.
근데 내가 왜 두 서약 파기로 그대를 고발하지,
난 스물을 깨는데? 난 최고로 위증했네,
내 모든 선서는 그대를 해하려는 서약일 뿐
그대 믿는 내 정직한 마음은 다 잃었으니까.
난 그대의 깊은 친절, 그대 사랑, 그대 진실,
그대의 일관성에 대하여 깊은 서약 맹세했고,
그대를 빛내려고 내 눈을 멀게 한다거나
보는 것과 반대로 맹세하게 했으니까.
　　　　난 그대가 곱다고 맹세했지. 그토록 추한 거짓
　　　　진실에 반하여 맹세해서 더 위증한 눈이야.

153

큐피드는 자신의 햇불을 내려놓고 잠들었고
디아나의 시녀가 이 유리한 기회를 잡고서
사랑을 일으키는 그 불꽃을 재빨리
그 지역의 차가운 계곡 못에 담갔는데,
그것은 이 성스러운 사랑의 불꽃에서
끝없이 살아서 늘 지속되는 열을 빌려
펄펄 끓는 온천이 되었고, 사람들은 그것이
괴질에는 아직도 특효약이란 걸 안다네.
하지만 내 애인 눈빛에 사랑 햇불 다시 탔고,
그 소년은 확인차 그걸 내 가슴에 댔다네.
그래서 병든 나는 온천의 도움을 원했고
우울한, 탈이 난 손님으로 서둘러 갔지만
   약은 못 찾았네. 도움 줄 온천이 있는 데가
   큐피드가 새 불꽃 얻은 곳, 내 애인 눈이니까.

2행 디아나 달과 순결의 여신.

154

그 꼬마 사랑 신이 한번은 누워서 자면서
가슴에 불 지르는 횃불을 곁에 놔두었을 때
순결한 삶 지키기로 맹세한 수많은 요정들이
근처로 사뿐사뿐 왔지만, 가장 고운 신도가
처녀의 손으로 수많은 무리의 참마음을
따뜻이 데워 줬던 불을 집어 들었다네.
그래서 그 뜨거운 욕망의 사령관은
잠자는 사이에 처녀 손에 무장이 해제됐네.
그녀는 이 횃불을 근처의 찬 샘으로 껐는데,
그것은 사랑의 불꽃에서 영원한 열을 받아
병든 사람들에게 건강한 치유책인
온천이 됐지만, 나는 내 애인의 종으로서
      치료차 거기 갔고, 그로써 난 이걸 입증하네.
      사랑 불꽃 물 데워도 물은 사랑 못 식히네.

비너스와 아도니스

Venus and Adonis

역자 서문

셰익스피어의 장시 『비너스와 아도니스』는 로마 시인 오비디우스의 『변신 이야기』에 실려 있는 한 신화를 바탕으로 한다. 그 내용을 산문으로 짧게 요약하면 다음과 같다.

큐피드가 어머니 비너스에게 키스하던 중 그가 지닌 화살 하나가 우연히 그녀의 가슴을 찔렀고, 그 결과 사랑의 여신 비너스는 아도니스라는 미남 청년에게 미혹된다. 사랑에 빠진 비너스는 평소에 드나들던 곳을, 심지어 하늘조차 멀리하고, 즐겨하던 몸치장도 하지 않은 채 오직 아도니스에게 달라붙어 사랑의 여신답지 않게 그와 함께 사냥을 하면서 산과 들을 누볐다. 그녀는 토끼와 사슴처럼 순한 짐승들을 쫓고 멧돼지, 늑대, 사자는 피했다. 그러면서 아도니스에게 이런 짐승들은 자연이 그에게 준 영광을 해칠 수 있으니 조심하라고 주의를 준다. 그가 그 까닭을 물었을 때 비너스는 마침 근처에 있는 미루나무 그늘을 발견하고 그 아래에 아도니스의 가슴을 베개 삼아 누워 달콤한 키스를 퍼부으며, 신전을 더럽힌 죄로 사자로 변신한 아탈란타와 히포메네스의 이야기를 들려준다. 그런 다음 그에게 사자 같은 맹수들은 피해야 한다고 다시 한 번 당부한다. 경고를 마친 비너스는 백조들이 이끄는 마차를 타고 그 자리를 떠났다. 한편 용기를 잃지 않고 사냥에 나선 아도니스는 사냥개들과 함께 멧돼지를 추격하여 창으로 맞혔는데 멧돼지가 주둥이로 창을 뽑아 버리고는 겁에 질려 도망치는 그에게 달려들어 두 엄니를 사타구니에 박았다. 하늘을 날던 비너스는 노란 모래사장에 몸을 뻗은 채 죽어 가는 그의 신음 소리를 멀리서 듣고 되돌아와 피에 물든 시신을 발견하고는 가슴을 치고 머리카락과 옷을 쥐어뜯으면서 운명에게 시비를 걸었다. "당신 뜻대로 되지는 않을 거요." 그러면서 비너스는 아도니스의 죽음과 그녀의 비탄을 기리는 축제가 매년 열릴 것이며, 아도니스가 흘린 피는 꽃으로 바뀔 것이라고 예언한다. 그녀가 신들의 향기로운 음료를 그의 피에 뿌리자 한 시간도 안 되어 딱딱한 석류 껍질 속의 과육을 닮은 핏빛의 꽃 한 송이가 피어났다. 그것이 바로 아네모네이고, 그 꽃잎은 바람에 쉽게 떨어지기 때문에 아주 짧은 기간만 즐길 수 있다.[1]

오비디우스가 약 70행으로 읊은 이 짧은 이야기를 셰익스피어는 1200행가량의 장시로 늘렸다. 그러면 지금부터 셰익스피어가 이 변신 이야기를 어떻게 변용했는지, 무엇을 빼고 넣고 바꾸어 자신의 『비너스와 아도니스』를 완성했는지 살펴보기로 하자. 우선 전체적인 주제는 두 작품이 거의 비슷하다. 오비디우스가 한 미남 청년의 주검에서 한 송이 아네모네가 피어난 경이로운 사건을 통하여 전달하려는 진짜 주제는 맹목적인 사랑의 비극적인 결말이다. 다만 오비디우스의 경우는 비너스가 아도니스의 죽음으로 느끼는 슬픔이 그의 주검을 한 송이 꽃으로 변신시키는 과정을 통해 아름다운 재생의 기쁨으로 바뀌기 때문에 그 죽음을 비극적이라고 부르기는 좀 힘들다. 그에 비해 셰익스피어의 시에서 아도니스의 변신은 비너스 자신이 신의 힘으로 직접 일으킨 것이 아니라 인간적인 차원에서 일방적으로 당하는 사건이기 때문에 그 꽃에 더 많은 슬픔이 묻어나고, 그래서 더 애처롭게

---

[1] Ovid, *Metamorphoses,* trans. Charles Martin (New York: Norton, 2004), pp. 359~366.

느껴지고 더 오래 지속되며 더 비극적이다.

그러나 비슷한 비극적 결말을 보여 주는 두 쌍의 사랑이 거기에 이르는 과정은 상당히 다르다. 우선 오비디우스의 아도니스는 비너스와 사랑을 주고받는 데 아무런 문제가 없어 보인다. 미루나무 그늘에서 아탈란타와 히포메네스의 이야기를 들려줄 때 비너스가 아도니스의 "가슴을 베개 삼아 누워 달콤한 키스를 퍼붓는데"도 그는 아무런 저항을 하지 않는다. 반면에 셰익스피어의 아도니스는 사랑과 연애에 문외한일 뿐만 아니라 육체적인 접촉에 크게 반발하는 사춘기 소년과 같다. 그는 비너스가 원하는 신체 접촉을 내켜하지 않으면서 자신의 미숙함을 스스로 인정한다. "그 누가 볼품없는 미완성의 옷을 입죠? ……어려서 사람을 태우고 침실은 수망아지, / 기가 죽어 절대로 강하게 못 자라요."(415~420행) 한마디로 셰익스피어의 비너스는 상대를 잘못 골랐다. 아니, 그녀에게는 고를 수 있는 기회가 주어지지 않았다는 게 더 정확한 표현일 것이다. 오비디우스의 신화에서처럼 셰익스피어의 비너스에게도 사랑은 불시에 무조건 불가항력적으로 찾아온 감정이기 때문이다. 따라서 그녀는 아도니스가 차갑게 반응하면 할수록 더 몸이 달고 더 눈멀게 되며, 욕망이 좌절되었을 때 더 크게 절망하고 더 비극적인 결말을 예감하게 된다.

게다가 오비디우스와 달리 셰익스피어의 비너스가 아도니스에게 품은 사랑에는 구체적인 목표가 있다. 그것을 이루기 위해 비너스는 자기가 가진 능력을 총동원하면서 때로는 완력을, 때로는 속임수를, 때로는 설득력을 사용한다. 그 목표는 다름 아닌 육체관계다. 하지만 그것이 처음부터 그런 형태로 나타나지는 않는다. 그녀는 사랑의 고수답게 우선 한 번의 키스를, 그다음엔 포옹을, 마지막으로 합일을 단계적으로 추구한다. 그러면서 그 설득 과정에서 끊임없이 그녀의 최종 목표가 육체적인 것임을 계속해서 암시한다. 예컨대 그녀는 군신 마르스가 "나를 위해 놀이하고, 춤추고, 장난하고, / 희롱하고, 웃으며 농담할 줄 알게 됐다고(105~106행)" 하면서 아도니스도 그처럼 행동해 주기를 은근히 바라고, 아도니스를 품에 안았을 때는 "난 수렵장, 그대는 내 사슴이 될 거야. / 산이든 골짜기든 맘대로 가서 먹어. / 입술에서 풀 뜯다가 그 언덕이 동나거든 / 좀 아래의 즐거운 샘으로 빗나가 봐."(231~234행)라고 하면서 상당히 노골적인 비유로 그를 좀 더 깊은 쾌락으로 인도하며, 아도니스가 근처에 묶어 둔 말이 발정 난 암말을 뒤쫓아 목줄을 끊고 달아났을 때에는 "그대의 준마는 내가 변명할 테니, 소년님, / 그대에게 진심으로 요청컨대 그에게서 / 주어진 기쁨을 이용하는 법을 배워."(403~405행)라고 하며 아도니스에게 동물적인 욕망을 발휘해 줄 것을 촉구한다. 그러나 모든 노력은 허사로 돌아간다. 아도니스는 마침내, 비록 사고이기는 하지만, 비너스의 배 위에 올라타고도 그녀를 "몰지는" 않았고, 그래서 그녀는 "천국을 품에 안고 환희를 못 얻기" 때문이다. 결국 그녀는 모든 게 그녀의 일방적인 "상상"임을 알아차린다.(595~600행)

이 가짜 합일은 이 시의 한가운데서 일어났고, 이때부터 시는 비극적인 파국을 향해 내리막길을 걷는다. 그러다가 비너스는 시의 끝부분에서 아도니스와 두 번째 합일을 이룬다. 그러나 이번에도 수퇘지를 통한 간접적인 유사 성관계로 죽음을 불러오는 비극적인 결합이다. 비너스는 아도니스가 사냥터에서 죽은 이유를 그가 쫓던 돼지가 "무심결에 송곳니를 그 연한 사타구니에 꽂았"기 때문이라면서, 만약 그녀에게 그 돼지의 이빨이 있었다면 자신이 먼저 그에게 "키스하여 그는 죽었을 거야"(1116~1118행)라고 실토한다. 이는 그녀가 돼지의 이빨이 되어 그를 죽이더라도 그를 소유하고 싶었다는 고백에 다름 아니다. 비너스는 어떤 식으로든 그를 가지고 싶었고 시의 중반에서 그 욕망이 좌절되었을 때 이미 그의 죽음을 예견했다. 그 예언의 감춰진 의미는 그녀의 욕망이 육체적으로 만족되었을 때, 비록 간접적이지만, 분명히 드러난다.

셰익스피어는 『비너스와 아도니스』를 1593년에 출판하였다. 이즈음 셰익스피어는 런던에서 극작가로서 첫발을 내디뎌 『헨리 6세』 3부작과 『리처드 3세』의 창작을 마친 상황이었다. 그가 사극을 주로 쓰다가 오비디우스풍의 서사시를 쓰게 된 동기는 세 가지 정도로 추측된다. 첫째는 그의 헌사에 나와 있듯이 이 시를 사우샘프턴 백작에게 헌정함으로써 물질적인 후원을 기대할 수 있는 가능성이다. 당시 배우나 극작가들은 지금처럼 사회적으로나 경제적으로 대접을 받는 직종이 아니었기 때문에 왕실이나 귀족들의 후원은 아주 중요한 생계 수단이었다. 둘째는 1593년 발생한 역병 때문에 극장이 여러 달 동안 문을 닫은 사건이다. 갑자기 극장의 일거리가 없어져서 생긴 여가 시간을 이용하여 시를 쓰는 것은 셰익스피어에게 경제적으로 매우 시급하고 적절한 타개책이었을 것이다. 셋째는 희곡보다 평판이 더 좋은 시를 발표함으로써 능력을 과시하려는 셰익스피어의 욕망을 들 수 있다. 특히 1592년에 로버트 그린(Robert Greene)이라는 작가가 셰익스피어의 배우이자 극작가로서의 성공을 시기하여 그를 "벼락출세한 까마귀"로 비하하는 발언을 한 뒤로 자신의 시적인 능력을 보여 줄 필요가 있었다. 그리고 셰익스피어는 『비너스와 아도니스』를 쓴 목적을 대부분 이루었다. 이 시는 출판되자마자 당대의 베스트셀러가 되었으며, 셰익스피어로 하여금 시인으로서 명성을 떨치게 해 주었을 뿐만 아니라 사우샘프턴 백작으로부터도 상당한 액수의 후원금을 받게 해 준 것으로 추측된다.

셰익스피어가 죽은 뒤로 『비너스와 아도니스』는 독자들에게서 멀어졌고 오랫동안 그늘에 묻혀 있다가 낭만주의 시대에 와서야 어느 정도 평가를 받기 시작하였다. 물론 셰익스피어 습작기의 이 시에서 우리는 그의 걸작 희곡에서 볼 수 있는 심원한 생각이나 빼어난 인물 묘사, 뛰어난 표현을 접할 수는 없다. 그러나 우리가 이 시를 셰익스피어의 명성이나 이 시의 일반적인 평가 혹은 편견 없이 읽을 경우 그것은 우리에게 신선한 즐거움과 상당한 깊이를 갖춘 인물, 흥미로운 심리 묘사를 제공한다.

끝으로 이번 번역은 캐서린 덩컨 존스(Katherine Duncan-Jones)와 우드후이센(H. R. Woudhuysen) 편집의 아든(The Arden Shakespeare) 제3판 『셰익스피어의 시(*Shakespeare's Poems*)』를 기본으로 하고, 블레이크모어 에번스(G. Blakemore Evans) 편집의 리버사이드 셰익스피어(The Riverside Shakespeare) 판과 조너선 베이트(Jonathan Bate)와 에릭 라스무센(Eric Rasmussen) 편집의 RSC(Royal Shakespeare Company) 판을 참조하였다. 본문의 주에 언급되는 '아든' 또는 '리버사이드'는 이들 판본을 가리킨다. 또한 편리함을 목적으로 시의 행수를 5단위로 명기하였다.

속물들은 잡것에 혹하게 놔두고
금빛 머리 아폴로여, 저에게는
영감이 가득한 샘물 잔 내리소서.[1]

---

[1] 로마 시인 오비디우스의 사랑의 노래(Amores) 1권, 비가 15, 35-36행.

사우샘프턴 백작 겸 티치필드 남작이신
헨리 라이어스슬리 각하께

각하

　세련되지 못한 제 시를 백작님께 헌정함으로써 제가 얼마나 폐를 끼치게 될지, 또는 이처럼 가벼운 졸작을 떠받치려고 이처럼 튼튼한 버팀목을 선택한 데 대해 세상 사람들이 얼마나 저를 질책할지 모르겠습니다. 단지 각하께서 기쁘신 것처럼만 보인다면 저는 큰 평가를 받았다 여기고, 좀 더 심각한 작품으로 각하를 예우해 드릴 때까지 한가한 시간을 다 쓸 것을 맹세합니다. 하지만 제 창작의 첫 자식이 불구로 밝혀지면, 전 그것이 이처럼 고귀한 대부를 둔 사실을 죄송하게 여길 것이며, 이후로는 이처럼 척박한 땅은 제게 항상 이처럼 좋지 않은 수확을 낼까 두렵기에 절대 갈지 않을 것입니다. 이것을 각하의 일람에 맡기고 각하는 각하의 마음의 만족에 맡기면서, 그 만족이 언제나 각하의 소망과 이 세상 사람들의 희망찬 기대와 일치하기 바랍니다.

　　　　　　　　　　　　각하를 전적으로 존경하며,
　　　　　　　　　　　　윌리엄 셰익스피어

자줏빛 얼굴의 해님이 눈물짓는 아침과
마지막 작별을 하고 있던 바로 그때
장밋빛 뺨 아도니스, 서둘러 추적에 나섰다,
사냥은 좋아했고 사랑은 비웃었으니까.
   상사병 난 비너스는 그에게 달려가   5
   용감한 얼굴의 구혼자로 구애를 시작한다.

"나보다 세 배 고운 그대여." 이렇게 시작하여
"이 들판 최고의 꽃, 그 향기가 무쌍하고,
요정을 다 따돌리며 남자보다 더 예쁘고,
비둘기나 장미보다 더 희고 더 붉은데,   10
   그대 빚은 자연은 그 자신과 겨루면서
   그대의 일생으로 이 세상 끝날 거라고 해.

놀라운 그대여, 제발 그 군마에서 내려와
거만한 그 말 머리 안장 테에 묶어 둬.
그대가 이 호의를 베풀어 준다면 보답으로   15
천 가지 꿀 같은 비밀을 알려 줄게.
   독사 소리 안 나는 이리로 와서 앉아,
   앉으면 키스를 퍼부어 그대 숨을 막을게.

그러나 그 입술이 역겨운 포만감 안 느끼게
색다른 방식으로 붉고 또 창백하게 만들어   20

오히려 풍족함 가운데 굶주리게 해 줄게.
한 번처럼 짧은 열 번, 스물처럼 긴 한 번,
    이렇게 키스하며 속여 보낸 여름날은
    한 시간인 것처럼 짧아만 보일 거야."

이런 말로 비너스는 땀 흐르는 그의 손을,   25
그 활기찬 체력의 증거물을 부여잡고
열정으로 몸을 떨며 그것을 향유라,
여신에게 이로운 지상의 명약이라 부른다.
    그렇게 흥분한 그녀는 욕망의 힘을 빌려
    말 위에 앉은 그를 용감하게 낚아챈다.   30

한 팔로는 건장한 그 준마의 고삐 잡고
다른 팔로 가녀린 그 소년을 안았는데,
그 애는 무거운 기분에 놀고 싶은 맘도 없어
얼굴을 붉히고 덤덤히 무시하며 토라졌네.
    타오르는 석탄처럼 뜨겁고 붉은 여자,   35
    수치로 붉지만 서릿발 욕망의 남자였지.

단추 장식 굴레를 울퉁불퉁 가지에
날렵하게 묶는 그녀— 오, 재빠른 사랑이여!
군마는 매 뒀으니 그녀는 바로 지금
말 주인을 붙들어 매려고 하면서   40
    자기가 밀리길 바라듯 그를 뒤로 밀쳤고
    욕정은 아니고 힘으로 그를 제압하였네.

그가 쓰러지자마자 그녀도 곁에 누워

저마다 자신의 팔꿈치와 엉덩이에 기댔다.
그녀는 곧 그의 뺨 만지고 그는 곧 찡그리며   45
꾸짖으려 하지만, 그녀는 그 입술 빨리 막고
    키스하며 욕망에 끊기는 언어로 말하네,
    "그대는 꾸짖고 싶어도 절대 그 입 못 열어."

그는 붉은 수치심에 불타고, 그녀는
그의 뺨 처녀 불길 자신의 눈물로 끈 다음   50
바람 같은 한숨과 금빛 머리카락으로
부치고 불어서 뺨을 다시 말리려 애쓰네.
    그는 그녀가 뻔뻔하다면서 잘못을 욕하는데
    그 뒷말은 그녀가 키스로 짓눌러 버리네.

못 먹어 허기진, 속이 텅 빈 독수리가   55
배 속을 채우거나 먹이가 없어질 때까지
날개를 흔들며, 모두를 급히 집어삼키며,
그 부리로 깃털과 살과 뼈를 찢듯이
    그녀도 그의 이마, 뺨, 턱에다 키스하고
    끝나는 곳에서 다시 새로 시작했네.   60

강요된 만족에는 절대 복종 않는 그는
헐떡이며 누워서 그녀의 얼굴에 숨 내뿜고,
그녀는 그 입김을 먹잇감처럼 먹으면서
하늘 습기, 은혜의 공기라고 부른다네,

50행 처녀 아도니스의 뺨이 처녀처럼 타올랐다는 뜻과 더불어 그에게 이런 경험은 처음이라는 뜻을 동시에 전달하는 말. (아든)

　　　　자신의 두 뺨이 꽃 만발한 정원 되어　　　　　　65
　　　　그런 이슬 소나기에 젖기를 바라면서.

새 한 마리 그물에 뒤엉켜 잡혀 있듯
아도니스도 꼭 같이 그녀 팔에 잡혔다네.
순전한 수치에다 저항을 겁낸 그는 안달했고,
그래서 분노한 그의 눈은 더 예뻐졌네.　　　　　　　70
　　　　한껏 부푼 강에다 빗물을 더하면
　　　　부득이 강은 둑을 넘쳐흐를 테니까.

그녀는 계속해서 간청하고, 자기 얘기
아름답게 들리도록 재주껏 간청하네.
그는 진홍 수치심과 잿빛 분노 사이에서　　　　　　75
계속 실쭉거리고, 계속 찌푸리면서 안달해.
　　　　그녀는 붉은 그가 최고 좋고, 하얀 그는
　　　　그녀의 최고 기쁨 더 크게 키워 주네.

그가 어떤 모습이든 그녀는 사랑할 수밖에.
그녀는 그 고운 불멸의 손으로 맹세하길,　　　　　　80
그녀 뺨 오래 다 적시며 그와 싸운 눈물과
그가 휴전할 때까진 그 포근한 가슴에서
　　　　안 떨어진다 했고, 셀 수 없는 눈물 빚은
　　　　고운 키스 한 번으로 갚게 될 거라 했네.

이 약속을 듣고서 그는 턱을 쳐드는데,　　　　　　　85
물결 새로 엿보다가 누가 본다 싶으면
재빨리 잠수하는 논병아리 같았지. 이렇게

그녀가 애걸했던 것을 그는 주려고 해.
    하지만 그녀가 입술로 받을 준비 했을 때
    그는 눈을 감았고 입술을 돌렸다네.   90

여름날 더위 속의 나그네도 이 친절을
그녀보다 더 갈망하지는 않았을 것이네.
그녀는 도움을 보고도 도움을 못 받았고,
물속에 있는데도 그녀 불은 타야 했지.
    "오, 동정해 줘." 외쳤어, "철석같은 소년아!   95
    키스 한번 바라는데 왜 수줍어하고 그래?

난 구애를 지금 내가 그대에게 간청하듯
바로 그 험상궂은 전쟁의 신에게 받았는데,
그는 모든 전투에서 절대 항복 안 했고
분쟁 있는 곳이면 어디든 나가서 정복해.   100
    그런데도 그는 내 포로에다 노예였고
    그대가 요청 않고 얻을 걸 나에게 애걸했어.

그는 나의 제단 위에 자기 창과
찌그러진 방패와 무적의 투구를 걸어 놓고
나를 위해 놀이하고, 춤추고, 장난하고,   105
희롱하고, 웃으며 농담할 줄 알게 됐고,
    내 품을 전쟁터, 침대를 막사로 삼으며

98행 바로…받았는데 이와 관련하여 비너스가 여기에서 의도적으로 빼놓은 이야기는 그녀가 전쟁의 신 마르스와 밀회를 즐기다가 남편인 불카누스의 그물에 잡혀 뭇 신들의 웃음거리가 된 일이다.

　　　　　자신의 거친 북과 붉은 깃발 경멸했어.

이렇게 군림하던 그를 나는 지배했고
붉은 장미 사슬로 죄수처럼 이끌었어.　　　　　　　　110
강철조차 더 강한 그의 힘에 굴했지만
그는 나의 모욕적인 경멸에 굽실댔어.
　　　　　오, 싸움의 신을 꺾은 그녀를 눌렀다고
　　　　　그대 힘을 자랑한다거나 뽐내진 마!

그 고운 입술을 내 입술에 대기만 해—　　　　　　115
내 것이 그만큼 곱지는 않아도 붉기는 해—
그 키스는 내 것이며 그대 것도 될 거야.
그대는 그 땅에서 뭘 보는데? 고개 들어.
　　　　　내 눈동자 쳐다봐, 그대 미모 거기 있어.
　　　　　눈 안에 눈 있는데 입술 위 입술은 왜 안 돼?　　120

키스하기 창피해? 그럼 다시 눈 감아,
나도 눈 감을 테니. 그럼 낮은 밤 같겠지.
사랑은 둘만 있는 곳이면 어디든 잔치 벌여.
용감하게 놀아 봐, 우리의 놀이는 안 보여.
　　　　　우리가 기대는 이 푸른 잎맥의 제비꽃은　　　125
　　　　　우리 뜻을 내뱉지도, 알아낼 수도 없어.

유혹적인 그 입술의 가녀린 솜털은
미성숙의 표시지만, 그대 맛은 좋을 거야.
시간을 이용하고 이점을 놓치지 마,
미모가 그 자체 안에서 허비돼선 안 되니까.　　　　130

> 고운 꽃도 한창일 때 따 모으지 않으면
> 곧 썩어 그 자체가 소멸되고 만단다.

내가 못생겼고, 추하거나 늙어 주름졌거나,
버릇없고, 등 굽었고, 거칠고, 목쉬었고,
노쇠하고, 멸시받고, 눈곱 많고 찬 데다가　　　　　　　135
눈 어둡고, 불임이고, 말랐고 무기력하다면
> 그대는 멈출 수 있겠지, 그대 짝 아니니까.
> 하지만 결함이 없는데 왜 나를 혐오해?

그대는 내 이마에 주름 하나 못 보고,
내 눈은 잿빛에다 밝으며 재빨리 돌아가고,　　　　　　　140
내 미모는 봄처럼 해마다 자라나며,
내 살은 부드럽고 통통하며, 활력은 불타고,
> 매끄럽고 습한 내 손 그대 손을 만지면
> 그 안에서 풀리거나 녹는 것 같을 거야.

내게 말 시켜 봐, 난 그대의 귀를 매혹하거나,　　　　　145
아니면 정령처럼 풀밭 위를 뛰놀거나,
아니면 요정처럼 긴 머리 흩트린 채
발자국 안 남기며 모래 위에 춤출 거야.
> 사랑은 온전히 불로 꽉 찬 영혼으로
> 무겁게 안 가라앉고 가볍게 오를 거야.　　　　　　　150

내가 앉은 이 앵초 강둑이 증인인데,
이 연약한 꽃들은 견고한 나무처럼 날 견디고
힘없는 두 비둘기가 아침부터 밤까지

나의 여흥 장소로 하늘 건너 나를 날라.
　　　사랑은 그토록 가벼운데, 소년님아,　　　　　155
　　　그대에겐 무거울 거라고 생각해야겠니?

그대의 마음은 그대의 얼굴에 반했어?
그대는 두 손 잡고 사랑을 잡을 수 있겠어?
그러면 자신에게 구애하고 거절당해,
자신의 자유 뺏고, 도둑질을 불평해 봐.　　　　160
　　　나르키소스도 그렇게 자신을 버렸고
　　　냇물 속 자신의 영상에 키스하다 죽었어.

횃불은 밝히려고, 보석은 끼려고, 진미는
맛보려고 만들고, 신선한 미모는 즐김이,
향초는 내음이, 억센 풀은 열매가 목적이야.　　165
자족하려 자라는 건 성장의 오용이야.
　　　씨앗에서 씨앗 나고 미인이 미인 낳아.
　　　그대도 생겼으니 만드는 게 의무야.

그대는 왜 이 땅의 산물을 먹으려 해,
땅에게 그대의 산물을 먹이지 않으면서?　　　170
자연의 법칙으로 그대는 낮게 돼 있어서
자신이 죽었을 때 후손이 살도록 해야 해.
　　　그래서 죽음에도 불구하고 그대의 닮은꼴이

153행 비둘기 비너스의 새. 그녀의 마차를 하늘을 가로지르며 끈다.

161행 나르키소스 물속에 비친 자신의 미모에 반해 빠져 죽었다는 그리스 신화의 미소년.

늘 살아 있다는 점에서 그대는 살아남아."

이 무렵 상사병 든 여왕은 땀 흘리기 시작해, 175
그들이 있는 곳의 그늘은 사라졌고
한낮의 열기에 지친 저 태양신이 그들을
불타는 눈으로 뜨겁게 내려다보면서
  아도니스가 자기 말을 인도하고 자기는
  그처럼 비너스 옆에 있고 싶어 했으니까. 180

근데 이제 아도니스는 게으른 기분에,
무겁고 침침하고 싫증 나는 눈으로,
흐릿한 증기가 하늘을 가렸을 때처럼
그 고운 모습이 찌푸린 표정으로 뒤덮여
  뺨을 실룩이면서 외쳤어, "쳇, 사랑은 관둬요! 185
  태양이 얼굴을 태워서 난 가야겠어요."

"아." 비너스의 말, "어린데 그토록 무정해?
떠나려고 이렇게 속 보이는 핑계를 대다니!
하늘 숨을 내가 쉬어 부드러운 바람으로
내려가는 이 태양의 열기를 식혀 줄게. 190
  그대 위해 내 머리칼로 그늘을 만들고,
  그것도 불탄다면 내 눈물로 꺼 버릴게.

하늘에서 빛나는 태양은 덥게만 빛나니까

179행 말 태양신의 불 마차를 하늘을 가로질러 끌고 가는 짐승.
180행 그처럼 아도니스처럼.

이것 봐, 내가 저 태양과 그대 새에 누울게.
저기에서 내가 받는 열기는 거의 해가 없는데,　　　195
그대 눈은 날 태우는 불꽃을 쏘고 있어.
　　　내가 만약 불멸이 아니라면 내 목숨은
　　　천상과 지상의 두 태양 사이에서 끝날 거야.

그대는 완고하고, 철석같고, 쇠처럼 단단해?
아니, 철석보다 심하지, 돌은 비에 닳으니까.　　　200
그대도 여자의 아들인데, 사랑이 무엇인지,
사랑의 결핍이 얼마나 괴로운지 못 느껴?
　　　오, 그대의 어미 마음 그토록 단단했더라면
　　　그대를 낳지 않고 무정하게 죽었을 거야!

내가 뭔데 그대는 날 이토록 경멸하지?　　　205
아니면 내 간청에 무슨 큰 위험이라도 있나?
딱한 키스 한 번에 그대 입술 얼마나 더 나빠져?
말해, 예쁜 임아, 고운 말만, 아니면 침묵해.
　　　키스 한번 해 주면, 난 그걸 돌려줄 것이고,
　　　두 번을 원하면 이자 붙여 한 번 더 해 줄게.　　　210

쳇, 생명 없는 초상화, 차고 무감각한 돌,
잘 색칠해 놓은 우상, 무디고 죽은 조각,
오로지 눈만 만족시키는 석상이여,
남자 같은 물건인데 여자가 낳지는 않았어!
　　　그대는 남자 용모 가졌지만 남잔 아냐,　　　215
　　　남자들은 자진해서라도 키스할 테니까."

그런 뒤 애원하던 그녀 혀는 안달로 막혔고
격정이 부풀어 멈추는 수밖에 없었지.
붉은 뺨과 타는 눈은 그녀 아픔 뿜어내고,
사랑의 심판관이 본인의 소송은 못 이기네. 220
    그녀는 곧 울다가, 곧 말을 기꺼이 하려다가
    곧 흐느껴 그 의도가 끊어지네.

그녀는 때론 자기 고개를, 그의 손을 흔들고
이젠 그를, 이젠 땅을 똑바로 바라봤어.
때론 그를 사슬처럼 두 팔로 안았는데, 225
그녀는 원해도 그는 팔에 묶이지 않으려 해.
    그래서 그가 거길 벗어나려 애쓸 때
    그녀는 백합 같은 손가락을 깍지 끼어.

"어리석은 애 같으니." 그녀가 말했지,
"그대를 내가 여기 상아 울 안쪽에 가뒀으니 230
난 수렵장, 그대는 내 사슴이 될 거야.
산이든 골짜기든 맘대로 가서 먹어.
    입술에서 풀 뜯다가 그 언덕이 동나거든
    좀 아래의 즐거운 샘으로 빗나가 봐.

이 구역 안에서도 구호품은 충분해, 235
달콤한 기슭의 풀, 유쾌한 고원 지대,
둥글게 솟은 언덕, 거친 숨은 덤불들이
태풍과 비로부터 그대를 보호해 줄 거야.

230행 상아 울 아도니스를 울타리처럼 감싸는 비너스의 상앗빛 팔.

                    그러니 내 사슴 해, 난 그런 수렵장이니까.
                    천 마리 개 짖어도 그대를 내몰진 않을 거야." 240

이 말에 아도니스 경멸하듯 웃음 짓고
양쪽 뺨에 어여쁜 보조개가 나타났지.
사랑이 그 구멍을 팠는데, 자신이 살해되면
그처럼 소박한 무덤에 묻히고자 했겠지.
                    그가 앞일 잘 알고 그리로 와 눕는다면, 245
                    이런, 사랑이 거기 사니 거기선 못 죽겠지.

이 예쁜 동굴들, 이 둥근 매혹의 구덩이는
비너스의 호의를 삼키려고 그 입을 열었어.
이미 미친 그녀가 어찌 지금 정신을 차리지?
첫 타격에 죽었는데 이차 타격 왜 필요해? 250
                    불쌍한 사랑 여왕, 자기 법도 소용없이
                    자신을 깔보며 비웃는 뺨을 사랑하다니!

그녀가 이제 나갈 방향은? 뭔 말을 해야지?
말은 해 버렸고, 한탄은 더욱더 커지는데
시간은 지나고, 그녀의 사람은 가겠다며 255
감고 있는 두 팔을 풀어 달라 다그치네.
                    "동정을." 그녀가 외쳤어, "호의 좀, 연민 좀!"
                    그는 튀어 나가며 말을 향해 서두르네.

243행 사랑 246행의 사랑과 마찬가지로 큐피드를 가리킨다.
247행 동굴들 아도니스의 두 보조개.

근데 저런, 근처의 잡목 숲 속에 있던
발정 난, 활기찬, 어리고 거만한 암말이   260
아도니스의 준마가 발 구르는 걸 보고서는
뛰쳐나와 콧김을 뿜으며 크게 힝힝거렸어.
    목 튼튼한 이 군마는 나무에 매였다가
    고삐를 끊은 뒤 암말에게 바로 가네.

도도하게 그는 뛰고, 힝힝대며 치솟고,   265
이제는 엮어 짠 뱃대끈을 조각내며,
견디는 대지를 딱딱한 굽으로 때려서
텅 빈 그 자궁이 하늘의 천둥처럼 울리고,
    쇠로 만든 재갈을 이빨로 부수면서
    자기를 통제하는 그 물건을 통제하네.   270

그는 귀를 쫑긋했고, 땋아서 늘어뜨린 갈기는
활꼴의 목덜미 위에서 이제 곧추섰으며
콧구멍은 공기를 마셨다가 내뿜는데
마치 용광로에서 증기가 나오는 것 같아.
    경멸 투로 불처럼 번쩍이는 그 눈에는   275
    뜨거운 용기와 드높은 욕정이 보이네.

그는 때로 발자국을 세는 듯 걸으며
고귀한 위엄과 적당한 자만심을 보였지만
곧 뒷발로 곧추서서 등약한 뒤 뛰는데,
그건 마치 "보라, 내 힘은 이렇게 입증됐고   280
    곁에 선 저 고운 암말의 눈을 사로잡으려고
    이렇게 하는 거야."라고 하는 듯했지.

그가 왜 주인의 화난 소리, 구슬리며
"워워." 또는 "서라니까." 하는 말에 개의하지?
그가 왜 이 순간에 재갈이나 아픈 박차, 285
비싼 장구, 화려한 치장에 신경 쓰지?
   그는 애인 보고 있고, 그것밖엔 안 보여,
   그것밖엔 거만한 그의 눈에 안 차니까.

화가가 균형 잡힌 군마 한 필 그리면서
실물의 생명감을 뛰어넘고 싶을 때는 290
죽은 것이 산 것을 마치 능가할 것처럼
자신의 기술로 자연의 솜씨와 다투듯이
   그처럼 이 말도 외형, 용기, 색깔에서,
   걸음과 골격에서 보통을 넘어섰어.

둥근 발굽, 짧은 관절, 짙고 긴 발굽 뒤 털, 295
넓은 가슴, 커다란 눈, 작은 머리, 큰 콧구멍,
드높은 목덜미, 짧은 귀, 극히 힘센 곧은 다리,
얇은 갈기, 굵은 꼬리, 큰 엉덩이, 연한 가죽.
   그토록 고귀한 등 위에 고귀한 주인 말고
   말에게 있어야 할 것으로 빠진 건 없었지. 300

그는 때로 저만치 내달아 거기서 응시하고
곧이어 깃털 같은 자극에도 흠칫한다.
그는 이제 바람과 경주할 준비 하고
어디로 뛰거나 날아갈지 아무도 모르네,
   갈기와 꼬리 새로 강풍 불어 일어난 털 305
   깃털 달린 날개처럼 펄럭이고 있으니까.

그는 자기 애인을 쳐다보며 히힝 하고
그녀는 그 마음을 안다는 듯 응답한다.
구애하는 그를 보고 암컷답게 도도한 그녀는
어색한 겉모습 하고서 무정해 보이면서   310
    다정한 그의 포옹 뒷발질하면서
    그의 사랑 차 버리고 그의 열기 경멸한다.

그때 그는 우울한 불만분자 된 것처럼
자신의 꼬리를 떨어지는 깃털처럼 내려서
땀난 그의 엉덩이에 시원한 그늘을 지었고,   315
땅을 차며 불쌍한 파리를 성내며 깨무네.
    애인은 그가 크게 격분한 걸 알고는
    좀 다정해졌고, 그의 화도 풀렸다네.

성급한 주인이 그를 막 잡으려 했을 때,
저보게, 조련 안 된 암말은 겁먹은 채   320
붙잡힐까 두려워 재빨리 그를 떠나 버렸고,
그녀 따라 그 말도 아도니스 두고 갔네.
    그들은 미친 듯이 숲 쪽으로 서두르며
    그들 앞서 날려 하는 까마귀를 앞질렀지.

짜증이 잔뜩 난 아도니스는 그 짐승을   325
시끄럽고 광포하다 욕하면서 주저앉네.
그래서 상사병 난 사랑이 애원을 통하여
성공하기 좋은 때가 이제 다시 왔다네.

327행 사랑 비너스를 가리킨다.

　　　　마음은 혀의 도움 못 받게 됐을 때　　　　　　330
　　　　세 곱으로 아프다고 연인들이 말하니까.

틀어막은 화덕과 가로막힌 강물은
더 뜨겁게 불타고 더 노하여 부푼다네.
감춰 둔 슬픔도 그렇다 할 수 있고,
사랑의 불길도 마음껏 내뱉으면 누그러져.
　　　　하지만 마음의 변호인이 침묵하면　　　　　335
　　　　의뢰인은 소송에 절망하여 무너지네.

그녀가 오는 걸 본 그는 꺼져 가던 석탄이
바람에 되살아나듯이 벌게지기 시작하고,
분노한 자신의 이마를 모자로 가리면서
어지러운 마음으로 둔감한 땅 쳐다보고　　　　　340
　　　　퍽 가까이 온 그녀를 주목하지 않았지,
　　　　오로지 곁눈으로 보기만 했으니까.

오, 그녀가 어떻게 그 고집 센 소년에게
몰래 다가가는지 유심히 보는 건 참 딱했어!
그녀의 안색에서 두 색깔이 붉으락푸르락　　　　345
싸우는 갈등을 주목하는 것은 또 어땠고!
　　　　방금도 그녀 뺨은 창백했었는데 곧
　　　　하늘의 번개처럼 불을 내뿜었다네.

그녀는 곧 그가 앉은 바로 앞에 와서는

335행 마음의 변호인 혀를 말한다.

저자세의 애인처럼 무릎을 꿇었고,　　　　　　　　　　350
고운 한 손으론 그의 모자 쳐들면서
포근한 딴 손으론 그의 고운 뺨을 만졌는데,
　　더 포근한 그 뺨 위에 무른 그녀 손자국이
　　갓 내린 눈 위에 흔적이 쉬 나듯 남았지.

오, 그때 그들 사이의 눈싸움은 볼만했어!　　　　　355
그녀 눈은 그의 눈에 청을 넣는 탄원자고,
그의 눈은 그녀 눈 본 적이 없다는 듯 봤는데
그녀 눈은 계속 구애, 그의 눈은 그 구애 깔봤어.
　　그리고 이 모든 무언극의 내용은 그녀 눈이
　　코러스처럼 흘렸던 눈물로 분명해졌다네.　　　360

그녀는 눈 감옥 속에 갇힌 백합이나
설화 석고 팔찌 속의 상아 같은 그의 손을
이제 매우 부드럽게 잡았다네.
아주 흰 아군이 아주 흰 적군을 에워쌌지.
　　원하는데 원치 않는 아름다운 이 싸움은　　　365
　　부리 맞댄 은 비둘기 두 마리 같았다네.

그녀의 생각 전달 기관이 또다시 시작했어.
"오, 이 필멸의 지구에서 가장 고운 생명체여,
그대가 지금의 나 같고, 난 남자, 내 마음은
그대처럼 온전하고 그대 맘 내 상처였으면.　　　370

360행 코러스　무언극이나 다른 극의 해　　춤으로 극의 내용을 설명하거나 평하는
설자. 원래는 고대 그리스극에서 노래와　　역할을 하는 인물들의 모임.

　　　　곱게 한번 날 봐 주면 내 몸의 파멸로만
　　　　그대가 낫는대도 난 분명 그대를 도울 거야!"

"내 손 줘요." 그의 말, "그대가 왜 만져요?"
"내 마음 줘." 그녀의 말, "그러면 놔줄게.
오, 그걸 줘, 굳은 그대 마음 따라 굳지 않게.　　　　　375
굳어지면 가녀린 한숨은 못 파고 들어가.
　　　　그럼 난 사랑의 깊은 신음 개의치 않을 거야,
　　　　아도니스의 마음이 내 것을 굳혀 놨으니까."

"창피해요." 그가 외쳐, "이거 놓고, 날 놔줘요.
낮 동안의 기쁨은 지났고 내 말도 없는데,　　　　　380
내가 그를 빼앗긴 건 당신 잘못입니다.
제발 가요, 그리고 나를 여기 혼자 둬요.
　　　　그 암말 따라간 승용 말을 어떻게 찾을지가
　　　　내 마음, 내 생각, 바쁜 내 걱정의 전부니까."

그녀는 응답하길, "그대의 승용 말은　　　　　　　385
달콤한 욕망의 따뜻한 접근을 당연히 환영해.
애정은 반드시 식혀야 하는 석탄인데,
만약에 그냥 두면 마음에 불을 질러.
　　　　바다엔 경계가 있지만 깊은 욕망엔 없어,
　　　　그러니 그대 말이 떠난 건 놀랄 일 아니야.　　　390

노예처럼 가죽 끈 고삐에 복종하며
나무에 묶여 있던 그는 참 핫길 말 같았어!
근데 그가 청춘의 고운 보상, 애인을 봤을 때

그는 그런 시시한 속박을 경멸로 여기고
　　　숙인 목덜미에서 천한 그 끈 팽개치며　　　　395
　　　자기 입과 등과 가슴, 해방시켜 주었어.

자신의 참사랑이 벗은 채 침상의 욧잇에게
흰 것보다 더 흰 색깔 가르치는 것을 보고
포식하는 그의 눈이 만끽할 때, 딴 기관도
그 비슷한 기쁨을 목표로 안 삼겠어?　　　　　400
　　　날씨는 차가운데 불을 아니 만질 만큼
　　　소심하여 과감하지 못한 자가 어디 있나?

그대의 준마는 내가 변명할 테니, 소년님,
그대에게 진심으로 요청컨대 그에게서
주어진 기쁨을 이용하는 법을 배워.　　　　　405
난 입을 다물어도 그의 행동 그대를 가르쳐.
　　　오, 사랑을 배워 봐, 그 교훈은 쉽기만 해,
　　　한번 완전해지면 다시는 안 사라져."

"사랑 난 몰라요." 그의 말, "수퇘지가 아니면
알려고도 안 해요, 그놈이면 뒤쫓고요.　　　　410
사랑은 많이 빌리는 건데, 난 빚지지 않겠어요.
나의 사랑 사랑은 사랑을 망신 주는 것뿐인데,
　　　난 그게 웃고 우는, 그것도 단숨에 그러는
　　　죽음 속의 삶이라고 들었으니까요.

그 누가 볼품없는 미완성의 옷을 입죠?　　　　415
그 누가 잎 하나도 나지 않은 싹을 따죠?

돋아나는 것들은 조금이라도 손상되면
한창때에 시들어 그 가치가 없어져요.
　　　　어려서 사람을 태우고 짐 실은 수망아지,
　　　　기가 죽어 절대로 강하게 못 자라요.　　　420

당신이 내 손을 쥐어짜 아파요, 작별하고
시시한 이 화제, 무익한 이 잡담은 관둬요.
항복 않는 내 마음 포위하길 그치시죠,
사랑의 공격에도 문을 열지 않을 테니.
　　　　당신의 맹세도, 가짜 눈물, 아첨도 버려요,　　　425
　　　　굳은 맘에 그런 타격 소용없으니까요."

"뭐, 그대가 얘기를?" 그녀의 말, "혀도 있고?
오, 그대에게 없었거나 내가 듣지 않았으면!
그대 인어 목소리는 이중으로 날 학대해.
내겐 짐이 있었는데 이제는 강제로 안으라네.　　　430
　　　　음악적 불협화음, 쉰 소리의 하늘 가락,
　　　　귓속의 고운 음악, 마음속의 깊은 상처.

나에게 귀만 있고 눈 없다면, 내 귀는
안 보이는 그 내면의 아름다움 사랑하고,
혹시 귀가 먹는다면, 그대의 외면은　　　435
느낌만 가능한 내 모든 부위를 흔들 거야.
　　　　눈도 귀도 없어서 듣도 보도 못 해도
　　　　난 그대를 만져서 사랑했을 거야.

내게서 느낌의 감각을 앗아 가서

보지도, 듣지도, 만지지도 못하고, 440
그래서 오로지 냄새만 남았대도
그대 향한 내 사랑은 여전히 클 거야.
    그대의 빼어난 얼굴 증류기에서 숨결이
    향기로 새 나와 냄새로 사랑을 키우니까.

하지만, 오, 그대는 네 가지 다른 감각 445
먹이고 키우는 미각에게 대단한 잔치였어!
그들 넷은 그 향연이 영원하길 바라면서
그 역겹고 달갑잖은 손님인 의심이
    남몰래 들어와 향연을 방해하지 않도록
    의혹에게 문단속 잘하라 명하지 않을까?" 450

다시 한 번 그 홍옥빛 입구가 열렸고
그의 말은 꿀처럼 거길 통과했는데,
그 모습은 선원에겐 파선을, 들판엔 태풍을,
목동에겐 슬픔을, 새들에겐 한탄을,
    목자와 가축에겐 돌풍과 사나운 폭풍을 455
    언제나 예고하는 붉은 아침 같았다네.

이 나쁜 전조를 그녀는 유심히 지켜봤지.
마치 비가 오기 전에 바람이 잠잠해지듯이,
아니면 늑대가 짖기 전에 이빨 드러내듯이,
아니면 딸기가 물들이기 이전에 터지듯이, 460
    아니면 무서운 총알처럼 그의 뜻은 그녀를
    그가 말을 시작하기 이전에 맞혔다네.

그리고 그의 표정에 그녀는 푹 쓰러졌지,
표정에 사랑 죽고 표정에 사랑 살아나니까.
찌푸림의 상처는 한 번의 미소로 치유돼. 465
하지만 손실로 번성하는 축복받은 파산자!
    순진한 그 소년은 그녀가 죽었다고 믿고서
    창백한 그녀 뺨을 붉어질 때까지 때리네.

그리고 잔뜩 놀라 좀 전의 의도를 바꿨다네.
그는 정말 그녀를 세차게 꾸짖으려 했지만 470
꾀 많은 사랑이 재치 있게 막아 버렸으니까.
그녀를 그렇게 잘 지킬 수 있는 기지에 행운을!
    그녀에게 그가 숨을 다시 불어넣기까지
    그녀는 살해된 듯 풀밭에 누워 있었으니까.

그는 그녀 코 비틀고, 그녀 뺨을 때리고, 475
손가락을 구부리고, 맥박을 세게 짚고,
입술을 문지르며, 천 가지 방법으로
자신의 무정으로 생긴 병을 고치려 해.
    그는 키스하고, 그녀는 그가 쭉 키스하게
    자발적으로는 절대로 안 일어날 거야. 480

슬픔의 밤은 이제 낮으로 바뀌었어.
그녀는 푸른 두 창문을 살짝 들어 올리는데,
그 모습이 산뜻한 옷 입고 아침을 격려하며

466행 손실…파산자 아도니스의 표정에 절망하여 기절하는 비너스와 그러한 사랑의 상처에 뒤따르는 그의 관심 어린 행동을 역설적으로 표현하는 말.

온 세상을 구제하는 저 고운 해님 같아.
　　　그리고 밝은 해가 하늘을 빛내듯이　　　485
　　　그녀의 얼굴도 눈에 의해 광채가 났는데,

그 눈빛이 털 없는 그의 낯에 꽂혔다네,
마치 빛을 거기에서 다 빌려 온 것처럼.
그런 등불 네 개가 뒤얽히지 않았다면
짜증 난 그의 눈썹 그의 것을 가리진 않았겠지.　　490
　　　하지만 그녀 것은 수정 눈물 통하여 비쳤고
　　　밤중에 보이는 물속의 달처럼 빛났다네.

"오, 어디야?" 그녀의 말, "땅 위야, 하늘이야,
대양에 푹 젖었나, 아니면 불 속인가?
지금이 몇 시야? 아침인가, 지겨운 밤인가?　　495
난 즐거이 죽으려나, 아니면 살기를 바라나?
　　　방금 난 살았는데 삶은 죽는 아픔이었어.
　　　방금 난 죽었는데 죽음은 생생한 환희였어.

오, 그대는 정말 날 죽였어, 또 한 번 죽여 줘!
그대 눈의 영악한 교사인 단단한 그대 맘은　　500
그 눈에게 멸시의 기교와 경멸을 가르쳤고
이 불쌍한 내 마음을 살해하게 만들었어.
　　　그래서 내 눈은, 내 마음의 참된 길잡이는
　　　동정어린 그대 입술 없었다면 더 못 봤어.

490행 그의 것 그의 등불, 즉 그의 눈.

그 입술 오랫동안 이렇게 치료하길! 505
오, 그 진홍빛 제복은 절대 닳지 않기를!
그것이 오래가고 그 생기 영원히 남아서
위험한 시기에 전염병을 몰아내고,
  그래서 죽음을 기록했던 천체 관측자들이
  그대 숨이 역병을 쫓았다 말할 수 있기를. 510

맑은 입술, 연한 내 입술 위의 고운 도장,
난 어떤 거래를 해야지 도장을 계속 받지?
나 자신을 파는 일도 기꺼이 할 수 있어,
그대가 값을 내고 산 다음 잘 다뤄 준다면야.
  만약에 구입하면 도망치는 일 없도록 515
  내 밀랍 입술 위에 그대의 날인을 해.

천 번의 키스로 내게서 내 마음 산 다음
형편이 좋을 때 그것을 하나씩 갚아 줘.
그대에게 백의 열 곱 입맞춤이 대수야?
재빨리 셈한 다음 재빨리 사라지지 않을까? 520
  미납으로 그 빚이 두 배가 된다 해도
  이천 번의 키스가 그리 성가시겠어?"

"여왕님." 그의 말, "날 사랑하신다면
미숙한 내 나이로 내 수줍음 헤아려요.
내가 날 알기 전에 날 알려고 하지 마요. 525
어부도 덜 자란 치어는 안 잡는답니다.
  익은 자두 떨어지고, 푸른 건 꼭 붙어 있는데
  그걸 일찍 따 먹으면 그 맛이 시답니다.

저봐요, 세상을 달래는 해님이 터벅터벅
뜨거운 하루 임무 서쪽에서 마쳤어요.　　　　　　　　530
밤의 전령 올빼미가 외치네. 많이 늦었어요.
양들은 우리에, 새들은 둥지에 들었고
　　　　하늘빛을 흐리는 칠흑 같은 구름이
　　　　우리에게 작별의 밤 인사를 명합니다.

내가 안녕 할 테니 당신도 그리해요.　　　　　　　　535
그렇게 말한다면 키스를 받게 될 겁니다."
"안녕." 그녀가 말하고, 그는 안녕 하기 전에
꿀 같은 작별의 사례금을 내놓는다.
　　　　그녀가 두 팔로 그의 목을 다정히 포옹하여
　　　　그들은 한 몸이 된 듯하고, 두 얼굴이 겹친다.　540

마침내 숨찬 그는 떨어지며 그 천상의 습기를,
그 달콤한 산호 입을 뒤쪽으로 물렸고,
갈증 난 그녀의 입술은 귀중한 그 맛을 잘 알고
과식까지 했는데도 목마름을 호소한다.
　　　　그녀의 풍요에 눌린 그와 궁핍에 탈진한 그녀는
　　　　입술 서로 맞붙은 채 땅 위로 쓰러지네.　　　　545

이제 빠른 욕망은 항복하는 먹이를 잡았고
그녀는 대식가처럼 먹어도 충족은 못 하네.
그녀의 입술은 정복자고, 그의 입술 복종하며
공격자가 원하는 몸값은 뭐든지 치르는데　　　　　　550
　　　　그녀는 독수리처럼 그 값을 아주 높이 매겨서
　　　　그의 입술 속에 든 값진 보물 말리려 해.

그리고 그 전리품의 단맛을 보고 나서
눈이 멀어 광분한 그녀는 약탈을 시작하네.
그녀의 얼굴은 땀김을 내뿜고, 피는 끓고, 555
무모한 욕정은 절망적인 용기를 일으켜
  무관심을 키우면서 이성을 물리치고,
  수치심의 순수한 홍조와 명예 훼손 잊었네.

그녀가 꽉 껴안아 덥고 힘 빠지고 지친 그는
너무 많이 만져서 길들여진 들새나, 560
쫓기다가 피로해진 빠른 발의 노루나,
얼러서 조용해진 고집쟁이 아기처럼
  때로 복종하면서 더는 저항 않는 동안
  그녀는 맘껏은 아니나 되는 건 모두 가져.

밀랍이 아무리 굳었어도 열에는 녹아서 565
결국엔 가볍게 눌러도 자국이 다 남잖아?
가망 없는 것들도 모험으로 종종 얻지,
특별히 사랑에선 한계를 넘어도 되니까.
  애정은 창백한 겁보처럼 기 안 죽고
  오히려 상대가 고집 셀 때 가장 잘 구애해. 570

그가 찌푸렸을 때, 오, 그녀가 관뒀다면
그의 두 입술에서 이런 감로 못 빨아냈겠지.
거친 말과 찌푸림도 애인은 격퇴 못 해.
장미에 가시가 있으면 어때서? 그래도 꺾잖아.
  미인을 자물쇠 스무 개로 꼭 가둬도 575
  사랑은 뚫고 나가 결국 다 열고 말아.

그녀는 이제 그를 가엾어서 더 못 잡고
그 딱한 바보는 떠나게 해 달라고 빈다네.
그녀는 그를 더 억류하지 않기로 결심하고
작별을 고하며, 그녀 마음 잘 돌봐 달라고 해. 580
    그것은 그녀가 단언컨대, 큐피드의 활에 의해
    그의 가슴속에 있고 그가 가져가니까.

"소년님아." 그녀의 말, "난 밤새 슬플 거야,
아픈 내 마음이 눈에게 감지 마라 하니까.
얘기해 줘, 사랑의 주인님, 우리는 내일 만나? 585
말해 봐, 그래? 그래? 약속해 줄 거야?"
    그는 아뇨, 그랬어, 내일은 친구들 몇 명과
    수퇘지 사냥을 나갈 작정이니까.

"수퇘지!"란 그녀의 외침에 창백한 기운이
붉게 핀 장미 위에 흰 아마포 펼쳐지듯 590
그녀 뺨을 강탈해. 그녀는 그의 말에 떨면서
두 팔을 던져서 그의 목을 감싸 안아.
    그녀는 그 목에 계속 매달리면서 주저앉고
    그는 그녀 배 위로, 그녀는 등 뒤로 넘어지네.

그녀는 이제 진짜 사랑의 시합장 안에 있고, 595
그녀의 투사는 화끈한 교전 위해 말을 탔어.
이 모든 게 상상임을 그녀는 안다네,
그는 비록 그녀를 탔지만 몰지는 않으니까.
    그래서 천국을 품에 안고 환희를 못 얻는
    그녀의 아픔은 탄탈로스보다 더 심하다네. 600

그림 속 포도에 속은 저 불쌍한 새들이
눈으로는 만끽하나 배 속은 못 채우듯
꼭 그렇게 그녀는 못 먹는 열매를 본
불쌍한 새들처럼 자신의 불운에 맥 빠지네.
      그의 몸이 달았단 표시가 없는 걸 알고서   605
      그녀는 키스를 계속하며 불붙이려 한다네.

하지만 만사 헛일, 여왕님, 그리는 안 되죠.
그녀는 해볼 수 있는 만큼 시도했고
그녀의 애원은 더 큰 보답 받아야 했다네.
그녀는 사랑이고 사랑하나 사랑받진 못하네.   610
"쳇, 쳇." 그의 말, "당신이 날 으깨요, 놔줘요.
날 이렇게 붙드는 건 올바르지 못해요."

"수퇘지를 사냥하려 한다고만 안 했어도,
소년님." 그녀의 말, "그대는 벌써 갔어.
오, 내 말 들어. 그대는 창끝으로 거친 돼지   615
꿰뚫어 피 내는 게 어떤 건지 모르는데,
      그놈은 죽이기로 작정한 무서운 백정처럼
      절대로 안 감추는 송곳니 언제나 갈고 있어.

활처럼 휜 등에는 적을 항상 위협하는
창같이 뻣뻣한 털의 대열 갖추었고,   620
그 눈은 안달 나면 반디처럼 반짝이며,

600행 탄탈로스 지옥으로 떨어져 가슴까지 차오르는 물을 마시려면 그것이 내려가고 입까지 내려온 과일을 먹으려면 그것이 올라가는 벌을 받는 그리스 신화 속의 왕.

그 코는 그가 가는 곳마다 무덤을 파는데,
　　　　흥분하면 방해물은 뭐든지 치받고
　　　　치받은 건 그 굽은 송곳니로 살해해.

건장한 그 옆구리는 억센 털로 무장되어　　　　　625
그대의 창끝으론 못 뚫을 강도를 지녔어.
짧고 굵은 그 목은 쉽사리 못 해치는데,
노하면 사자라도 그는 감히 대들 거야.
　　　　그에겐 가시나무 덤불과 감싸 안는 수풀도
　　　　겁먹은 듯 열리고, 그는 그 사이로 돌진해.　　　630

아, 사랑의 두 눈이 복종하며 응시하는
그대의 얼굴이나, 온 세상 사람들이
완벽함에 놀라는 부드러운 그대 손과,
꿀 입술과 수정 눈도 그는 싹 무시하고
　　　　그대보다 유리하면— 오, 엄청난 두려움!—　　635
　　　　이 고운 것들을 땅 헤집듯 헤집을 거야.

오, 그는 메스꺼운 자기 우리 늘 지키게 해.
미남은 그런 추한 마귀들과 관련 없어.
자진하여 그의 위험 지역으로 가지는 마.
번성하는 사람들은 친구의 충고를 받아들여.　　　640
　　　　그대가 그 수퇘지 말했을 때 솔직히 난
　　　　그대의 운명이 두려웠고 사지가 떨렸어.

내 얼굴 못 살폈어? 하얘지지 않았어?
내 눈에 숨어 있는 공포의 표시를 못 봤어?

내가 기절한 다음 바로 쓰러지지 않았어? 645
그대가 위에 누운 내 가슴 속 심장은
　　　불길하여 헐떡이고 뛰면서 쉬지를 못하고
　　　지진처럼 내 젖가슴 위 그대를 뒤흔들어.

왜냐하면 사랑이 왕인 곳엔 불안한 의심이
자신을 애정의 보초라고 부르면서 650
거짓 경보 울리고, 반란을 암시하고,
평화로운 땐데도 '죽여, 죽여.' 외치면서
　　　공기와 물로써 불을 약화시키듯이
　　　온화한 사랑의 욕망을 흩뜨려 버리니까.

역겨운 이 밀고자, 말썽쟁이 이 첩자, 655
사랑의 여린 새싹 갉아먹는 이 자벌레,
고자질하면서 반대를 일삼는 이 의심은
때로는 진짜 소식 때로는 가짜를 가져와
　　　내 마음을 두드리며, 내가 그댈 사랑하면
　　　그대 죽음 겁내야 한다고 내 귀에 속삭여. 660

그리고 더 나아가 화가 나서 초조한
수퇘지의 모습을 내 눈앞에 펼치는데,
날카로운 그 엄니 밑에는 그대 닮은 사람이
응혈로 온몸이 얼룩진 채 쓰러져 있고,
　　　그 피가 신선한 꽃들 위에 떨어져 665
　　　그것들이 슬픔에 축 처지고 고개를 떨궜어.

난 이런 상상만으로도 떨리는데

그대가 실제로 그리된 걸 본다면 어쩌지?
그 생각에 연약한 내 마음은 피 흘리고
공포가 가르쳐 준 예견을 하게 됐어. 670
  그대가 내일 그 수퇘지와 마주치면
  난 그대의 죽음과 나의 산 슬픔을 예언해.

하지만 꼭 사냥을 하려거든 내 말 들어.
그대의 개들을 무서워 도망치는 토끼나,
교활한 재주로 살아가는 여우나, 675
감히 못 맞서는 노루에게 풀어놔.
  이 겁 많은 짐승들을 언덕 위로 뒤쫓고,
  활기찬 말 위에서 개들과 함께 있어.

그대가 시력 나쁜 토끼를 뛰게 할 땐
불쌍한 그 녀석을 주목해, 장애물을 넘어서 680
어떻게 바람을 앞지르고, 급회전 천 번으로
얼마나 주의 깊게 굽이돌고 가로지르는지.
  그가 빠져나가는 수많은 개구멍은
  적을 쩔쩔 매게 하는 미로와 같단다.

그는 때로 양 떼의 가운데로 뛰어들어 685
노련한 사냥개가 냄새를 잘못 맡게 만들고,
때로는 땅 파는 토끼들 사는 데로 뛰어들어
크게 짖는 추적자들 멈추어 세울 거야.
  또 때로는 한 떼의 사슴과도 섞인단다,
  위험은 계책 낳고, 공포엔 기지가 따르니까. 690

거기에서 그의 체취 다른 것과 뒤섞여
열심히 냄새 맡는 사냥개들 의심에 빠지고,
희미한 흔적을 야단법석하면서 확실히
골라낼 때까진 소란한 울음을 멈추니까.
      곧이어 힘껏 크게 짖는데, 메아리가 답하여   695
      하늘에도 또 다른 추적이 있는 것 같단다.

이 무렵 불쌍한 토생원은 저 멀리 언덕에서
귀를 쫑긋 세우고 뒷발로 곧추 서서
적들이 그를 계속 쫓는지 들으려 한단다.
그는 곧 그들의 드높은 공격 명령 듣는데,   700
      지금 그의 한탄은 아마도 중병자가
      조종을 듣는 것과 비교할 수 있겠지.

곧이어 그대는 이슬에 흠뻑 젖은 그놈이
그 길을 들쑥날쑥 돌고 또 도는 걸 볼 거야.
심술궂은 뭇 들장미 지친 그의 다리 긁고,   705
뭇 그림자 그를 막고, 뭇 속삭임 그를 세워.
      불행에 빠지면 다수에게 짓밟히고
      넘어지면 누구도 구제하지 않으니까.

조용히 누워서 조금만 더 들어 봐.
아니, 발버둥 치지 마, 못 일어날 테니까.   710
수퇘지 사냥을 그대가 싫어하게 하려고
이런저런 사실을 이러쿵저러쿵 꿰맞추는

697행 토생원 토끼를 생원 벼슬을 가진 자로 높인 옛말.

나답지 않은 설교를 그대는 듣고 있어,
사랑은 모든 한탄 논평할 수 있으니까.

어디서 멈췄지?" "어디든 상관없죠." 그의 말,   715
"떠나세요, 그러면 얘기는 알맞게 끝나요.
밤이 깊었어요." 그녀의 말, "왜, 그래서 뭐?"
"난 말이죠." 그의 말, "친구들이 기다려요.
　난 가다가, 캄캄해서, 넘어질 겁니다."
　　"밤중에." 그녀의 말, "욕망은 가장 잘 본단다.   720

그런데도 쓰러지면, 오, 이렇게 상상해 봐.
대지가 그대를 사랑하여 그 발을 걸었고,
모든 게 키스 한번 훔치려는 것뿐이라고.
견물생심이란 말이 있듯 그대의 입술도
　정숙한 디아나를 몰래 키스 한번 하고   725
　　위증으로 죽을까 봐 흐리고 외롭게 만들어.

이제야 난 이 밤이 어두운 이유를 알았어.
달님이 창피해 자신의 은빛을 흐려 놨어,
위조하는 자연이 신성한 원형들을
하늘에서 훔친 벌로 대역죄를 받기까지.   730
　자연은 그것들로 높은 하늘 무시하고
　　낮엔 해, 밤엔 달을 창피 주려 그대를 빚었어.

725행 디아나 달과 순결의 여신.

그래서 달님은 세 운명 여신을 매수하여
자연의 이 정교한 작업을 방해토록 하였고,
미모엔 결함을, 순수한 완전성엔   735
불순한 흠집을 뒤섞어 그녀의 작품이
    광기를 불러오는 불운과 큰 불행의
    폭압을 받아야만 하도록 만들었어.

예컨대, 타는 열병, 창백한 탈진 오한,
생명을 독살하는 역병과 미친 발작,   740
감염되면 우리 피를 뜨겁게 만들어
정신이상 일으키는 골수 부식 질환과,
    폭식, 농양, 비탄과 저주받은 절망과,
    그대를 참 곱게 빚은 자연을 죽일 맹세.

이런 질병 가운데 가장 작은 것이라도   745
단 일 분의 싸움으로 미를 굴복시킨단다.
공평한 관찰자도 최근에 놀라워하였던
용모와 내음과 빛깔과 자질이
    한낮의 햇빛에 산중의 눈 녹듯이
    갑자기 허물어져 풀리면서 끝나 버려.   750

그러니까 결실도 못 맺는 순결이나
사랑 없는 신녀들과 자기애의 수녀들은
이 땅 위에 딸들과 아들들의 결핍과

733행 세⋯여신 클로토, 라케시스, 아트로포스로 인간 수명의 실을 잣
고, 감고, 끊는 역할을 하는 신화적인 세 인물.

불모의 기근을 낳으려 하니까 무시하고
      방탕해 봐. 밤에 타는 등불은 이 세상에   755
      자기 빛을 주려고 기름을 다 쓴단다.

그대 몸이 그대의 후손을 파묻을 듯
삼키는 무덤이 아니라면 무엇일까?
그 후손은 그대가 어둠 속에 버리지 않으면
시간의 요구로 그대가 꼭 가져야 하는데?   760
      버린다면, 세상은 그댈 경멸할 거야,
      그대의 전성기에 정말 고운 희망이 죽으니까.

그래서 그대 몸 안에서 그대가 없어져.
그것은 시민의 집안싸움보다도 못한 재난,
절망한 손으로 자살하는 자들이나   765
자식 생명 빼앗는 도살자 아비의 불행이지.
      감춰 둔 보물은 더럽게 썩어 없어지지만
      이자를 놓은 금은 더 많은 금을 낳아."

"아니, 그럼." 아도니스의 말, "당신은
무익하고 식상한 주제로 되돌아갈 겁니다.   770
내가 해 준 키스는 헛된 일이 되었고
당신은 완전히 헛되이 흐름을 거슬러요.
      이 욕망의 추한 유모, 검은 밤에 맹세코,
      이 얘기로 난 당신이 자꾸 싫어지니까.

사랑이 당신에게 혀 이 만 개를 빌려주고,   775
그게 다 저 음탕한 인어의 노래처럼 매혹하며

당신의 혀보다 더 큰 감동 준다 해도
유혹적인 그 곡조는 내 귓등만 스쳐요.
 알아 둬요, 내 마음이 귀 안에서 칼을 들고
 거짓된 소리는 거기에 못 들게 하니까, 780

현혹하는 화음이 내 가슴의 조용한
울타리 안으로 뛰어들면 안 되니까.
그리되면 내 작은 심장은 완전히 망가져
자기 침실에서도 휴식을 못 취할 겁니다.
 아뇨, 마마. 내 심장은 신음하길 열망 않고 785
 혼자서 잠자는 동안에 푹 잠잔답니다.

당신이 꺼낸 말 내가 반박 못 하는 게 뭐죠?
평탄한 길이 우릴 위험으로 인도해요.
난 사랑이 아니라 낯선 사람 모두에게
포옹을 허락하는 당신의 사랑법이 미워요. 790
 번식 때문이라는데, 오, 이상한 변명이여,
 이성이 음욕의 오용에 뚜쟁이가 되다니!

그건 사랑 아닙니다. 사랑은 지상에서
땀 흘리는 음욕이 자기 이름 찬탈하여
비난으로 더럽히며, 자신의 순진한 모습으로 795
신선한 미모를 취한 뒤로 하늘로 도망쳤고,
 흥분한 그 폭군은 그 미모를 더럽히고
 애벌레가 연한 입 먹듯이 곧 앗아 갔죠.

797행 폭군 794행에서 말한 "땀 흘리는 음욕"의 의인화.

사랑은 비 온 뒤 햇빛처럼 위안을 주는데,
음욕의 결과는 해 나온 뒤 태풍 같죠. 800
사랑의 온화한 봄날은 언제나 신선하나
욕정의 겨울은 여름의 절반 전에 온답니다.
    사랑은 안 물리나 욕정은 폭식하고 죽어요.
    사랑은 다 참되나 욕정은 위조로 꽉 찼죠.

할 얘긴 더 있지만 더는 감히 말 못 해요, 805
교재는 옛것인데 연사는 너무 젊어서요.
그러니까 진지하게 난 이제 떠납니다.
내 얼굴은 수치로, 마음은 비탄으로 가득해요.
    당신의 음탕한 얘기 들은 내 귀는
    그렇게 지은 죄 때문에 저절로 빨개져요." 810

이렇게 말한 그는 그녀가 가슴에 그를 묶은
그 고운 두 팔의 포옹에서 빠져나와
어두운 공터 지나 재빨리 집으로 향하고,
사랑은 누운 채 심각한 고민에 빠졌다네.
    빛나는 별 하나가 하늘을 휙 지나가듯이 815
    그 또한 이 밤에 비너스의 눈을 떠나 날아가고,

그녀는 뒤따라 눈길을 던지는데, 그건 마치
거친 파도 마루와 맞이하는 구름이 다투어
방금 배 탄 친구를 더 못 보게 할 때까지
해안에서 응시하는 사람과 같았다네. 820

814행 사랑 사랑의 의인화, 즉 비너스를 가리킨다.

　　　　잔혹하고 칠흑 같은 그 밤은 그렇게
　　　　그녀 눈에 기쁨 주던 인물을 에워쌌네.

그 사실에 그녀는 대단히 놀랐고,
무심결에 보석을 큰물에 빠뜨린 사람처럼,
또는, 수상한 숲 속에서 횃불이 꺼졌을 때　　　　　825
밤 길손 흔히들 경악하는 것처럼,
　　　　그녀도 그 어둠 속에서 꼭 그렇게 혼란되어
　　　　길 밝혀 줄 그의 불빛 잃은 채 누웠네.

그런 다음 그녀는 가슴 치며 끙끙대고,
그래서 주변의 동굴도 다 괴로워하는 듯　　　　　830
그녀의 신음을 되풀이 말하였고,
격정은 격정 이어 굵고 낮게 반복됐지.
　　　　"아아!" 그녀 외침, "아, 슬프다!" 스무 번에
　　　　스무 개의 메아리가 스무 번 그리 외쳐.

그녀는 그 소리 듣고서 비가를 시작하고
즉석에서 슬픈 노래 부르네, 사랑이 어떻게　　　　835
청년을 노예 삼고, 노인을 홀리고, 사랑이 얼마나
바보짓에 현명하며, 똑똑할 때 바보인지.
　　　　무거운 그녀의 애가는 늘 비탄으로 끝나고
　　　　메아리 합창단은 늘 그렇게 응답하네.　　　　840

그녀의 노래는 지루했고 밤새껏 지속됐어,
연인들의 시간은 짧은 것 같아도 기니까.
자신들이 기쁘면 딴 사람도 그 같은 상황을

그 같은 오락으로 즐거워하리라고 여기니까.
   그들의 풍성한 얘기는 여러 번 시작되어   845
   청중 없이 끝나지만, 마무리는 절대 안 돼.

왜냐하면 그녀가 밤을 함께 새울 사람,
괴짜들의 기분을 달래며 주문할 때마다
날카롭게 응답하는 술집 급사들처럼
아첨꾼 닮은 저 헛소리들 빼놓고 누구겠어?   850
   그녀가 "그렇다." 하면 모두 "그렇다." 답하고
   그녀가 "아니." 하면 그 말 따라 하겠지.

이때 보라, 귀여운 종달새가 휴식에 싫증 나
자신의 습기 찬 둥지에서 높이 올라
아침 여신 깨우고, 태양이 당당한 자태로   855
그녀의 은빛 가슴 속에서 솟아올라
   이 세상을 몹시도 찬란하게 쳐다보니
   삼나무 꼭대기와 언덕이 금칠한 것 같네.

비너스는 그에게 고운 아침 인사 하네.
"오 그대 밝은 신, 모든 빛의 후원자여,   860
천체와 빛나는 별 모두가 그대로부터
자신을 빛내는 멋진 힘을 들이마시지만
   지상의 어미젖 빤 이 아들은 그대가 남에게
   빛을 주듯 그대에게 빛을 줄 수 있어요."

863행 지상의 아들 인간 아도니스. 어머니인 미르라는 그가 태어나기 전에 미르라 나무로 변하였기 때문에 그에게 젖을 물릴 수 없었다. 사실을 이렇게 고의로 변경한 사람이 비너스인지 혹은 셰익스피어인지 불분명하다. (아든)

이 말 하고 그녀는 아침이 한참 됐는데도　　　　　　865
애인에 관한 소식 하나도 못 듣는 걸
의아해하면서 도금양 숲으로 서둘렀어.
그녀는 그의 사냥개들과 뿔피리에 귀 기울여
  곧 그들이 활기차게 짖는 걸 듣고서
  아주 급히 소리 나는 쪽으로 다가가네.　　　870

그녀가 달려갈 때 관목들이 길을 막고
어떤 건 목을 잡고, 어떤 건 얼굴에 키스하고
어떤 건 그녀를 멈추려고 허벅지를 감았지.
그녀는 그들의 단단한 포옹을 거칠게 떨치고
  젖퉁이 불어 아픈 암사슴이 된 것처럼　　　875
  숲에 숨은 새끼에게 젖 주려고 서두네.

이 무렵 짐승을 궁지로 몬 사냥개 소리에
그녀는 움찔했어, 치명적인 똬리 틀고
바로 자기 길 위에 앉아 있는 독사 보고
공포에 떨면서 진저리 친 사람처럼.　　　　　880
  그녀도 꼭 그처럼 사냥개의 겁먹은 울음에
  감각이 오싹하고 정신이 혼미해졌다네.

그녀는 이제 그게 얌전한 동물 아닌
험악한 수퇘지, 거친 곰 아니면 고귀한
사자임을 아니까, 그 소리가 한곳에 머물고,　　885
거기에서 개들이 무섭게 울부짖으면서도
  그들의 적이 매우 사나운 걸 알고서는
  다들 심히 공손해져 먼저 못 덤비니까.

이 불길한 소리가 그녀 귀를 슬프게 울리며
안으로 들어가 심장을 기습하고, 890
그것이 의심과 핏기 없는 공포에 짓눌려
창백한 무력감으로 전 기관을 다 마비시키면,
  그것들은 항복한 대장 밑의 군인처럼
  치사하게 도망치며 감히 자릴 못 지키지.

이렇게 그녀는 혼란에 떨며 서 있다가 895
마침내 완전히 낙담한 감각들을 격려하며
그들의 두려움은 이유 없는 환상이고
애들 같은 실수라고 말해 준 다음에
  떨림을 떨치고 더 두려워 말라고 명한다.
  그러면서 잡힌 수퇘지를 봤는데, 900

거품 이는 그 입은 온통 붉게 물들었고
우유와 피 두 가지가 함께 섞인 듯하여
두 번째 공포가 그녀의 온 근육에 퍼지면서
그녀를 알지 못할 곳으로 미친 듯 몰아간다.
  그녀는 이 상태로 뛰다가 이젠 더 가지 않고 905
  수퇘지의 살인을 야단치러 돌아온다.

천 가지 충동으로 천 가지 방법이 떠올랐고,
그녀는 되돌아 걷는 길을 또 걷는다.
그녀의 지나친 조급함은 술 취한 두뇌가
작동하는 것처럼 지체로 끊기면서 910
  고려할 게 가득하나 아무 고려 못 하고
  모든 것에 손대지만 결과는 전혀 없다.

이때 그녀는 덤불 속의 사냥개를 보고는
지친 그 녀석에게 주인 소식 묻는다.
거기 다른 한 마리는 상처를 핥는데, 915
독이 올라 아픈 덴 최고의 명약이지.
   또 여기 슬프게 찡그리는 한 마리 만나서
   말을 걸고, 그것은 응답으로 울부짖네.

그것이 그 불쾌한 소음을 그쳤을 때
또 다른 입술 처진 문상객, 암울한 검둥이가 920
하늘 향해 목소리 사격을 퍼붓는데
또 한 마리, 또 한 마리 그에게 응답하며
   그들의 당당한 꼬리로 땅을 치고,
   긁혀서 걸을 때 피가 나는 귀 흔든다.

유령과 징조와 기이한 현상에 925
가엾은 이 세상 사람들이 깜짝 놀라
두려움에 찬 눈으로 오래 응시하다가
거기에서 무서운 예언을 끌어내듯
   그녀도 이 슬픈 징조들에 숨 들이쉬었다가
   다시 내쉬면서 죽음에게 호통친다. 930

"못생긴 독재자, 추하고 가늘고 깡마른,
역겨운 사랑 훼방꾼아."— 이렇게 죽음을 욕한다.—
"섬뜩한 잇몸 웃음 웃는 유령, 땅벌레야,
왜 너는 미를 질식시키고 그의 숨을 빼앗지?
   그가 살아 있었을 때 그의 숨과 미모는 935
   장미에 윤기를, 제비꽃에 향기를 줬는데?

만약 그가 죽으면— 오, 안 돼. 그의 미모,
네가 그걸 보면서 부수는 건 불가능해—
오, 맞아, 그럴 수도. 넌 눈 없어 못 보니까
역겹게도 아무거나 무턱대고 맞히지. 940
      네 표적은 연약한 노인인데 빗나간 화살이
      목표를 벗어나 갓난애 가슴을 쪼갰어.

네 경고만 있었어도 그는 말을 했을 테고,
그 말 들은 네 힘은 그 힘을 잃었겠지.
운명의 여신들도 이 일격을 저주할 것이다. 945
그들은 잡초를 베라고 했는데 넌 꽃을 꺾었어.
      그를 죽인 죽음의 새까만 화살 아닌
      사랑의 금촉 화살 그에게 날아갔어야 해.

넌 눈물을 마시려고 이런 울음 자아내지?
무거운 한탄이 네게 무슨 득 된다고? 950
다른 모든 눈에게 보는 법 가르친 그 눈을
왜 너는 영원한 잠 속으로 내던졌어?
      자연은 이제 네 치명적 활동에 신경 안 써,
      자신의 걸작을 가혹하게 네가 부쉈으니까."

이때 그녀는 절망에 찬 사람처럼 풀 죽어 955
눈꺼풀을 내렸고, 그것은 수문처럼
그녀의 고운 두 뺨에서 달콤한 가슴의

948행 금촉 화살 큐피드가 사랑을 일으키기 위하여 쏘는 화살. 그 반대는 납촉 화살이다.

수로로 떨어지는 수정의 조수를 막는다.
    하지만 그 은빛 비는 홍수 문을 꿰뚫고
    그 세찬 흐름으로 그것을 다시 연다.   960

오, 그녀 눈과 눈물은 정말로 서로를 비췄어!
눈물 속에는 눈, 눈 속에는 눈물이 보였지.
둘 다 수정으로 그 안에서 상대의 슬픔을,
친절한 한숨으로 늘 말리려던 슬픔을 보았지.
    하지만 사나운 날 바람 불고 비 오듯이   965
    한숨에 마른 뺨은 눈물에 다시 젖네.

변함없는 그녀의 비애에 다양한 격정이
누가 가장 그 비탄에 맞는지 보려고 몰려와.
모두가 환대받고, 각 격정은 당장의 슬픔이
다 으뜸인 것처럼 보이도록 노력해.   970
    하지만 최고는 없었어. 그래서 다 뭉쳤지,
    수많은 구름이 모여서 날씨가 나빠지듯.

이 무렵 그녀는 사냥꾼의 먼 외침을 듣는데,
유모의 노래도 아기에게 이토록 즐겁진 않았어.
그녀가 쫓고 있던 비참한 상상을   975
이 희망의 소리가 몰아내려 힘쓴다네,
    되살아난 기쁨은 그녀에게 환희를 명하고
    그것이 아도니스의 목소리라고 아첨하니까.

그에 따라 그녀 눈에 유리 속의 진주처럼
갇혀 있던 눈물은 퇴조하기 시작했어.   980

그래도 가끔씩 진주 한 알 옆으로 떨어지면
그녀 뺨이 녹여 버려, 그것이 거길 지나
    푹 잠긴 것 같은데 젖었을 뿐인 그 땅의
    더러운 얼굴 씻어 주는 걸 혐오하듯 말이지.

오, 어렵게 믿는 사랑, 안 믿으려 하는데도   985
너무 잘 속다니 얼마나 이상해 보이는가!
네 행복과 비탄은 양쪽 다 극단이고,
절망과 희망은 널 우습게 만든단다.
    한쪽은 가망 없는 생각으로 너에게 아첨하고
    다른 쪽은 가망 있는 생각으로 널 곧 죽여.   990

그녀는 이제 짜 놓았던 직물을 도로 푼다.
아도니스는 살았고, 죽음을 못 나무란다.
죽음을 못됐다고 한 것은 그녀가 아니었어.
그녀는 미운 그 이름에 영예를 더하면서
    이제 그를 무덤의 왕, 왕들의 무덤이며,   995
    필멸하는 만물의 도도한 지존으로 칭한다.

"아냐, 아냐." 그녀의 말, "죽음이여,
난 그냥 농담했어, 하지만 용서해 줘.
내가 그 수퇘지, 동정을 모르고 늘 냉혹한
그 피비린 짐승을 봤을 때 좀 무서웠어.   1000
    그러니 그림자여— 사실을 고백하면—
    난 애인의 사망이 겁나서 당신을 욕했어.

983행 푹…같은데 비너스의 눈물 홍수에.

내 잘못 아니고, 수퇘지가 내 혀를 자극했어.
안 보이는 지휘관아, 그에게 분풀이해.
당신을 모욕한 건 더러운 그 짐승이야.   1005
난 그냥 말만 했고, 비방의 저자는 그자야.
   비탄엔 두 혀가 있는데, 여자가 양쪽을 다
   열 여자의 지혜 없이 다스린 적은 없어."

이처럼 아도니스가 살아 있길 바라면서
그녀는 성급한 의심을 누그러뜨리고,   1010
그의 아름다움이 더 번창할 수 있도록
겸손하게 죽음의 환심을 사려고 하면서
   그에게 기념비, 조각상, 무덤을 말하고
   그의 승리, 그의 정복, 영광을 얘기한다.

"맙소사." 그녀의 말, "난 얼마나 바보기에   1015
살아 있고 또 필멸의 인류가 공멸할 때까지
죽어선 안 되는 그의 죽음 통곡할 만큼이나
약하고 어리석은 마음을 먹었던 것일까!
   만약 그가 죽는다면 미도 함께 살해되고
   미가 가면 검은 혼돈 다시 올 터인데.   1020

에이, 에이, 바보 사랑, 넌 보물을 잔뜩 지고
도둑들에 에워싸인 자처럼 공포에 차 있어.
눈이나 귀로써 확인 안 된 하찮은 것들을
겁쟁이 네 마음은 오산하고 비통해해."
   바로 이때 그녀는 유쾌한 뿔피리 소리 듣고   1025
   방금도 비참했던 그녀는 껑충 뛴다.

미끼 새 향하는 매처럼 그녀는 날았고,
발걸음은 너무나 가벼워 풀도 눕지 않았는데
서두르는 도중에 불행히도 그녀가 엿본 건
그 추한 수퇘지가 정복한 그녀의 임이야.   1030
    그걸 보자 그녀 눈은 그 모습에 살해된 듯
    대낮이 부끄러운 별들처럼 물러났어.

아니면, 연약한 뿔을 맞은 달팽이가
아파서 껍질 굴 안으로 움츠러든 다음
오랫동안 다시 기어 나오기가 무서워   1035
완전히 숨죽이고 그늘 속에 앉아 있듯
    그녀 눈도 그처럼 피투성이 그 모습에
    저 깊고 어두운 머릿속 밀실로 달아났고,

거기에서 자신의 임무와 자기 빛을
그녀의 불안한 두뇌의 처분에 맡기는데,   1040
그것은 눈에게 추한 밤과 늘 교제할 것이며,
다시는 표정으로 마음을 해치지 마라 한다.
    그러자 마음은 옥좌에서 당황한 왕처럼
    두 눈의 암시에 죽음 같은 신음을 내뱉고,

그 소리에 복종하는 신하들은 다 떠는데,   1045
그 모습이 바람이 땅에 갇혀 출구 찾아 싸우며
지구의 기초를 뒤흔들어 서늘한 공포로
사람 맘을 혼란에 빠뜨렸을 때와 같다.
    이 반역에 각 기관은 다 놀랐고, 그녀 눈도
    그 캄캄한 침대에서 다시 벌떡 일어난다.   1050

그리고 눈을 뜬 뒤, 그의 여린 옆구리에
수퇘지가 파 놓은 커다란 상처로 마지못해
눈길을 던지는데, 거기에 늘 보이던 백합 색은
상처가 울어 낸 자줏빛 눈물에 푹 젖었고,
  근처의 꽃과 잔디, 약초나 잎, 잡초 모두 1055
  그의 피를 훔쳐서 그와 함께 흘리는 것 같았다.

가엾은 비너스는 이 엄숙한 공감을 주목하고
머리를 한쪽 편 어깨로 기울인다.
그녀는 말없이 울컥하고 격렬히 법석 떨며,
그가 죽었을 리가 없고 안 죽었다 생각한다. 1060
  그녀 목은 막히고 관절은 굽힐 줄 모르며,
  눈은 여태 울었단 사실에 미칠 지경이다.

그녀는 그 상처를 너무 세게 쳐다봐서
아찔해진 시야에 그 자국이 셋으로 보이네.
그래서 그녀는 망치는 자기 눈을 꾸중해, 1065
구멍이 없어야 할 곳에 자상을 더 만든다고.
  그의 얼굴 둘 같고, 사지는 각각 두 배가 돼,
  뇌가 혼란스러울 때 눈은 자주 틀리니까.

"내 혀는 하나 위한 비탄도 표현 못 해,
그런데" 그녀의 말, "죽은 두 아도니스 쳐다봐! 1070
내 한숨은 날아갔고 짠 눈물도 말랐으며,
두 눈은 불꽃으로, 심장은 납으로 변했다.
  무거운 납 심장아, 내 눈의 붉은 불에 녹아라!
  그럼 난 뜨거운 욕망의 방울로 죽으리라.

아, 가난한 세상이여, 넌 정녕 보물을 잃었다!　　　　1075
살아남은 얼굴치고 볼만한 게 뭐가 있지?
이제는 누구 혀가 음악이지? 오래전 것으로,
그 뒤의 것으로 너는 뭘 자랑할 수 있는데?
　　　　꽃들은 아름답고 그 색깔도 신선하나
　　　　진정 고운 미모는 그와 함께 살다 갔어.　　　　1080

지금부터 모자나 베일은 아무도 쓰지 마라,
저 해도 바람도 너희에게 애써 키스 않으리라.
잃을 미도 없으니 두려워할 필요 없다.
해는 너희 멸시하고, 바람도 야유해.
　　　　하지만 아도니스 생전에 해와 에는 공기는　　　　1085
　　　　그의 미를 훔치려고 도둑처럼 숨었었다.

그 때문에 그는 모자를 쓰려고 했는데,
빛나는 해는 그 챙 밑으로 엿보려 하였고,
바람은 그걸 벗기려 하였으며, 날아가면,
머리채와 놀았어. 그러면 아도니스 울곤 했지.　　　　1090
　　　　그리고 곧 그의 연약한 나이를 동정하여
　　　　둘이서 누가 먼저 그 눈물 말려 주나 겨뤘어.

그의 얼굴 보려고 사자도 산울타리 뒤에서
그를 따라 걸었어, 그가 두려워하지 않도록.
기분 전환 하려고 그가 노래 부를 때면　　　　1095
호랑이도 온순해져 조용히 들었어.
　　　　그가 얘기했다면 늑대는 먹이를 놔주고
　　　　그날은 무력한 양 절대로 겁주지 않았어.

그가 자기 그림자를 냇물 속에 봤을 때,
고기들은 그 위에 황금빛 아가미를 펼쳤고, 1100
그가 곁에 있으면 새들은 굉장히 기뻐서
몇은 노래 부르고, 다른 몇은 부리로
  오디와 붉게 익은 버찌를 물고 와서
  그는 눈길, 그들은 열매를 서로 먹여 주었어.

근데 이 흉측한 고슴도치 주둥이 수퇘지는 1105
내리깐 눈으로 언제나 무덤을 찾았기에
그가 입은 어여쁜 제복을 한 번도 못 봤고,
그 증거가 그에게 놈이 해 준 이 접대야.
  놈이 그의 얼굴을 봤다면, 그럼 내가 알기로
  놈은 그와 키스할 생각 했고, 그래서 죽였어. 1110

맞아, 맞아, 아도니스는 그렇게 살해됐어.
그는 날 선 창 들고서 놈에게 달려들었는데,
놈은 그 보복으로 그의 몸에 이빨 안 갈고
거기에서 키스로 그를 설득해 볼 요량으로
  코로 그의 옆구리 비비다가 다정한 그 돼지는 1115
  무심결에 송곳니를 그 연한 사타구니에 꽂았어.

나에게 놈의 이빨 있었다면, 고백건대,
내가 먼저 키스하여 그는 죽었을 거야.
근데 그는 죽었고, 내 젊음을 자신의 것으로
축복하지 않았으니 난 더 큰 저주 받았다." 1120
  이 말 하고 그녀는 서 있던 자리에 쓰러졌고,
  그의 엉긴 피로써 자기 얼굴 물들인다.

그녀는 그의 입술 보는데, 창백하고,
그녀는 그의 손을 잡는데, 차갑다.
또 그의 귀에다 심각한 얘기를, 마치 그게 1125
비통한 그녀 말을 듣는 듯 속삭인다.
   그녀는 그의 눈 덮고 있는 뚜껑을 드는데
   보라, 타 버린 두 등불 어둠 속에 게 누웠고,

두 거울은, 그녀가 자신을 그 안에서
천 번이나 봤지만 이제 더는 못 비추며, 1130
그것들은 일찍이 뛰어났던 능력을 잃었고
모든 미는 효력을 다 빼앗겼다네.
   "세상의 기적이여, 그대는 죽었는데
   날은 아직 밝다는 게 난 심술이 나.

그대가 죽었으니, 자, 난 여기서 예언한다. 1135
지금부터 사랑에는 슬픔이 따르리라.
질투가 그것의 뒤를 쫓을 것이고
시작은 달콤하나 끝은 불쾌할 것이다.
   공평한 건 절대 없이 높거나 낮아서
   사랑의 모든 기쁨 그 비탄과 못 겨룬다. 1140

그것은 쉬 변하고, 거짓 기만 가득하며,
숨 한번 쉴 사이에 싹이 트고 시들 거다.
그 바닥의 독약과 맨 위에 뿌려진 단맛은
최고로 날카로운 눈도 속일 것이고,
   최고로 강한 몸을 최고로 약하게 만들며, 1145
   현자는 입 다물게, 바보는 말하게 가르치리.

그것은 삼가면서 방탕이 너무 심해
쇠약해진 노인에게 춤 가르칠 것이고,
부라리는 불한당도 조용하게 만들며,
부자 끌어내리고, 빈자는 보물 부자 만들고, 1150
    미친 소리 하다가 순진 온순할 것이며,
        청년을 노인으로, 노인을 애로 만들 것이다.

두려울 이유가 없는데도 의심할 것이며
가장 불신해야 할 때 겁내지 않을 거다.
자비로우면서도 너무나 가혹하며, 1155
가장 솔직해 보일 때 가장 많이 속일 거다.
    가장 순해 보일 때 가장 고집 부리고
        용맹엔 무서움, 겁보에겐 용기를 줄 것이다.

그것은 전쟁과 재난의 원인이 될 것이고
아들과 아버지 사이를 갈라놓을 것이며, 1160
건조한 가연성 물질에 불이 붙듯
갖가지 불만에 복종하며 굽실댈 것이다.
    죽음이 내 애인을 전성기에 멸했으니
        최고의 연인들은 사랑을 못 즐길 것이다."

이 무렵 죽어서 그녀 옆에 누웠던 소년은 1165
증기처럼 녹아서 그녀의 눈에서 사라지고,
그 땅에 흘러내린 그의 피 속에서
흰 얼룩무늬의 자주색 꽃 한 송이 솟았는데,

1168행 자주색 꽃 셰익스피어가 여기에서 그 이름을 밝히지는 않았지

창백한 그의 뺨과 그 흰 바탕 위에
방울방울 맺혔던 피를 꼭 닮았었지.   1170

그녀는 고개 숙여 갓 솟은 꽃향내 맡고서
그것을 자기 아도니스의 숨결에 비하면서
죽음이 그를 그녀에게서 빼앗아 갔으니
그것이 그녀의 가슴속에 살리라고 말한다.
    그녀가 꽃대를 꺾는데 그 상처에 나타난   1175
푸른 수액 방울을 그녀는 눈물에 비한다.

"가엾은 꽃." 그녀의 말, "사소한 비탄마다—
더 향긋한 냄새 나는 아비의 향긋한 후손아—
두 눈을 적시는 건 네 아비의 습관이었단다.
완전히 자라는 게 그의 소원이었지,   1180
    너도 마찬가지고. 하지만 알아 둬, 시들기엔
그의 핏속만큼이나 내 가슴속도 좋아.

여기 내 가슴속, 여기가 네 아비 침대였어.
넌 가장 가까운 핏줄이니 그건 네 권리다.
자, 이 텅 빈 요람에서 휴식을 취해라,   1185
내 심장의 고동이 너를 밤낮 재울 거야.
    난 한 시간 가운데 일 분도 안 빼놓고
향긋한 내 사랑의 꽃에게 키스해 줄 거야."

이리하여 세상에 싫증 난 그녀는 서둘러

만 전통적으로 아도니스는 아네모네로 변했다고 한다.

은 비둘기들에게 멍에를 씌우고, 그들의   1190
신속한 도움 받아 하늘로 올라간 여주인은
가벼운 마차로 빠르게 이동하고 있는데,
  그들은 파포스 쪽으로 길을 잡고, 여왕은
  거기에 칩거하며 안 나타날 작정이다.

1193행 파포스 키프로스에 있는 비너스의 거처.

루크리스의 강간
The Rape of Lucrece

역자 서문

셰익스피어는 『비너스와 아도니스』를 내놓은 그다음 해인 1594년에 『루크리스의 강간』을 출판하였다. 이 시는 그가 『비너스와 아도니스』의 서문에서 후원자인 사우샘프턴 백작에게 약속했던 "좀 더 심각한 작품"임에 틀림없다. 그러나 그가 시를 연이어 발표한 데에는 이 약속뿐만 아니라 다른 요인이 작용했을지도 모른다. 『비너스와 아도니스』의 성공에 크게 고무되었을 수도 있고, 사우샘프턴 백작의 예상되는 후원금이 자극제가 되었을 수도 있으며, 그의 시적 야심이 발동했을 수도 있다. 다만 한 가지 확실한 것은 이해에도 역병이 다시 창궐해 극장이 또다시 여러 달 동안 문을 닫았다는 사실이다. 『루크리스의 강간』은 이 여가의 산물인 셈이다.

셰익스피어는 앞서와 마찬가지로 『루크리스의 강간』의 줄거리를 같은 작가 오비디우스, 그러나 그의 다른 작품인 『로마 달력』 제2권에 실린 루크리스 관련 이야기에서 빌려 왔다. 물론 리비우스의 『로마사』 제1권에도 같은 사건과 인물을 다루는 기록이 있는데, 이는 인물들의 심리를 파고드는 오비디우스의 시 형식의 이야기 전개와 달리 산문체 역사 서술의 일부다. 두 이야기의 주요 사건과 인물, 내용에는 별 차이가 없으며 그 내용을 셰익스피어 본인이 시 앞에 '줄거리'라는 제목으로 붙여 놓았다. 줄거리를 읽어 보면 우리는 루크리스 강간 사건의 배경, 동기, 발단, 진행 과정, 루크리스의 자살과 그로 인한 로마 정치 체제의 변화를 미리 알 수 있다. 그렇다고 해도 이 줄거리가 작품 자체의 재미를 대신하지는 못한다. 이야기의 뼈대를 보는 것과 그 피와 살을 실제로 만지고 느끼는 것에는 커다란 차이가 있으니까.

셰익스피어는 두 원전에서 100행 정도 되는 이야기를 1855행의 장시로 확대 개편하였다. 이 과정에서 가장 크게 늘어난 부분은 바로 가해자 타르퀸과 피해자 루크리스의 사실적인 내면 심리 묘사이고, 이 때문에 이 작품은 지금도 읽을 가치가 있다. 그러면 지금부터 타르퀸은 어떤 심정으로 루크리스를 강간하게 되었으며, 그 끔찍한 일을 당하는 그리고 당한 후의 루크리스의 반응은 어떠한지 좀 더 구체적으로 살펴보자.

우선 강간범 타르퀸은 강간이라는 단어가 암시하는 것처럼 피도 눈물도 없는 무지막지한 악한이 아니다. 이런 맥락에서 이 작품이 당시의 출판업자 등록부에 올랐을 때 제목이 '루크리스의 능욕'이었다는 점은 흥미롭다. 강간이 주는 적나라한 폭력의 느낌을 조금이라도 완화해 보려는 시도를 감지할 수 있기 때문이다. 그렇다고 범행의 동기와 과정이 덜 악하다거나 그 결과가 덜 끔찍하다는 말은 아니다. 하지만 그는 욕정을 채우기 위해 단도직입으로 행동에 돌입하는 냉혈한이나 성도착자가 아니라 일말의 양심을 가졌으며 본인의 행위를 의심하고 자신의 추악한 모습을 객관화할 능력을 지닌 인물이다.

타르퀸의 이런 '정상적인' 것 같은 모습은 그가 루크리스에게 욕정을 품은 계기에서부터 드러난다. 셰익스피어가 '줄거리'에서 말하듯이 타르퀸은 아르데아 포위 작전 중에 루크리스의 남편 콜라틴이 부인을 자랑하는 말에서 그녀에 대한 관심이 생겼고, 곧이어 남편과 더불어 로마에서 그녀를 직접 보았을 때 그 "아름다움에 몸이 달아올랐지만" 당장은 억눌러 두었다가 나중에 홀로 찾아가 강압적으로 욕정을 채웠다. 여기에서 겁탈이라는 실제 행위를 빼면 아름다운 여인에게 욕정을 품는 것은 충분히 있을 수 있는 일이다.

그가 자신의 목적을 달성하는 과정에서 보여 주는 행동 또한 미친 사람하고는 거리가 있다. 우선 콜라틴의 성에 도착하여 루크리스에게 안전하게 접근하기 위해 자신의 높은 신분을 방패막이로 사용한다. "그가 천한 죄악을 왕족의 주름 속에 감추며 / 드높은 신분으로 위장했기 때문에"(92~93행) 루크리스는 사악한 의도를 짐작할 수 없었다. 그는 아첨하는 속임수도 쓸 줄 안다. 루크리스의 예상되는 방어벽을 낮추기 위하여 그는 그녀의 귀에 대고 남편 콜라틴이 "이탈리아 땅에서 얻은 명성 얘기하고" 그것을 "칭찬으로 장식(106~110행)한다. 이러한 위장이나 속임수는 그가 지금 범하려는 행위가 악함을 알고 있으며, 따라서 양심이 좀 살아 있다는 증거다.

욕망을 추구하는 와중에 회의하고 갈등할 줄도 안다. 그는 자기 목적의 정당성을 따져 본다. "내가 추구하는 걸 가진다면 난 뭘 얻지?" 그리고 곧바로 대답한다. "덧없는 기쁨의 한 꿈, 한 숨, 거품이지." 그 죄의 대가를 알면서도 물어본다. "그 누가 순간의 환희 사서 일주일 울부짖지? / 아니면 장난감 때문에 영원을 내다 팔지?/ 포도 한 알 때문에 누가 그 덩굴을 망치지?"(211~215행) 순간의 환희를 얻은 후 일주일의 울부짖음, 장난감과 맞바꾼 영원, 포도 한 알을 먹기 위해 망쳐 버린 덩굴, 이 얼마나 적절한 비유인가. 모두 그에게 곧 생생한 현실로 다가올 것이기 때문이다. 문제는 이런 양심의 갈등에도 불구하고 그의 마음은 언제나 이미 눈먼 욕정의 명령에 굴복한다는 사실이다. 온갖 변명과 허위 논리와 감언이설을 늘어놓으면서.

> 이건 수치스럽다, 그래, 사실이 알려지면.
> 미움받을 일이다, 하지만 사랑엔 미움 없다.
> 그녀 사랑 난 애원할 텐데, 그건 남의 것이다.

이 일의 최악은 거절과 나무람뿐이다.
내 욕심은 강하여 이성으론 쉽게 못 없앤다.
　　　경구나 늙은이의 격언을 두려워하는 자나
　　　벽걸이 그림 보고 외경심에 빠질 거다."
　　(239~245행)

　이런 변명이 헛된 논리이며 위선이란 사실은 타르퀸 자신보다 그의 진로를 방해하는 동물과 무생물들이 더 잘 안다. 그래서 그가 루크리스의 침실에 이르는 길을 막는 자물쇠를 딸 때 그것이 쇳소리로 "그의 악행을 꾸짖"고, 그가 문지방을 넘을 때 "밤 방랑자 족제비가 그를 보고 끽끽"대며, 입구의 갈라진 틈새로 새어 든 바람은 그가 든 횃불을 "꺼 버린다."(304~313행). 그러나 내면의 소리를 듣지 않으려는 타르퀸의 귀에 동물이나 무생물의 경고는 쇠귀에 경 읽기로 아무런 효과를 내지 못한다.
　지금까지 드러난 타르퀸의 행동이 선하다고는 말 못 하지만 그렇다고 악의 화신이 되기에는 부족하다. 그러나 타르퀸과 그를 지배하는 육욕의 본질이 진정으로 악하고 잔인하며 극단적이라는 사실은 그가 루크리스를 범하기 직전에 보이는 협박에서 나타난다. 그는 칼을 뽑아 위협하면서 다음과 같이 말한다.

　　　난 오늘 밤 그대를
　　　즐겨야겠는데 거절하면 폭력으로 막가겠소,
　　　그대의 침대에서 그대를 없앨 작정이니까.
　　　그런 다음 가치 없는 종 하나를 살해하여
　　　그대의 명예를 그대 생명 파괴하며 허물 거요.
　　　　　또 그대의 죽은 팔에 그를 놓고, 그를 품는
　　　　　그대를 보고서 살해했다 맹세할 것이오.

(512~518행)

　이는 단순한 살해 협박이 아니라 강간 자체의 사악함에 루크리스의 치욕과 불명예까지 뒤집어씌우는 야비한 행위다. 이렇게 그는 욕망에 철저히 눈이 멀었기 때문에 자기 잘못을 알면서도 루크리스의 순결을 그녀의 침대에서 빼앗는다.
　타르퀸의 강제 추행 전후에 보여 주는 루크리스의 대응 역시 모두 사실적이고 현실적이다. 그녀는 전설 속에서나 있을 법한 순결의 화신처럼 죽이겠다는 위협에 과감히 맞서거나, 강간을 당하느니 차라리 혀를 깨물어 죽는 인물이 아니다. 그녀는 최대한 모든 논리를 동원하여 그의 행동을 사전에 막아 보려 노력하고, 자신의 생명이 위험에 처했을 때는 무기력하게 타르퀸의 폭력에 굴복한다. 유일한 저항은 고함을 지르는 것이었고, 그마저도 그가 옷잇으로 틀어막아 들리지 않게 되었으며, 결국 끊임없이 흘리는 눈물로 그의 욕정을 식힐 수밖에 없었다.
　그러나 그녀가 보인 반응 가운데 두 가지는 독자의 뇌리에 깊이 남을 만하다. 첫째는 남편과 아버지에게 속히 귀가해 달라는 편지를 보낸 뒤에 그들이 올 때까지 기다리는 동안 트로이의 멸망을 그린 그림을 보는 장면이고, 둘째는 남편과 그 동료들에게 복수를 부탁하고 용감하게 자결하는 장면이다. 첫 번째 장면은 우리가 그동안 단편적으로 접했던 루크리스의 내면의 슬픔과 분노가 얼마나 크고 깊은지를 집중적으로 보여 주는 매개체 역할을 하고, 두 번째는 타르퀸의 강간 사건이 지니는 정치적 의미를 현실화하는 계기가 된다. 그래서 루크리스의 자결은 단순한 명예 회복뿐만 아니라 로마의 정체를 왕정에서 공화정으로 바꾸는 동력으로 작용함으로써 공익에 이바지한다. 강간은 끔찍한 일이지만 거기에서 공화정이라는 꽃이 피는 셈이다.

끝으로 이번 번역은 캐서린 덩컨 존스(Katherine Duncan-Jones)와 우드후이센(H. R. Woudhuysen) 편집의 아든(The Arden Shakespeare) 제3판 『셰익스피어의 시(*Shakespeare's Poems*)』를 기본으로 하고, 블레이크모어 에번스(G. Blakemore Evans) 편집의 리버사이드 셰익스피어(The Riverside Shakespeare) 판과 조너선 베이트(Jonathan Bate)와 에릭 라스무센(Eric Rasmussen) 편집의 RSC(Royal Shakespeare Company) 판을 참조하였다. 본문의 주에 언급되는 '아든' 또는 '리버사이드'는 이들 판본을 가리킨다. 또한 편리함을 목적으로 시의 행수를 5단위로 명기하였다.

사우샘프턴 백작 겸 티치필드 남작이신
헨리 라이어스슬리 각하께

    제가 백작님께 바치는 사랑에는 끝이 없는데, 그 가운데 서두가 없는 이 작은 책자는 넘쳐나는 일부일 뿐입니다. 무지한 제 시의 가치가 아니라 당신의 영예로운 성품이 제 보증이기 때문에 받아주실 것임을 확신합니다. 제가 쓴 것은 당신 것이고, 제가 쓸 것도 당신 것이며, 당신은 제가 가진 모든 것의 일부이시니 전 당신께 헌납된 당신 것입니다. 제 가치가 더 크다면 제 존경도 더 커 보일 테지만, 그동안에는 현 상태로 그것을 드리게 되었으며, 백작님께 온갖 행복과 더불어 언제나 늘어나는 장수를 기원합니다.

                                백작님을 전적으로 존경하며,
                                      윌리엄 셰익스피어

줄거리

　　지나친 오만으로 '지존'이란 별칭을 얻었던 루키우스 타르퀴니우스는 자신의 장인인 세르비우스 툴리우스가 잔인하게 살해되도록 한 뒤, 로마의 법과 관습과는 반대로 국민들의 투표를 요청하거나 기다리지 않고 왕국을 자신이 차지한 뒤, 아들들 및 다른 로마 귀족들과 동행하여 아르데아를 포위 공격하러 갔다. 그 공격 기간 중에 군대의 주요 인물들이 어느 날 저녁, 왕의 아들인 섹스투스 타르퀴니우스의 막사에서 만나 저녁 식사 후 담화에서 다들 자기 부인의 미덕을 칭찬하였는데, 그 가운데 콜라티누스는 아내 루크레티아의 비할 데 없는 정절을 격찬하였다. 그런 유쾌한 기분으로 그들은 모두 로마로 급히 말을 몰았고, 비밀히 그리고 갑자기 도착하여 모두들 앞서 공언했던 사실을 시험해 볼 작정이었는데, 오직 콜라티누스만 아내가 밤이 깊었는데도 시녀들 사이에서 실을 잣고 있다는 걸 알았고, 다른 부인들은 모두 춤추고 흥청대거나 다른 오락을 즐기고 있었다. 그래서 귀족들은 콜라티누스에게는 승리를, 그의 아내에게는 명성을 인정하였다. 그때 섹스투스 타르퀴니우스는 루크리스의 아름다움에 몸이 달아올랐지만, 당장은 자신의 격정을 억누르고 나머지와 함께 진영으로 돌아왔다가, 곧 그곳을 살짝 빠져나와 콜라티움에서 루크리스에게 자신의 지위에 어울리는 왕족의 대접을 받고 묵었다. 그날 밤 그는 신뢰를 배반하고 그녀의 침실로 숨어 들어가 그녀를 난폭하게 겁탈하였고, 아침 일찍 서둘러 떠났다. 이런 통탄스러운 곤경에 빠진 루크리스는 사자를, 하나는 로마의 아버지에게 또 하나는 진영의 콜라티누스에게 급파한다. 그들은 한 사람은 유니우스 브루투스를, 또 한 사람은 피블리우스 발레리우스를 데리고 와서 루크리스가 상복을 입고 있는 것을 알고는 그 슬픔의 까닭을 물었다. 그녀는 우선 그들에게 자신의 복수를 맹세하게 만들고, 범인과 그의 행동 방식 전체를 밝히고는 갑자기 자신을 찔렀다. 그리되자 그들은 모두 만장일치로 그 미운 타르퀴니우스 가문 전체를 뿌리 뽑겠다고 맹세하였고, 시신을 로마로 가져온 브루투스는 국민들에게 왕의 독재에 대한 매서운 욕설과 함께 그 더러운 행위의 범인과 방식을 알렸는데, 그로 인해 국민들이 대단히 동요하여 만장일치의 박수갈채로 타르퀴니우스 일족은 모두 추방되었고, 나라의 통치는 왕들이 아닌 집정관들이 하게 됐다.

포위 중인 아르데아에서 황급히 말 달리며
잘못된 욕망의 믿지 못할 날개 단 채
욕정 뿜는 타르퀸은 로마군을 떠나서
빛이 없는 불길을 콜라티움으로 나르는데,
그것은 창백한 잿불에 갇혔다가 솟아올라　　　　5
　　콜라틴의 고운 임, 순결한 루크리스 허리를
　　포옹의 화염으로 감싸려고 숨어 있다.

아마도 그 '순결'이란 설명이 불운하게
그의 강한 욕망에 불굴의 날을 세워 줬겠지,
그 당시 콜라틴은 기쁨 주는 그녀의 얼굴에서　　10
맑고도 비할 데 없이 빛나던 분홍빛을
어리석게도 칭찬하길 마다하지 않았고,
　　그녀 눈도 천상의 미녀처럼 영롱하고
　　깨끗한 빛으로 각별히 그를 존경했으니까.

왜냐하면 그는 그 전날 밤 타르퀸의 막사에서　　15
자신에게 행복 주는 보물 상자 열면서

1행 아르데아 로마 남쪽 약 40킬로미터에 있는 루툴리 부족의 수도.
3행 타르퀸 로마 왕정 시기의 마지막 왕. 원래 이름은 타르퀴니우스인데 여기서는 영어식 이름인 타르퀸으로 표기한다.

6행 콜라틴…루크리스 원래 이름은 콜라티누스인데 여기서는 영어로 굳어진 콜라틴으로 표기한다. 아내인 루크레티아도 마찬가지로 루크리스로 적는다.

하늘이 그에게 얼마나 무한한 재산을
어여쁜 짝을 갖는 형태로 빌려줬고,
왕들은 더 큰 명성 얻겠지만 왕이나 동료도
　　　자기처럼 무쌍한 부인은 못 얻을 거라고　　20
　　　자신의 행운을 엄청 높이 평가했으니까.

오, 행복이란 오로지 소수만이 누리고
손에 넣었다고 해도 곧바로 부서져
저 태양의 화려한 황금빛에 드러난
은빛의 아침 이슬 녹듯이 사라지며,　　　　　25
제대로 시작되기도 전에 만료로 취소되네!
　　　순결과 미모는 소유자의 품속조차
　　　세상 재난 막아 줄 요새로는 약하다네.

미모는 대변인이 없어도 그 자체로
남자들의 두 눈을 제 힘으로 설득해.　　　　30
그러니 그토록 독특한 걸 설명함에 있어서
변호를 할 필요가 어디에 있겠는가?
아니라면 콜라틴은 왜 자신의 것이기에
　　　도둑들의 귀에는 알리지 말아야 할
　　　그 값비싼 보석을 공개하게 되었겠나?　　35

아마 그가 루크리스의 지고함을 뽐낸 일이,
사람 맘은 귀를 통해 자주 더럽혀지니까,
이 오만한 왕자에게 암시를 주었겠지.
아마도 비교를 불허하는 그 값진 것에 대한
시기심이 콧대 높은 그를 모욕 자극하여　　40

    아랫것이 윗사람도 못 가진 절호의 행운을
    자랑한단 생각을 일으켰을 수도 있지.

그런 게 아니라면, 웬 생각이 퍼뜩 나서
심히 급한 이 속도를 내도록 했을 테지.
자기 명예, 자기 일, 자기 친구, 지위를   45
그는 다 무시하고 속히 끝낼 작정으로
간에서 이글대는 장작불을 끄러 간다.
    오, 후회의 냉기에 휩싸인 성급한 헛열기여,
    조급한 네 싹은 언제나 시들고 오래 못 가!

이 거짓된 왕자가 콜라티움에 닿았을 때   50
그 로마 부인의 커다란 환영을 받았는데,
그녀의 얼굴에서 미모와 미덕은 둘 중 누가
그녀의 명성을 지탱할 것인지 다퉜다네.
미덕이 뽐낼 때 미모는 창피로 홍조 띠고
    미모가 홍조를 자랑할 때 미덕은 경멸하며   55
    그 위에 은빛의 흰색 칠을 했었지.

하지만 미모는 비너스의 비둘기에게 얻은
흰색의 권리로 그 고운 얼굴을 요구한다.
그러자 미덕은 황금기에 인간의 은빛 뺨을
금칠한 다음에 방어막이라고 부르도록   60

47행 간 당시 의학 지식에서 간은 성욕의 진원지로 간주되었다. (아든)
57행 비너스의 비둘기 비너스의 마차를 끄는 흰 새.

59행 황금기 금에 비유되는 가장 완벽하고 순수하고 행복했던 이 세상의 첫 시기. 은은 그다음 시기를 상징하는 금속이다.

미모에게 주었던 미모의 붉은색을 요청하고,
  뺨에게는 수치심이 공격해 와 싸울 때
  흰색 보호용으로 그것을 쓰라고 가르치네.

이 상징적 의미를 루크리스의 얼굴에서
미모의 붉은색과 미덕의 흰색이 보여 줬지.   65
어느 색도 이 세상의 첫 시기가 준 권리를
입증하지 못하여 다른 쪽 여왕은 못 되었네.
하지만 그들은 야심 땜에 언제나 싸웠는데,
  절대권은 둘 다에게 매우 크기 때문에
  그들은 서로의 자리를 여러 번 바꿨다네.   70

그녀의 그 고운 얼굴에서 타르퀸이 보았던
순수하게 대오 갖춘 이 백합과 장미 간의
조용한 전쟁에 배신자 그의 눈이 말려들고,
그곳에서 패배당한 그 겁쟁이 포로는
양쪽 진영 사이에서 살해되지 않으려고   75
  그 두 군대에게 항복하며, 양군은 그토록
  신의 없는 원수를 잡기보단 놔주려 해.

이제 그는 그녀를 막 칭찬했던 구두쇠 방탕아,
그 남편의 얕은 혀가 그 무거운 임무에서
그녀의 미모를 훼손했다 생각한다, 그것이   80
그의 못난 재주로 보여 준 걸 훨씬 능가하니까.
그래서 매혹된 타르퀸은 콜라틴이 앞으로
  더 해야 할 칭찬에 맘속으로 응답하며
  조용한 놀라움 속에서 계속해서 응시한다.

이 악마의 예배 받은 이 지상의 성녀는   85
그 거짓된 숭배자를 전혀 의심 않았다네,
'무구한 생각 속엔 악한 상상 거의 없고
잡힌 적 없는 새는 그물을 겁내지 않으니까.'
그래서 결백한 그녀는 그 왕자 손님을,
   그의 내적 악심의 외적 표현 없었기에,   90
   안심하고 영접했고 공손하게 환영했네.

그가 천한 죄악을 왕족의 주름 속에 감추며
드높은 신분으로 위장했기 때문에
때로는 지나친 경탄을 보이는 눈 빼고는
어떤 점도 지나쳐 보이지 않았는데,   95
그 눈은 다 가지고도 전혀 만족 못 하고
   가난한 부자로서 풍요 속의 결핍이 심하여
   많음에 질리고도 늘 더 많이 갈구하네.

하지만 낯선 눈에 맞선 적 없었던 그녀는
그 협상의 눈길에서 어떤 뜻도 못 짚었고   100
그런 책의 거울 같은 여백에 적혀 있는
미묘하게 빛나는 비밀을 읽지도 못했지.
모르는 미끼는 손 안 댔고, 바늘도 겁 안 냈고,
   음탕한 시선에선, 그의 눈이 반짝인다,
   그 사실 이상의 교훈도 얻을 수 없었다네.   105

그는 그녀 귀에 대고 그녀의 남편이
비옥한 이탈리아 땅에서 얻은 명성 얘기하고,
찌그러진 갑옷과 승리의 화관으로

남자다운 기사도에 의하여 영광에 빛나는
콜라틴의 높은 이름 칭찬으로 장식했지.　　　　　　　110
　　　그녀는 높이 쳐든 손으로 기쁨을 표했고
　　　말없이 그이를 성공시킨 하늘에 인사했네.

그는 그가 그리로 온 목적과는 썩 다르게
자기가 거기에 있게 된 변명을 해 댄다네.
폭풍우 몰아치는 날씨를 몰고 올 구름은　　　　　　　115
그의 맑은 얼굴에 아직 아니 나타났어,
걱정과 공포의 어미인 검은 밤이
　　　침침한 어둠을 세상 위에 드리우고
　　　둥근 천장 감옥에 낮을 가둘 때까지는.

그때서야 타르퀸은 기분이 가라앉아　　　　　　　　120
지친 척하면서 침실로 안내될 테니까.
왜냐하면 그는 저녁 끝난 뒤 오랫동안
정숙한 루크리스와 대화로 밤을 보냈으니까.
지금은 납과 같은 수면이 생명력과 싸우고
　　　모두들 각자의 휴식을 취하려 한다네,　　　　125
　　　깨 있는 도둑과 근심과 불안한 자들을 빼고는.

그들 중 하나인 타르퀸은 누운 채로
욕심을 채울 때의 갖가지 위험을 굴려 보고
희망이 근거 없어 삼가려고 생각하나
그래도 언제나 욕심을 채우기로 결심한다.　　　　　130
얻을 가망 없어도 우린 종종 얻으려 거래하고
　　　커다란 보물이 보상으로 주어질 땐

죽음이 뒤따라도 죽음은 안중에 없다네.

탐이 많은 자들은 가지지 못한 것을
얻는 데에 너무 혹해 소유하고 있는 것을   135
내던져 버리고 속박에서 풀어줌으로써
더 많은 걸 바라다가 더 적게 가진다네.
아니면, 더 많이 얻어도 넘침의 이득이란
  싫증일 뿐이고, 비통이 매우 심해
  부자인데 가난으로 파산하게 된다네.   140

모두의 목표는 늘그막에 명예와 부,
안락이 있는 삶을 꾸려 가는 것뿐인데,
이 목표엔 전체 위해 하나 또는 하나 위해
전체를 다 거는 상반된 갈등이 있다네.
예컨대 무서운 격전에서 명예 위해 목숨 걸고,   145
  부를 위해 명예를 거는데, 그 부는 종종
  모두의 죽음을 부르며 한꺼번에 사라지지.

그리하여 우리는 악을 감행함으로써
기대치를 얻으려고 현 상태를 버리고,
야심이란 이 더러운 약점으로 말미암아   150
많이 가졌음에도 가진 것의 결점 땜에
고문을 당하며, 우리가 가진 것을
  정말로 무시하고 오로지 지각이 모자라
  무엇을 늘리려다 그걸 없애 버린다네.

그러한 위험을 미혹한 타르퀸은 바야흐로   155

욕정을 채우려고 명예 걸고 무릅써야 하고,
자신을 위하여 자신을 저버려야 한다.
그러니 자신감이 없는데 정직성은 어디 있지?
그가 그 자신을 망치고, 비방의 구설수와
    비참한 미운 삶에 자신을 팔아넘기는데   160
    타인의 고결함을 찾을 생각 언제 하지?

이제는 죽음과 같은 밤이 남몰래 다가와
묵직한 잠기운이 인간 눈을 닫는 때다.
빛을 빌려주면서 위안 주는 별도 없고,
올빼미와 늑대의 죽음 예고 울음밖엔 없어서   165
지금이 무력한 양들이 그 소리에 놀라기
    딱 좋은 때이지. 순수한 맘 죽은 듯 조용한데
    욕정과 살인은 더럽히고 죽이려고 깨어난다.

그때 침대에서 뛰어내린 이 음탕한 왕자는
외투를 자기 팔에 거칠게 걸치면서   170
욕망과 무서움 사이에서 미친 듯 요동친다.
이쪽은 꿀맛이고, 저쪽은 피해를 겁내지만
적절한 공포심이, 욕정의 사술에 홀렸어도,
    얼빠진 듯 격렬한 욕망에 패한 그를
    너무너무 여러 번 물러나게 만든다.   175

그는 자기 언월도로 부싯돌을 가볍게 쳐
차가운 그 돌에서 불꽃이 튕겼고,
그것으로 밀랍 채운 횃불을 밝히면서
음탕한 그의 눈에 북극성이 되어야 할

그 불에게 일부러 이렇게 말한다.   180
    "난 이 찬 부싯돌에게 불을 강요했듯이
    루크리스에게도 내 욕망을 강제해야 한다."

여기에서 공포로 창백해진 그는 미리
이 역겨운 시도의 위험성을 따져 보고
이 일에 어떠한 슬픔이 따를지   185
맘속으로 골똘히 생각한 다음에
깔보는 표정으로, 언제나 풀이 죽는
    욕정의 무방비 상태를 경멸하며,
    부당한 자기 생각 이렇게 올바로 억제한다.

"너 고운 횃불이여, 네 빛을 불태우되   190
네 것을 능가하는 그녀 빛을 덮진 마라.
그리고 부정한 생각이여, 너의 불결함으로
신성한 걸 더럽히기 이전에 죽어라.
저토록 깨끗한 신전엔 깨끗한 향 바쳐라.
    사랑의 수수한 백설 옷을 오염하는 행위는   195
    고운 인간 본성의 혐오를 받게 하라.

오, 기사도와 빛나는 무기에게 창피하다!
오, 내 가문의 무덤에 더러운 불명예다!
오, 온갖 해악 다 포함한 불경한 행위다!
무인이 부드러운 연정의 노예가 되다니!   200
참 용기는 언제나 참된 존경 받아야 하는데
    내 비행은 너무나 추악하고 저급하여
    내 얼굴에 새겨져 살아남을 것이다.

그래, 난 죽어도 이 추문은 살아남아
나의 금빛 문장에서 흉물이 될 것이다. 205
문장관은 무언가 역겨운 표시를 고안하고
내가 참 얼마나 어리석게 혹했는지 묘사하여
내 후손은 그 기록을 창피하게 여기고
    내 유골을 저주하며, 내가 그들 조상이
    아니길 바라는 게 죄라고 여기지 않을 거다. 210

내가 추구하는 걸 가진다면 난 뭘 얻지?
덧없는 기쁨의 한 꿈, 한 숨, 거품이지.
그 누가 순간의 환희 사서 일주일 울부짖지?
아니면 장난감 때문에 영원을 내다 팔지?
포도 한 알 때문에 누가 그 덩굴을 망치지? 215
    어떤 바보 거지가 왕관을 만져만 보려다가
    곧바로 홀에 맞아 나자빠지려 하지?

콜라틴이 내 의도를 꿈이라도 꾼다면
깨어나 절망적인 격노 속에 이곳으로
급히 오지 않을까? 이 추한 목적을, 220
그의 결혼 포위하는 이 공격을,
청춘에 진 이 얼룩, 현자가 느낄 슬픔,
    죽어 가는 이 미덕, 살아남을 이 치욕,
    영원히 비난받을 이 범죄를 막으려고?

오, 이토록 검은 내 행위를 그대가 고발할 때 225
내 창의로 무슨 변명 지어낼 수 있을까?
내 혀는 침묵하고, 약한 뼈마디는 떨리며,

눈은 그 빛을 잃고, 삿된 심장 피 흘리지 않을까?
죄의식이 클 때면 공포는 항상 더 커지며,
      극도의 공포는 싸움도 도망도 못 하고   230
      겁보처럼 공포에 떨다가 죽는다.

콜라틴이 내 아들이나 부친을 죽였거나,
내 목숨을 앗으려고 매복을 했다거나,
소중한 내 친구가 아니라면 이 욕망은
그러한 불화의 복수나 앙갚음으로서   235
그의 아내에게 행사할 핑계가 될 수 있다.
      근데 그는 내 친척, 소중한 내 친구이니
      그 수치와 잘못에는 변명도 끝도 없다.

이건 수치스럽다. 그래, 사실이 알려지면.
미움받을 일이다, 하지만 사랑엔 미움 없다.   240
그녀 사랑 난 애원할 텐데, 그건 남의 것이다.
이 일의 최악은 거절과 나무람뿐이다.
내 욕심은 강하여 이성으론 쉽게 못 없앤다.
      경구나 늙은이의 격언을 두려워하는 자나
      벽걸이 그림 보고 외경심에 빠질 거다."   245

이렇게 얼어붙은 양심과 불타는 욕심 새에
은총 없는 논쟁을 벌이고 있는 그는
선량한 생각은 면제를 받았다 여기고
나쁜 뜻을 언제나 유리하게 밀어붙이면서
순수하단 표시는 모두 다 한순간에   250
      흩어지고 사라져, 매우 치사한 것이

덕행으로 보이는 지경에 이르렀다.

그의 말, "그녀는 내 손을 다정히 잡고서
그녀가 사랑하는 콜라틴이 소속된
부대에서 나쁜 소식 왔을까 염려하며　　　　　　　　　255
열망하는 내 눈을 기별 찾아 응시했다.
오, 그녀의 안색은 공포로 얼마나 변했던지!
　　처음엔 무명 위의 장미처럼 붉었다가
　　그 장미를 치워 버린 무명처럼 희어졌지.

그리고 내 손에 꽉 잡힌 그녀 손은 내 것을　　　　　260
충실한 아내의 공포로 얼마나 떨리게 했던지!
그래서 슬퍼졌고, 손은 더 빨리 흔들리다가
마침내 남편이 안녕하단 얘기를 듣고는
너무나 향긋한 모습으로 미소 지어
　　나르키소스가 거기에 선 그녀를 봤더라면　　　265
　　자애로 물에 빠져 죽지는 않았을 것이다.

그런데 왜 나는 핑계나 변명을 뒤지지?
미인의 간청에 웅변가는 다 입을 다물고,
불행한 자들은 사소한 비행을 뉘우친다.
그림자 겁내는 심장으로 사랑은 번성 못 해.　　　270
애정이 내 대장이고 그가 나를 이끈다.
　　그리고 화려한 그의 군기 펼쳐지면

265행 나르키소스 물속에 비친 자신의 미모에 반해 빠져 죽었다는 그리스 신화의 미소년.

　　　　겁보도 싸우고 낙담하지 않을 거다.

그러니 유치한 공포는 꺼져라! 토론은 관둬라!
존중과 이성은 주름진 늙은이나 모셔라!　　　　　　275
내 심장은 눈의 명을 결코 거역 않으리라.
진지한 주저와 장고는 현자들에게나 어울려.
내 역할은 청년이고, 그들을 무대에서 내몬다.
　　　욕망은 나의 선장, 미인은 내 포획물로
　　　이런 보물 있는 데서 침몰을 누가 겁내?"　　280

조심하는 두려움은 잡초에 뒤덮인 밀밭처럼
저항 못 할 욕정으로 거의 숨이 막힌다.
귀를 열고 들으며 몰래 나아가는 그는
더러운 희망과 어리석은 불신으로 가득한데,
그 둘은 부당한 주인 밑의 하인처럼　　　　　　285
　　　정반대 의견으로 그를 몹시 방해하여
　　　그는 때로 휴전을, 때로는 침입을 맹세한다.

그의 마음속에는 그녀의 선녀상이 앉았고
꼭 같은 좌석에 콜라틴이 앉아 있네.
그녀를 바라보는 그 눈에 그는 아찔해지고　　　　290
그를 쳐다보는 그 눈은, 더욱 신성하니까,
그토록 거짓된 모습에 시선을 안 주고
　　　순수한 호소로 심장을 찾지만

290행 눈에 그는 옆에 앉은 아내를 보는 콜라틴의 눈빛에 타르퀸은.
291행 그 눈 타르퀸을 쳐다보는 루크리스의 눈.

그건 이미 타락하여 나쁜 쪽을 편드네.

그래서 그 심장에 종속된 기관들은 기가 살고 295
자기네 지휘관의 화려한 과시에 우쭐해져
순간 모여 시간 되듯 그의 욕정 채워 주며,
가진 것 이상의 공물을 노예처럼 바치면서
그들의 자만심도 그들의 대장처럼 커진다.
      방탕한 욕망에 이렇게 미친 듯 이끌려 300
      이 로마 왕자는 루크리스 침대로 전진한다.

그녀의 침실과 그의 욕심 사이의 자물쇠를
그는 매번 강제로 빗장 풀어 열었다.
그럴 때 그것들은 다 그의 악행을 꾸짖어서
살살 걷던 도둑은 주의를 좀 하게 됐다. 305
문지방은 문을 긁어 그를 들통나게 했고,
      밤 방랑자 족제비가 그를 보고 끽끽댄다.
      그는 무서웠지만 여전히 공포를 좇는다.

각 입구가 싫어도 그에게 길을 터 줌에 따라
바람은 그곳의 작은 구멍, 갈라진 틈새로 310
그가 든 횃불과 싸워서 그를 서게 만들고
연기를 그의 얼굴 쪽으로 날려 보내
이번 일의 안내자를 꺼 버린다. 하지만
      미혹된 욕망에 그슬린 그의 더운 심장은
      다른 바람 혹 불어 내 그 횃불에 불붙인다. 315

그리고 불이 붙자 그는 그 빛으로

바늘 꽂힌 루크리스의 장갑을 발견한다.
그가 그걸 바닥의 골풀에서 집어 올려
움켜쥘 때, 바늘이 손가락을 찌르면서
"이 장갑은 음탕한 수작에 길들지 않았으니   320
　　　서둘러 돌려놔요. 당신은 마님의 장신구가
　　　순결한 걸 알잖아요."라고 하는 듯했다.

근데 그는 이 모든 초라한 금줄에 안 멈췄고,
그것들의 거절을 최악의 의미로 해석하여
그를 지연시켰던 문과 바람, 장갑을   325
자기를 시험하는 우연한 것들로, 아니면
한 시간의 매분이 다 채워질 때까지
　　　꾸물대고 지체하며 시침의 진로를
　　　막고 있는 문자반 막대라고 생각한다.

"좋아, 좋아." 그의 말, "방해는 시간문제,   330
그건 때로 저 봄을 위협하는 약간의 서리처럼
춘삼월의 기쁨을 더욱 크게 만들면서
움츠린 새들이 노래할 이유를 더해 주지.
소중한 물건을 얻는 덴 고통이 뒤따른다.
　　　상인은 부자로 고향에 닿기 전에 큰 바위,   335
　　　센 바람, 강한 해적, 암초 모래 겁낸다."

이제 그는 자기를 상상의 열락에 못 들게
막고 있는 침실 문 앞으로 다가간다.
거기엔 따기 쉬운 걸쇠 하나, 그것만이
그가 찾던 축복받은 물건을 지킨다.   340

불경죄 때문에 그는 아주 얼이 빠져
    하늘이 그의 죄를 용인해야 한다는 듯
    자신의 제물 위한 기도를 시작한다.

근데 그는 자신의 효과 없는 기도 중에,
영원하신 신께서는 그가 그 미녀를345
자신의 더러운 생각으로 얻게 해 주시고
그 시각을 상서롭게 해 달라고 조르고는
곧바로 경악하여 말하길, "난 꽃을 꺾어야 해.
    내 기도의 신들이 이 범죄를 혐오한다,
    근데 어찌 그들이 내 행동을 도와주지?350

그러니 사랑과 운명은 나의 신, 안내자 되어라!
내 욕심은 결심의 지지를 받고 있다.
생각은 결과를 시험해 볼 때까진 꿈일 뿐,
가장 검은 죄악도 면죄로 사해진다.
사랑의 불길에 공포의 서리는 녹아내려.355
    하늘의 눈은 지고, 안개 낀 밤에 의해
    달콤한 기쁨에 따르는 수치는 가려진다."

그런 다음 범죄자 그의 손은 걸쇠 뽑고
그는 자기 무릎으로 그 문을 활짝 연다.
이 밤에 올빼미가 붙잡을 비둘기는 곤히 자고,360
배신은 이렇게 배신자의 발각 전에 덮친다.
숨은 뱀을 본 사람은 옆으로 비키는데
    깊이 잠든 그녀는 그런 것을 겁 안 내며
    치명적인 그 독니에 맡겨진 채 누워 있다.

그는 방 안으로 사악하게 잠입하여 365
아직은 아니 물든 그녀의 침대를 응시한다.
휘장이 닫혀 있어 그는 그 주변을 걸으며
욕심에 찬 눈알을 이리저리 굴린다.
대역 죄인 두 눈에게 오도된 심장은
    그 즉시 손에게 암호를 전달하여 370
    은빛 달을 숨겨 주는 구름을 걷게 한다.

아름답고, 불화살 쏘는 해가 구름에서
갑자기 튀어나와 우리 시력 빼앗듯이
꼭 그처럼 그의 눈은 휘장이 걷혔을 때
더 큰 빛에 멀게 되어 감기기 시작한다. 375
그것을 부시게 한 것이 그녀가 몹시 밝게
    빛나서든, 상상 속의 수치심 때문이든,
    그것은 멀게 됐고 감긴 채로 있었다.

오, 그것이 그 어두운 감옥에서 죽었다면
꼴불견의 끝을 봤을 것이고, 그랬다면 380
콜라틴은 또다시 루크리스의 옆자리
자신의 깨끗한 침대에서 늘 쉬었을 것이다.
하지만 그건 떠서 이 복된 혼약을 깨야 하고,
    성스러운 마음의 루크리스는 그 눈빛에
    그녀의 환희, 생명, 세상 기쁨 내줘야만 한다. 385

371행 은빛…구름 달은 루크리스를, 구름은 그녀의 침상을 가려 주는 커튼을 비유하는 말이다.

그녀의 백합 손은 장밋빛 뺨 밑에서
베개의 합법적인 키스를 가로챈다. 그래서
화가 난 베개는 자신의 지복을 얻으려고
양쪽이 부풀어 둘로 갈라지는 것 같았다.
그 두 언덕 사이에 머리를 묻은 채　　　　　　390
　　　그녀는 미덕의 석상처럼 누워서
　　　속되고 부정한 두 눈의 감탄을 자아낸다.

그녀의 아름다운 다른 손은 침대 밖
초록색 덮개 위에 있는데, 그 완벽한 흰색은
밤이슬 비슷한 진주 땀방울 달고 풀밭에 핀　　395
사월의 들국화 송이처럼 보였으며,
그녀 눈은 금잔화처럼 빛을 품고 있었고
　　　열려서 낮을 장식할 수 있을 때까지는
　　　천막 친 어둠 속에 향기롭게 누워 있다.

금실 같은 머리칼은 숨결과 장난쳤네,　　　　400
오, 정숙한 난봉꾼, 난봉꾼 정숙이여!
죽음의 그림에서 삶의 승리, 필멸의 삶에서
죽음의 희미한 모습을 보여 주네.
각각은 그녀의 잠 속에서 몹시 아름다워서
　　　마치 둘 사이에는 아무런 갈등 없고　　　405
　　　삶은 죽음, 죽음은 삶 속에 사는 것 같았다.

402행 죽음의 그림 잠.
404행 각각 삶과 죽음.

상아로 된 공 같은 그녀 젖가슴은
푸른 핏줄 빙 두른 한 쌍의 처녀지로
주인님의 농사 말곤 누구도 손 안 댔고
그분을 맹세코 진정으로 존경했다.   410
그 땅은 타르퀸에게 새 야심을 일으켰고
　　　그는 추한 찬탈자처럼 이 고운 옥좌에서
　　　그 임자를 들어내 버리려고 하였다.

그가 보고 각별히 주목을 못 한 게 있었나?
주목하곤 강력히 욕망을 못 한 게 있었나?   415
그는 그가 쳐다본 것, 거기에 심취했고
욕심 어린 자기 눈을 욕심으로 불태웠다.
그는 감탄 그 이상으로 그녀의 푸른 핏줄,
　　　설화 석고 피부와 산호 같은 두 입술,
　　　백설의 보조개 파인 턱에 감탄했다.   420

저 무서운 사자가 쓰라린 굶주림을
포획물로 만족하면 먹이를 즐기듯이
타르퀸도 자신의 격렬한 욕정을 응시로
완화하고 늦췄지만 억누르진 않은 채
잠자는 이 영혼을 두고서 멈춘다, 좀 전엔   425
　　　그녀를 지키며 이 반역을 막았던 그의 눈이
　　　혈기에게 더 큰 소동 벌이라고 꾀니까.

그 혈기는 약탈하려 싸우는 낙오병들처럼
잔인하게 가로채는 냉혹한 노예로서
피비린 죽음과 겁탈을 즐기면서   430

애들의 눈물도, 어미의 신음도 상관 않고
오만에 부풀어 언제든 공격을 고대한다.
    그의 뛰는 심장은 곧 경종을 울리며
    혈기의 맹공을 명하고 맘대로 하라 한다.

북 치는 심장은 불타는 눈 격려하고   435
눈은 그의 손에게 지휘권을 맡긴다.
손은 그런 고위직이 자랑스럽다는 듯
자만심 내뿜으며 행군해 노출된 그녀 가슴,
그녀 나라 전체의 심장에서 멈추는데,
    그곳의 푸른 핏줄 병졸들은 그가 손을 올리자   440
    버려져 창백한 그들의 둥근 탑을 떠났다.

그들은 사랑하는 안주인이 누워 있는
그녀의 조용한 내실로 몰려가
그녀가 무섭게 포위당했음을 알리고
소란스레 소리 질러 그녀를 놀랜다.   445
그녀는 경악하여 자신의 잠긴 눈을 열고서
    이 소동을 엿보는데, 그녀의 시야는
    불타는 그의 횃불에 흐려지고 막힌다.

그녀를 그려 보라, 죽음 같은 밤중에
사나운 환상에 의하여 나른한 잠에서 깨어나   450
섬뜩한 유령을 보고는 그 무서운 용모에
관절이 다 떨린다고 생각하는 사람으로.
이 무슨 공포냐! 하지만 그녀는 더 크게 놀라
    잠을 방해받고는, 상상 속의 공포가

사실이 되는 그 광경을 세심히 살핀다.   455

천 가지 두려움에 휩싸여 혼란된 그녀는
금방 죽은 새처럼 떨면서 누워 있다.
그녀는 감히 보진 못하지만, 감은 눈에
급변하는 요괴들이 추하게 나타난다.
'이따위 망령들은 약한 뇌의 조작인데,   460
    그것은 눈이 빛을 발하지 않는 데 화가 나서
    어둠 속 더 무서운 광경으로 눈을 겁줘.'

아직도 그녀의 가슴에 머무는 그의 손은—
그런 상아 성벽 깨는 상스러운 공성퇴!—
그녀 심장, 그 불쌍한 주민을 느낄 수 있는데,   465
그것은 죽을 만치 자해하고 펄떡이며
그녀 몸을 두들겨서 그의 손도 함께 떤다.
    이는 그의 격정을 키우고 동정은 줄여서
    그가 이 귀여운 도시의 성벽 뚫고 들게 한다.

맨 먼저 그의 혀가 기죽은 적에게   470
협상의 나팔 소리 울리기 시작하고
그녀는 흰 욧잇 밖으로 더 흰 턱을 내밀며
이 성급한 경종의 이유를 알려고 하는데,
그는 그걸 말없이 행실로 밝히려고 한다.
    하지만 그녀는 여전히 그가 이 악행을 범하는 475
    핑계가 무엇인지 열렬한 기도로 묻는다.

그의 답은, "그대의 얼굴빛이 핑계요,

분노 때문인데도 백합을 창백하게 만들고
저 붉은 장미를 망신 줘서 붉히는 그 빛이
나를 위해 애원하고 내 사랑을 말할 거요.   480
그 핑계로 난 정복된 적 없는 그대의 요새에
  오르게 됐답니다. 잘못은 그대의 것이오,
  그대 눈이 그대를 내 눈에게 넘기니까.

날 꾸짖을 거라면 난 이렇게 미리 막죠.
그대는 미모 땜에 오늘 밤 덫에 걸렸으니까   485
내 욕심을 잘 참고 따라야만 합니다
그대를 지상의 기쁨으로 점찍은 내 욕심을.
난 그걸 나의 온 힘으로 극복하려 하였소.
  하지만 질책과 이성으로 그걸 죽여 놓으면
  빛나는 그대의 미모로 새롭게 살아났소.   490

나는 이 시도로 어떤 시련 닥칠지 보이고
자라는 장미를 지키는 가시가 뭔지 알며
그런 꿀은 벌침이 보호한다 생각하고,
이 모두는 예상되는 충고임을 알지만
욕심은 귀먹어 조심하란 친구 말은 안 듣고   495
  오로지 미모를 응시하는 눈만 있어
  법이나 의무를 어기고 보는 것에 혹하오.

내가 어떤 잘못, 수치, 슬픔을 일으킬지
나는 마음속으로 토론까지 해 봤지만
그 무엇도 애정의 진로를 통제한다거나   500
그 성급한 저돌적 속도를 막을 순 없어요.

나는 이 행위에 회한의 눈물이, 책망, 경멸,
무서운 원한이 따를 줄로 압니다.
그래도 난 오명을 껴안고자 노력하오."

그러곤 자신의 로마 검을 높이 흔드는데, 505
그것은 매처럼 하늘로 똑바로 솟구쳐
그 날개 그늘로 새를 팍 도사리게 만들고
구부러진 부리로 날면 넌 죽는다고 위협한다.
그래서 모욕적인 그 언월도 아래 누운
악의 없는 루크리스는 공포에 떨면서 510
새가 매의 방울 듣듯 그의 말을 경청한다.

"루크리스." 그의 말, "난 오늘 밤 그대를
즐겨야겠는데 거절하면 폭력으로 막가겠소,
그대의 침대에서 그대를 없앨 작정이니까.
그런 다음 가치 없는 종 하나를 살해하여 515
그대의 명예를 그대 생명 파괴하며 허물 거요.
또 그대의 죽은 팔에 그를 놓고, 그를 품는
그대를 보고서 살해했다 맹세할 것이오.

그래서 살아남은 그대의 남편은
눈 뜬 사람 모두가 경멸하는 표적 되고, 520
그대의 친척들은 이 멸시에 머리를 떨구며,
그대의 자식은 무명의 서출로 얼룩지고,

522행 무명의 서출 이번 일로 루크리스가 낳은 적자의 아버지 문제가
야기될 것이라는 말. (아든)

그들의 체면 손상 장본인인 그대는
　　자신의 불륜이 가요에서 언급될 것이며
　　후세의 아이들이 노래 부를 것이오.　　　　　525

하지만 응한다면 난 당신의 정인이요.
안 알려진 잘못은 실행 않은 생각과 같지요.
'합법적인 정책 위해 크고 좋은 목적으로
작은 해를 입히는 건 항상 있는 일이오.'
'유독성 약초가 때로는 순수한 복합제에　　　　530
　　들어가 있는데, 그렇게 복용하면
　　그 독성은 사실상 사라져 버리지요.'

그러니 그대의 남편과 자식들을 위하여
내 청을 소중히 여기고, 어떤 방안으로도
못 없앨 수치를, 노예 몸의 흉터나　　　　　　535
신생아 반점보다 나빠서 절대로 잊히지
아니할 오점을 그들에게 물려주지 마시오.
　　인간이 태어날 때 발견되는 흠집들은
　　자연의 잘못이지 본인의 오명은 아니니까."

이때 그는 닭뱀의 살인적인 눈을 뜨고　　　　540
정력을 일깨운 뒤 잠시 멈춘 반면에,
순수한 미덕의 화신인 그녀는
날카로운 독수리 발톱 밑의 흰 암사슴처럼

540행 닭뱀　코카트리스라 불리는 전설 속의 괴물. 머리, 다리, 날개는 닭, 몸통과 꼬리는 뱀으로 되어 있고 그것이 노려보는 사람은 죽는다고 한다. (아든)

귀족의 권리도 모르고 더러운 욕정 말곤
　　　무엇에도 복종 않는 이 거친 짐승에게　　545
　　　아무런 법도 없는 황야에서 애원한다.

그리고 시커먼 구름이 어둑한 안개로
솟아오른 산들을 감추며 세상을 위협할 때,
대지의 검은 자궁 속에서 순한 돌풍 생겨나
이 끈끈한 수증기를 거처에서 밀어내　　550
흩어 버림으로써 즉시 떨어지는 걸 막듯이
　　　그녀 말은 불경하게 서둘던 그를 지연시키고,
　　　오르페우스 연주에 우울한 플루톤 눈 감는다.

그러나 악독한 밤 고양이, 그는 발에 꽉 잡힌
약한 쥐가 헐떡이는 동안에 희롱할 뿐,　　555
진지한 그녀의 행동은 그의 육식 광기를,
풍요로도 모자라 다 삼키는 욕구를 키운다.
그의 귀는 그녀의 기도를 인정하나 마음은
　　　그녀의 하소연이 못 뚫고 들어가니
　　　'빗물은 대리석 뚫어도 눈물은 욕정을 굳힌다.'　　560

동정을 애원하는 그녀 눈은 진지하게
무자비한 그의 얼굴 주름에 고정됐고,
정숙한 그녀의 연설에는 한숨이 뒤섞여
그녀의 웅변술에 우아함을 더한다.

553행 오르페우스…플루톤 한쪽은 죽은 아내 에우리디케를 구하려고 지하 세계로 내려간 그리스 신화 속의 시인이고 다른 쪽은 오르페우스의 노래를 듣고 그의 아내를 풀어주는 명부의 왕이다.

그녀의 마침표는 종종 제자리를 벗어나고, 565
　　　발언은 문자의 중간에서 막 끊어져
　　　말 한 번 하기 전에 두 번을 시작한다.

그녀는 그에게 드높고 전능하신 조브로,
기사도와 좋은 가문, 우정의 맹세로,
그녀의 때 아닌 눈물로, 남편의 사랑으로, 570
신성한 인간의 도리와 공통된 선의로,
하늘과 땅, 그리고 양쪽의 힘 모두로
　　　그가 빌린 침대로 물러가고, 굴복은
　　　더러운 욕망 아닌 명예에 하라고 간청한다.

그녀의 말, "그대가 내놓은 것과 같은 575
검은 보상금으로 환대에 보답 말고,
마실 물 줬던 샘을 혼탁하게 하지 말며,
고치지 못할 것을 망가뜨리지 말고
그대의 삿된 겨냥 쏘기 전에 내리세요.
　　　제철이 아닌데 불쌍한 암사슴 잡으려고 580
　　　활 당기는 사람은 사냥꾼이 아닙니다.

내 남편은 그대 친구, 그를 봐서 날 놔줘요.
그대는 막강하니 본인을 위하여 날 떠나요.
나 자신은 약자요, 그러니 유혹은 마세요.
사기꾼 같지 않은 그대, 날 속이지 마세요. 585

568행 조브 유피테르라고도 불리는 로마 신화의 최고 신. 그리스 신화의 제우스에 해당한다.

내 한숨은 선풍처럼 그대 날려 보내려 애써요.
　　여자의 신음에 남자가 감동한 적 있다면
　　내 눈물, 내 한숨, 내 신음에 감동해요.

이 모두가 하나 되어 저 거친 대양처럼
난파를 위협하는 바위투성이 그대 마음　　　　　　590
부드럽게 하려고 계속된 동작으로 때려요.
돌도 녹아 정말로 물이 된다 하니까.
오, 그대가 돌보다 더 단단하지 않다면
　　내 눈물에 녹은 다음 연민에 젖어 봐요!
　　부드러운 동정심은 철문도 꿰뚫어요.　　　　　595

난 그대가 타르퀸을 닮아서 접대했죠.
그분에게 창피 주려 그분 모습 취했나요?
천지신명 모두에게 난 하소연합니다.
그대는 그분 명예 해하고 군주 이름 다쳐요.
그대는 겉모습과 다른데, 만약에 같다면　　　　　600
　　그대는 신이고 왕이신 그대 같지 않아요,
　　왕들도 신들처럼 모든 걸 다스려야 하니까.

그대의 봄에 앞서 악덕이 이렇게 싹튼다면
그대의 수치가 노년엔 어떤 열매 맺겠어요?
그대가 계승자인데도 이런 난행 감행하면　　　　605
왕이 된 다음엔 무얼 감행 않겠어요?
오, 기억해 두세요, 신하 된 자들의
　　어떤 난폭 행위도 지워질 수 없답니다.
　　그래서 왕들의 비행도 진흙 속에 못 묻혀요.

이 행위로 그대는 두려워 사랑받을 뿐이나　　　　610
행복한 군주들은 늘 두렵게 사랑을 받지요.
더러운 죄인들이 그들 죄와 비슷한 걸
그대에게 찾으면 억지로 참아야 합니다.
오직 그게 두려워서라도 그 욕심을 없애요.
　　　군주들은 백성들이 눈으로 배우고　　　　615
　　　읽고 보는 거울이며 학교이고 책이니까.

그런데 그대는 욕정의 학교가 되려고요?
그놈이 그대의 그 수치를 배워야 하나요?
그대는 그놈이 죄의 허용, 잘못의 승인을
식별하는 거울이 되려고 하시나요?　　　　620
그대의 이름으로 불명예에 특권을 주려고요?
　　　그대는 오래갈 칭찬 대신 치욕을 후원하며
　　　아름다운 명성을 오로지 뚜쟁이 만들어요.

명령권 있어요? 그걸 주신 분을 걸고
그 반역자, 욕심을 진심에서 몰아내요.　　　　625
사악함을 옹호하려 그 칼 뽑진 마세요,
그런 족속 다 죽이라고 빌려준 거니까.
더러운 죄란 놈이 말하길 그대 잘못 본받아
　　　죄를 알고 그대가 그 길을 가르쳤다 한다면
　　　왕자의 임무를 어떻게 완수할 수 있지요?　　　　630

생각 좀 해 보세요, 그대의 이 불륜을

624행 주신 분 신.

루크리스의 강간

남에게서 본다면 얼마나 야비한 광경일지.
인간의 잘못은 본인에겐 거의 안 보여요,
자신의 탈선은 편파적으로 감추니까.
이 죄는 그대의 동생에겐 사형감일 거예요. 635
  오, 자기들의 비행에서 눈 돌리는 자들은
  갖가지 오명에 얼마나 휩싸여 있는지!

난 그대가 성급히 기대는 유혹적 욕정 아닌
그대에게, 그대에게, 두 손 들어 호소해요.
난 유배된 존엄의 추방 취소 간청해요. 640
그는 돌아오고, 속이는 생각은 물러나길.
그를 진정 존중하면 헛된 욕망 가둘 테고
  그대의 미혹된 눈에서 흐린 안개 걷어내어
  그대는 자신의 처지 알고 날 동정할 거예요.

"관둬요." 그의 말, "극에 달한 내 욕망은 645
방해해도 안 바뀌고 더 높이 부풀어요.
작은 불은 곧 꺼지나 큰불은 남아서
바람 불면 더 격렬히 타오른답니다.
조그만 개울들은 민물을 속히 내려보내서
  짠물의 군주에게 매일 빚을 갚지만 650
  유입량을 더할 뿐, 그 맛은 못 바꿔요."

"그대는" 그녀의 말, "바다이고 군왕인데,

640행 취소 타르퀸의 왕답지 못한 행위는 진정한 왕의 추방과 같은 결과를 낳았고, 그것의 취소는 줄거리에서 지적된 타르퀸 왕가의 망명을 예상하게 만든다.(아든)

보세요, 한없는 그 큰물로 검은 욕정, 불명예,
수치와 자제력 부족이 그대 피의 대양을
애써 오염시키려고 흘러들어 갑니다.   655
이 모든 작은 악이 선한 그댈 바꾼다면
　　　수렁은 그대의 바다에서 사라지지 않고서
　　　그대의 바다가 그 수렁의 무덤에 묻혀요.

그럼 이들 노예가 왕, 그댄 노예 될 것이고,
귀한 그대 천해지고, 천한 그들 위엄 얻죠.   660
그대는 그들 행복, 그들은 그대의 추한 무덤.
그댄 그들 수치로, 그들은 그대 오만으로 미움받죠.
작은 것이 더 큰 것을 가려선 안 됩니다.
　　　삼나무는 천한 관목 발아래로 아니 굽고
　　　키 작은 관목이 삼나무 뿌리에서 시들죠.   665

그러니 그대 나라 천한 백성, 생각들을 —"
"그만." 그의 말, "맹세코, 그대 말은 안 듣겠소!
내 사랑에 따라요. 안 그러면 강요된 미움이
수줍은 사랑의 손길 대신 그대를 막 찢을 거요.
그렇게 한 다음, 나는 악의적으로 그대를   670
　　　어떤 상놈 일꾼의 비천한 침대로 데려가
　　　이 창피한 운명 속에 그대와 짝짓겠소."

이렇게 말하고 그는 불을 밟아 끈다,

659행 이들 노예 656행의 "이 모든 작은 악", 즉 앞서 말한 "검은 욕정, 불명예, 수치와 자제력 부족"(653~654행).

욕정은 빛과는 치명적인 원수니까.
수치심은 눈먼 밤, 감추는 밤에 둘러싸여서   675
가장 아니 보일 때 가장 나쁜 폭군 된다.
늑대는 먹이 잡고, 가엾은 새끼 양은 외치다가
      마침내 자신의 흰 털에 목소리가 막히어
      그 외침은 두 입술의 고운 틈에 파묻힌다.

왜냐하면 그가 가련한 그녀의 고함을   680
그녀가 밤에 쓰는 아마로 틀어막고,
더운 자기 얼굴을 늘 정숙한 눈에서 여태껏
슬피 흐른 가장 맑은 눈물로 식혔으니까.
오, 덤비는 욕정이 그 흰 침대 더럽힐 줄이야!
      울음으로 그 오점을 정화할 수 있다면   685
      그녀의 눈물은 영원히 거기 떨어져야 하리라.

하지만 그녀는 생명보다 소중한 걸 잃었고
그는 그가 다시 잃게 될 것을 얻었다.
강요된 이 화평은 다른 싸움 강요하고
이 순간의 기쁨은 여러 달의 고통을 낳으며   690
이 뜨거운 욕망은 차가운 경멸로 바뀐다.
      그녀가 가졌던 깨끗한 순결은 약탈됐고
      도둑놈 욕정은 전보다 훨씬 더 가난하다.

실컷 먹은 사냥개나 배를 채운 새매가
민감한 냄새나 신속한 비행에 굼떠서   695
느리게 뒤쫓거나, 천성으로 즐기는
자기네 먹이를 전적으로 꺼리는 것처럼

탐닉하는 타르퀸도 이 밤에 꼭 그럭한다.
    그의 좋은 입맛은 소화할 때 쓴맛 되어
    더러운 것 먹고 자란 그의 욕심 허문다. 700

오, 무한 상상 속에서 끝없는 생각으로
이해할 수 있는 것보다 더 나쁜 죄로다!
술 취한 욕망은 먹은 것을 토해야만
자신의 추태를 비로소 알 수 있다.
욕정이 절정에 달했을 땐 그 어떤 질책도 705
    그 열기를 꺾거나 그 격정을 못 누른다,
    비루먹은 말처럼 제 탐욕에 지칠 때까지는.

그제야 순전한 겁보가 된 연약한 욕망은
불쌍하고 풀이 죽어, 핏기 없이 깡마른 뺨,
무거운 눈, 찌푸린 이맛살, 힘없는 걸음으로 710
파산한 거지처럼 제 처지를 한탄한다.
욕망은 육신이 들뜨면 거기에 푹 빠지니까
    은총과 싸우고, 육신이 쇠락할 즈음에는
    반역 죄인으로서 사면을 간청한다.

자기 소원 성취를 그토록 뜨겁게 바랐던 715
결점 많은 이 로마의 왕자도 그럭한다.
이제 그는 자신이 시간이 흐르는 한
망신당하리라는 판결을 본인에게 내리니까.
게다가 자신의 고운 영혼 신전은 망가지고
    허약한 그 폐허에 근심 떼가 몰려와 720

얼룩진 그 공주님은 어떠신지 묻는다.

그녀는 답한다, 신하들이 더러운 반란으로
그녀의 신성한 담장을 깨뜨려 버리고
치명적인 잘못을 저질러 그녀의 불멸성을
굴복시켰으며, 그녀를 살아 있는 죽음과   725
영원한 고통의 노예로 만들었다고 하면서
   그런 일을 선견으로 늘 통제했지만
   예견으론 그들 뜻을 막을 수 없었다고.

그는 바로 이렇게 생각하며, 얻고 잃은
승리자 포로로서 어두운 밤을 빠져나간다.   730
그 무엇으로도 못 고치는 상처를 안은 채,
치유해도 남을 흉터 지니고, 전리품을
더 심한 고통의 혼란 속에 남긴 채.
   그녀는 그가 남긴 욕정의 무거운 짐,
   그는 죄책감이라는 무게를 감당한다.   735

그는 도둑개처럼 살며시 슬프게 떠나고,
그녀는 지친 새끼 양처럼 헐떡이며 누웠다.
그는 인상 쓰면서 죄 때문에 자신을 미워하고,
그녀는 절망감에 손톱으로 제 몸을 찢는다.
그는 죄가 무서워 땀 흘리며 겁먹고 달아나고,   740
   그녀는 남아서 끔찍한 그 밤에게 항의한다.
   그는 뛰며, 사라진 미운 기쁨 꾸짖는다.

721행 공주님 영혼

그는 슬피 뉘우치며 거기를 떠나고
그녀는 희망 없이 버려진 채 거기에 남는다.
그는 급히 달리며 아침 햇빛 기대하고   745
그녀는 다시는 낮을 보지 않기를 바란다.
"낮에는" 그녀의 말, "밤의 탈선 드러나고,
　　　나의 참된 두 눈은 교활한 낯빛과 더불어
　　　죄를 덮는 음모를 꾸며 본 적 없으니까."

그 둘은 모든 눈이 그들이 보는 것과
꼭 같은 수치를 볼 수밖에 없다고 여겨서   750
안 드러난 그들 죄가 얘기되지 않은 채
언제나 어둠 속에 남아 있길 원한다.
왜냐하면 그들은 죄를 울어 밝힐 테고,
　　　내가 느끼는 불치의 치욕은 무엇이든
　　　산이 쇠를 먹듯이 뺨에 새길 테니까."   755

여기에서 그녀는 수면과 휴식을 꾸짖고
눈에게 이후로는 늘 감겨 있으라고 명한다.
그녀는 가슴을 쳐 심장을 일깨우고
거기서 뛰쳐나와 그토록 깨끗한 마음 담을
더 깨끗한 흉부를 찾아보라 명한다.   760
　　　그녀는 남모를 밤의 은닉 욕하는 앙심을
　　　비탄으로 눈 뒤집혀 이렇게 내뱉는다.

"오, 위안을 죽이는 밤, 지옥의 복사판,

755행 산이…새길 산의 부식 작용을 이용한 판화 제작의 비유.

치욕의 칙칙한 등기 담당이면서 공증인,
비극과 잔인한 살인의 검은 무대, 765
죄 감추는 거대 혼돈, 추문의 양성소,
눈 가린 뚜쟁이, 오명의 어두운 피난처,
    죽음의 엄한 동굴, 입 무거운
        반역자와 겁탈자의 속삭이는 공모자여! 770

오, 증기와 안개 낀 증오에 찬 밤이여!
너는 나의 치유 못 할 범죄에서 유죄이니
네 안개를 불러 모아 동쪽 빛을 맞이하고
시간의 일정한 흐름과 전쟁을 벌여라.
아니면 네가 만약 태양이 평소의 높이에 775
    오르도록 해 준대도 그가 자러 가기 전에
    그 금빛 머리에 독 구름을 씌워라.

불결한 습기로 아침 공기 겁탈하고,
불건강한 숨 내뿜어 순수의 원천을,
지존이신 해님을 그가 곤한 정오 점에 780
도달하기 이전에 병들게 만들며,
퀴퀴한 네 수증기를 아주 짙게 진격시켜
    연기 나는 그 대열에 숨 막힌 그의 빛이
    정오에 죽게 한 뒤 영원한 밤 불러와라.

타르퀸이 밤이라면, 그 자식일 뿐이지만, 785
그는 저 밝은 은빛 여왕도 먹칠할 것이며,
그에게 더렵혀진 그녀의 시녀급 별들도
밤의 검은 가슴 뚫고 다시 아니 엿보리라.

그래서 난 고통의 동반자를 얻으리라.
　　　순례자의 잡담으로 순례길 짧아지듯　　　790
　　　비탄의 유대감도 비탄을 달래 준다.

그런데 나는 지금 나와 함께 빨개지고,
팔짱을 낀 다음 나와 함께 머리를 떨구고,
낯빛을 가리며 오명을 숨길 사람 하나 없이
나 홀로, 홀로 앉아 은빛 짠물 소나기로　　　795
땅을 양념하면서 야위어 가야 한다,
　　　끝없는 속앓이의 가엾게 사라지는 두 기념물,
　　　눈물과 신음을 내 말과 비탄에 섞으면서.

오, 밤이여, 더러운 연기 나는 아궁이여,
모든 걸 다 감추는 너의 검은 외투 밑에　　　800
불명예로 망가진 채 뻔뻔히 숨은 이 얼굴을
의심하는 대낮이 못 쳐다보게 해라!
음침한 네 거처의 소유권을 영원히 지켜서
　　　너의 통치 기간에 생겨난 잘못 또한
　　　너의 그 그늘 안에 다 함께 묻히게 해!　　　805

나를 저 떠버리 대낮의 볼거리 만들지 마!
햇빛은 보여 줄 거야, 내 얼굴에 새겨진
아름다운 순결이 허물어진 이야기를,
신성한 혼약의 그 불경한 파기를.
그래, 유식한 책에 적힌 것들을 어떻게　　　810
　　　해독할지 모르는 문맹자들조차도
　　　역겨운 내 불륜 내 표정으로 알 거야.

유모는 아기를 어르려고 내 얘기 할 테고
타르퀸의 이름으로 우는 애기 놀랠 거다.
웅변가도 자신의 웅변을 꾸미기 위하여 815
타르퀸의 수치와 짝지어 나를 책망할 테고.
잔치 찾는 악사들도 내 오명을 노래하며
   청자를 붙잡아 타르퀸은 나를, 난 콜라틴을
   어찌 욕보였는지 구절마다 듣게 할 것이다.

선량한 내 이름, 감각 없는 그 명성은 820
콜라틴의 소중한 사랑 위해 물들지 않게 해라.
그게 만약 논란의 주제가 된다면
또 다른 가계의 가지들이 썩게 되고
부당한 책망이 그에게 떨어질 터인데,
   그건 내가 이 일이 있기 전에 콜라틴에게 825
  깨끗했던 만큼이나 내 오욕과 무관하다.

오, 들키지 않은 수치, 안 보이는 불명예!
오, 무감각한 생채기, 가문 해친 개인 상처!
망신살이 콜라틴의 얼굴에 박혔으니
타르퀸은 멀리서도 이 표어를 읽을 거야, 830
'전쟁 아닌 평화 시에 그는 왜 다쳤나.'
   '아, 얼마나 많은 이가 본인은 모르고
   가해자만 알고 있는 창피를 당하는가!'

823행 다른 가계 콜라틴의 후손들이 뻗어 나올 또 하나의 계보.
830행 표어 그의 문장에 새겨진 말.

콜라틴, 당신의 명예가 나에게 있다면
난 강력한 공격 받고 그것을 뺏겼어요.　　　　　835
나는 꿀을 잃었고, 그래서 수벌처럼
내 여름의 완성품을 더 남기지 못하고
상처 주는 도둑에게 강탈당했답니다.
　　　당신의 연약한 벌집에 떠돌이 말벌이 잠입해
　　　순결한 당신 벌이 지키던 꿀 빨았어요.　　　840

그러나 당신 명예 훼손에 난 유죄예요.
그러나 당신 명예 때문에 난 그를 환대했죠.
당신이 보냈기에 난 그를 못 물리쳤어요,
그를 경멸하는 것은 명예 실추였으니까.
게다가 그는 정말 피곤을 호소했고　　　　　845
　　　미덕을 말했어요. 오, 예상 밖의 악이여,
　　　미덕이 그런 악마 안에서 모독당하다니!

벌레는 왜 피지 않은 꽃망울을 침범하고,
얄미운 뻐꾸기는 참새 집에 알을 까고,
두꺼비는 맑은 못을 독성 흙탕 만들고,　　　　850
온화한 가슴에 폭군 같은 방탕이 숨었고,
왕들은 자기네 계율의 파괴자가 되지요?
　　　하지만 그 어떤 완벽함도 약간의 불결함에
　　　오염되지 않을 만큼 절대적이진 않아요.

궤짝에 황금을 가득 쌓는 노인은　　　　　855
경련과 통풍과 괴로운 발작에 시달리며
자신의 보물을 쳐다볼 눈도 거의 없는데

끝없이 갈망하는 탄탈로스처럼 앉아서
자기 꾀의 산물을 쓸데없이 모으지만
  자신의 소득에서 그가 얻는 기쁨은   860
  그걸로 자기 아픔 못 고친단 고통뿐이에요.

그래서 그는 그걸 가졌으나 못 쓰고
애들의 소유로 남겨 주게 되는데,
그들은 한창때에 바로 그걸 오용하죠.
저주와 축복 받은 재산을 오래 간직하기엔 865
아비는 너무 약했고 애들은 너무 강했지요.
  '우리가 원하는 단것은 우리 거라 부르는
  바로 그 순간에 역겨운 신 것으로 변해요.'

난폭한 강풍은 부드러운 봄에 불고
해로운 잡초는 귀한 꽃과 함께 뿌리내리며 870
고운 새들 노래하는 곳에는 독사가 쉿 하고
미덕이 키우는 걸 사악한 게 삼키지요.
우리에겐 우리 거라 할 수 있는 선은 없고
  악에게 연결된 기회만 있어서
  그 선의 생명 또는 본질을 죽이지요. 875

오, 기회여, 네 죄가 크구나.
네가 바로 역도의 반역을 실천하고
늑대를 새끼 양 잡을 곳에 놓아주며

858행 탄탈로스 지옥으로 떨어져 가슴까지 차오르는 물을 마시려면 그것이 내려가고 입까지 내려온 과일을 먹으려면 그것이 올라가는 벌을 받는 그리스 신화 속의 왕.

누가 죄를 꾸미든 네가 때를 지정한다.
네가 바로 정의, 법, 이성을 차 버리고   880
　　　그늘진 네 암자엔 아무도 못 찾을 죄가 앉아
　　　그의 곁을 떠도는 영혼들을 붙잡는다.

넌 베스타 무녀가 맹세 깨게 만들고,
자제력이 녹았을 때 열정을 북돋운다.
넌 정절의 숨을 막고 믿음을 살해한다.   885
너 더러운 교사자, 악명 높은 포주여!
넌 추문은 꾸며 내고 칭찬은 내쫓는다.
　　　넌 겁탈자, 반역자, 거짓된 도둑으로
　　　네 꿀은 쓸개 되고 네 기쁨은 비탄 된다!

은밀한 네 기쁨은 드러난 수치 되고   890
개인적인 네 잔치는 모두의 금식 되며,
매끄러운 네 호칭은 찢어진 이름 되고
달콤한 네 혀는 쓴 쑥 맛이 될 것이며
격렬한 네 허영은 절대 지속될 수 없다.
　　　그런데 어쩐 일로, 더러운 기회야,   895
　　　그토록 못된 너를 그렇게 다수가 찾느냐?

넌 언제쯤 겸손한 탄원자의 친구 되어
그의 청이 통할 곳에 그를 데려가려느냐?
넌 언제쯤 시간 내어 큰 싸움을 끝내거나
불행에 묶인 영혼 풀어주려 하느냐?   900
병자는 약, 아픈 자는 안락을 주려느냐?
　　　가난뱅이, 절름발이, 맹인 들은 너를 찾아

절뚝대고 기고 또 외쳐도 절대 기회 못 만나.

의사가 자는 동안 환자는 죽어 가고
압제자가 먹는 동안 고아는 여윈다. 905
과부가 우는 동안 법관은 향연을 즐기고
전염병이 퍼질 동안 의술은 놀고 있다.
넌 자선을 베풀 틈은 허락하지 않는데,
  악랄한 네 시간은 격노, 시기, 반역, 강간,
  극렬한 살인을 시동 되어 시중든다. 910

진실과 미덕이 너와 관련 있을 때면
천 가지 장애물 때문에 넌 둘을 못 돕는다.
장애물은 네 협조를 돈 내고 구하지만,
죄는 거저 공짜로 오는데도 넌 그가 말한 걸
들을 뿐 아니라 허락할 정도로 만족한다. 915
  아니라면 콜라틴은 타르퀸이 왔을 때
  내게 왔을 테지만 네가 그를 붙잡았어.

넌 살인과 절도에 유죄이고
위증과 교사에 유죄이고
반역, 위조, 사기에 유죄이고 920
근친상간, 그 추악한 행위에 유죄이고
너의 성향 때문에 천지 창조 때부터
  최후 심판 날까지 과거의 모든 죄와
  앞으로 다가올 모든 죄의 종범이다.

일그러진 시간이여, 너 못생긴 밤의 단짝, 925

재빠른 음흉한 파발마, 싫은 근심 전달자,
청춘의 포식자, 헛된 기쁨의 헛된 노예,
재난 포고 야경꾼, 죄의 짐말, 덕의 함정,
넌 모든 걸 기르고 모든 존재 파괴한다.
   오, 그럼 들어라, 아프게 속이는 시간아,   930
   넌 내 범죄, 그로 인한 내 죽음에 유죄다!

너의 종인 기회는 왜 네가 나에게
쉬라고 주었던 그 한때를 배신했고,
내 행운을 말소한 뒤 끝이 없는 비통의
끝없는 기간으로 나를 묶어 놓았느냐?   935
시간의 임무는 원수 미워하기를 그치고
   여론이 키워 낸 오류를 파먹는 것이지
   적법한 침대의 지참금 날리는 게 아니다.

시간의 영광은 싸우는 왕들을 달래고
거짓의 가면 벗겨 진실을 드러내고   940
오래된 물건에 시간의 인장 찍고
아침을 일깨우며 밤에게 감시를 붙이고
잘못한 자 잘못을 시정할 때까지 괴롭히고
   거만한 건축물을 세월로 파괴하고
   번쩍이는 금탑에 먼지가 끼게 하며,   945

장엄한 기념물을 좀으로 꽉 채우고
망각에게 사물의 소멸을 먹여 주고
낡은 책들 더럽히며 그 내용을 바꾸고
아주 늙은 까마귀 날개에서 깃털 뽑고

고목의 수액은 말리면서 샘물은 키우고 950
        망치로 두들겨 편 쇠 골동품 훼손하고
        운명의 어지러운 수레바퀴 돌리며,

노파에게 자기 딸의 딸들을 보여 주고
아이를 어른으로, 어른을 아이로 만들고
살생으로 살아가는 호랑이를 살해하고 955
일각수와 야생의 사자를 길들이고
제 꾀에 넘어간 음흉한 자들을 조롱하고
        늘어나는 곡식으로 농부를 응원하고
        조그만 물방울로 큰 돌을 깎는 거다.

너는 왜 네 순례길에 못된 짓을 하느냐, 960
되돌아와 그것을 고칠 수도 없는데?
네가 한 세기의 하찮은 일 분을 되돌리면
넌 불량 채무자에게 빌려주는 사람에게
지혜를 빌려주며 백만의 친구를 얻을 거다.
        오, 무서운 이 밤아, 네가 한 시간만 돌아오면 965
        나는 이 폭풍 막고 네 파괴를 피할 수 있단다!

너, 쉼 없이 움직이는 영원의 종이여,
타르퀸의 도주를 불운으로 방해해라.
극한을 넘어서는 극한 상황 만들어
그가 이 저주받은 범죄의 밤 저주하게 해라. 970
지독한 환영으로 악독한 그의 눈을 겁주고
        그가 범한 악행 두고 불길한 생각에
        온 숲이 흉측한 무형의 악마로 보이게 해.

그가 쉬는 시간을 쉼 없는 실신으로 휘젓고
그가 잘 땐 자리보전 신음으로 괴롭혀라. 975
비통한 불운이 여러 번 그를 덮쳐
탄식하게 만들되, 그 탄식을 동정 마라.
돌보다 더 굳은 굳어진 심장으로 그를 치고
  순한 여인네들도 그에게는 순함 잃고
  사나운 호랑이보다 더 사나워지게 해라. 980

그가 자기 곱슬머리 뜯는 때 있게 하라.
자신 향해 발악을 하는 때 있게 하라.
시간의 도움을 바라지 못하는 때 있게 하라.
역겨운 노예로 사는 때 있게 하라.
거지의 밥찌꺼기 갈망하는 때 있게 하고, 985
  보시로 사는 자가 그에게 경멸받은 빵조각
  경멸하며 안 주는 걸 보는 때 있게 하라.

친구가 원수 되고, 유쾌한 바보들 몰려와
그를 조롱하는 걸 보는 때 있게 하라.
슬픔의 시간엔 시간이 얼마나 느린지, 990
바보짓의 시간과 놀이의 시간은 얼마나
빠르고 짧은지 주목하는 때 있게 하고,
  돌이킬 수 없는 자신의 범죄로 말미암아
  시간의 오용을 통곡하는 때 늘 있게 하라.

오, 시간이여, 선과 악의 교사여, 날 가르쳐 995
이 악행 네게 배운 그를 내가 욕하게 해 줘라!
그 도둑이 자신의 그림자에 미치게 만들고

시간마다 자신을 죽이고 싶게 하라!
비참한 그 손이 비참한 그 피를 흘려야 해,
    그처럼 천한 노예 목을 베는 망나니 임무를   1000
    욕먹으며 맡을 만큼 천한 자가 누구겠어?

왕의 자식으로서 타락한 행위로
자신의 희망에 먹칠하는 그는 더욱 천하다.
인간이 막강하면 할수록 영예를 얻거나
미움을 부르는 일 또한 막중하다,   1005
가장 큰 추문이 가장 높은 지위에 따르니까.
    구름이 달 가리면 곧바로 없어진 걸 알지만
    잔별들은 언제든 맘대로 숨어 버릴 수 있다.

까마귀는 진흙탕에 칠흑 날개 적시고도
아무 눈에 안 띈 채 오물 달고 날아간다.   1010
하지만 눈처럼 흰 백조가 같은 걸 원하면
그 얼룩은 그 은빛 솜털 위에 남는다.
불쌍한 종들은 한밤 같고 왕들은 대낮 같다.
    각다귀는 어딜 날든 주목을 못 받지만
    독수리는 모든 눈이 뚫어지게 쳐다본다.   1015

저리 가, 헛된 말, 얄팍한 바보의 하인,
소득 없는 잡소리, 힘없는 조정관아!
재주를 겨루는 학교에서 바쁘게 지내고,
따분한 토론자가 여유 부릴 곳에서 토론해.
벌벌 떠는 의뢰인들에게 중재인 역할 해.   1020
    나에게 변론 따윈 지푸라기만도 못해,

내 사건은 법의 도움 넘어섰으니까.

난 헛되이 꾸짖고 있구나, 기회를,
시간을, 타르퀸을, 그리고 침울한 이 밤을.
난 헛되이 내 오명을 흠잡고 있구나. 1025
난 헛되이 나를 향한 강한 혐오 일축한다.
이 무력한 말만으론 나의 옳음 못 밝히니
　　나에게 진정으로 득이 되는 처방은
　　더럽게 오염된 내 피를 흘리는 것이다.

가엾은 손, 너는 왜 이 결정에 떠느냐? 1030
이 수치를 제거하여 너 자신을 예우해라.
내가 죽는다면 내 명예는 네게서 살지만
내가 살면 너는 내 악명 속에 사니까.
넌 충실한 네 마님을 보호하지 못했고
　　사악한 그 원수가 무서워 할퀴지도 못했으니 1035
　　그렇게 굴복한 너와 그녀 양쪽을 죽여라."

그런 다음 흐트러진 침상에서 뛰쳐나와
극단적인 죽음의 도구를 찾았지만
여기는 도살장 아니어서 그녀 목숨 내보낼
더 큰 구멍 뚫을 연장 보이지 않았기에 1040
그녀의 호흡은 그 입술로 일시에 몰려가
　　공중에 흩어지는 에트나 화산의 연기처럼,
　　발사한 대포의 연무처럼 사라진다.

"헛되이" 그녀의 말, "나는 살고, 헛되이

불행한 삶을 끝낼 행복한 수단을 찾는다. 1045
난 타르퀸의 언월도에 살해될까 겁났는데
지금은 꼭 같은 목적으로 칼 찾는다.
하지만 겁냈을 때 난 충실한 아내였고
  지금도 그렇다— 오, 아냐, 그건 불가능해,
  그런 나의 참모습을 타르퀸이 앗아 갔어. 1050

오, 내가 살아 얻으려 했던 게 사라졌다.
그래서 난 이제 죽음을 겁낼 필요 없구나.
죽음으로 이 오점을 씻으면 난 적어도
험담의 제복에 명성의 배지를 달아 주고
살아 있는 오명에 죽을 날짜 매긴다. 1055
  딱하고 무력한 도움이네, 보물을 도둑맞고
  죄 없는 빈 상자만 태우려고 하다니!

자, 자, 사랑하는 콜라틴, 당신은
짓밟힌 서약의 더러운 맛 모르실 거예요.
난 훼손된 서약으로 당신을 속일 만큼 1060
당신의 진실한 애정을 해치진 않겠어요.
접목된 이 사생아는 절대 못 자라나요.
  당신 혈통 더럽혀 놓은 그는 당신이
  자기 씨에 혹하는 아비라고 자랑 못 할 거예요.

또한 그는 당신에게 비밀 미소 짓거나 1065

1062행 사생아 루크리스는 이번 일로 타르퀸의 자식이 잉태되었다고 생각한다.

친구들과 당신 상황 두고서 못 웃을 거예요.
당신은 당신의 재산이 천하게 금에 안 팔리고
문밖으로 도둑맞은 사실을 알 거예요.
나로 말하자면, 내 운명의 여주인으로서
    삶에서 강요된 죄 죽음에게 청산할 때까지   1070
    내 불륜을 절대로 용서하지 않겠어요.

내 오점이 당신에게 독이 되게 하거나
참신한 변명으로 내 잘못 감싸지 않을 테고,
거짓된 이 밤에 벌어진 범죄 사실 감추려고
내 죄의 검은 바탕 분칠하지 않겠어요.   1075
내 혀로 다 뱉어 낼 테고, 내 눈은 수문 열고
    골 적시는 산중의 샘처럼 깨끗한 눈물 쏟아
    불순한 내 얘기를 정화할 거예요."

이쯤에서 한탄을 하고 있던 필로멜라는
잘 조율된 슬픔의 밤 노래를 마쳤고,   1080
우울한 밤은 추한 지옥으로 느리고 슬프게
걸어 내려갔는데, 그때, 보라, 붉어지는 아침은
빛을 빌릴 고운 눈 모두에게 빛을 준다.
    하지만 구름 낀 루크리스는 자신을 보기가
    부끄럽기 때문에 계속 밤에 갇히고 싶었다.   1085

다 밝히는 낮의 빛은 모든 틈을 살펴본 뒤

1079행 필로멜라 아테네 왕 판디온의 딸로 형부 테레우스에게 강간당한 다음 혀를 잘렸으나 나중에 언니와 함께 복수한 뒤 밤꾀꼬리(나이팅게일)로 변하였다.

앉아 우는 그녀를 가리키는 것 같은데,
그녀는 흐느끼며 말하길, "오 눈 중의 눈이여,
너는 왜 내 창문을 파고드니? 엿보지 마,
간질이는 네 빛으로 자는 눈을 조롱해라,   1090
    꿰뚫는 광선으로 내 이마에 낙인을 찍지는 마,
    밤의 일은 낮과는 아무 관련 없으니까."

이렇게 그녀는 눈앞의 모든 걸 흠잡는다.
진정한 비탄은 애처럼 어리석고 성말라
걔가 일단 비꼬이면 기분이 엉망 된다.   1095
젖먹이 슬픔 아닌 노화된 비탄은 순하다.
한쪽은 지속성에 길들고, 다른 쪽은 거칠어
    헤엄을 잘 못 치는 자처럼 늘 뛰어들면서
    과로에다 기술 부족 때문에 익사한다.

그처럼 그녀도 근심의 바다에 푹 빠져   1100
보이는 것 모두와 논쟁을 벌이고
세상 모든 슬픔을 자신에 비유한다.
모든 것이 그녀의 깊은 비통 되살리고,
한 가지가 지나가면 다른 게 곧 뒤따른다.
    때론 그녀 비탄이 벙어리 되어 말 못하고   1105
    때론 그게 미쳐서 너무 얘길 많이 한다.

아침의 기쁨을 노래하는 작은 새의
아름다운 가락에 그녀는 미친 듯 신음한다,
'환희는 짜증의 바닥을 건드리고
유쾌한 동무들 속에서 슬픈 영혼 살해되며   1110

비탄은 비탄과 교제할 때 가장 즐거우니까.
　　　　　참 슬픔은 그러므로 유사한 것에 의해
　　　　　동정을 받을 때 진정으로 만족한다.'

'해안을 앞에 둔 익사는 이중의 죽음이고
음식 보며 굶는 자는 열 배로 굶주리며,　　　　　1115
고약을 쳐다보면 상처가 더 아프고
큰 비탄은 더 커질 것 같을 때 가장 비탄한다.
속 깊은 고뇌는 잔잔한 물처럼 흐르다가
　　　가로막혔을 때 그것을 가두는 둑을 넘고,
　　　희롱당한 비탄은 법이나 한계를 모른다.'　　1120

"조롱하는 새들아." 그녀의 말. "그 노래는
부풀어 빈 너희 깃털 가슴에다 묻어 두고
내가 듣는 곳에선 말없이 침묵해라.
불안한 내 불화는 음혈도 쉼표도 안 좋아해.
'비통한 안주인은 유쾌한 손님을 못 참아.'　　　1125
　　　경쾌한 너희 가락 즐거운 귀에나 읊조려라.
　　　'괴로움에 눈물 장단 맞출 땐 애조가 좋단다.'

자, 겁탈을 노래하는 너 필로멜라여,
헝클어진 내 머리를 너의 슬픈 숲 삼아라.
축축한 대지가 번민하는 너를 두고 울듯이　　　1130
나도 슬픈 선율마다 눈물을 짜내고
깊은 신음 소리로 저음부를 받쳐 주마.
　　　난 후렴에 타르퀸을 계속 흥얼거릴 테니

　　　　　넌 더 나은 기술로 테레우스 높이 불러.

또한 네가 날카로운 네 비통을 깨우려고　　　　　　　1135
가시를 네 가슴에 대듯이 비참한 나 또한
너를 잘 흉내 내기 위해 내 심장에
날카로운 칼 고정해 내 눈을 겁줄 텐데,
그것은, 감기면, 칼 위로 넘어져 죽을 거야.
　　　이 방법은 현악기 지판 위의 받침처럼　　　　1140
　　　우리의 심금을 진정한 번민에 맞출 거야.

그리고 가엾은 새, 너는 어떤 눈이든
너를 볼까 창피하여 낮엔 울지 않으니
우리는 길에서 먼 데 있는 어둡고 깊은 황야,
태우는 열기도 얼리는 추위도 없는 곳을　　　　　　1145
찾아내고, 그곳의 가혹한 동물에게
　　　슬픈 가락 털어놓아 그 본성을 바꿀 거야.
　　　인간이 짐승이 됐으니 짐승에게 인정 심자."

불쌍한 놀란 사슴 어느 길로 도망칠까
혼란 속에 결정 못 해 응시하며 서 있듯이,　　　　　1150
아니면 구부러진 미로에 둘러싸여
나갈 길을 선뜻 밟지 못하는 사람처럼
그녀도 자신에게 반항을 하고 있다.
　　　살면 수치스럽고, 죽으면 책망을 빚질 때
　　　살고 죽는 가운데 어느 게 더 나을까.　　　　1155

1134행 테레우스 필로멜라를 강간한 그녀의 형부. 1079행 주 참조.

"자살은" 그녀의 말, "아, 불쌍한 내 영혼을
내 몸으로 오염시키는 것 말고 무엇일까?
자기네 것 전부가 파멸되는 자들보다
반만 잃는 자들이 더 잘 참고 견딘다.
죽음이 예쁜 두 아기 중 하나를 앗아 갈 때   1160
　　　나머지를 살해하고 하나도 못 키울 어미는
　　　무자비한 결과를 시험하는 셈이다.

내 몸과 내 영혼, 한쪽이 순결할 때
다른 쪽이 신성하면 어느 게 더 소중할까?
양쪽 다 하늘과 콜라틴을 위하여 지켰을 때   1165
어느 쪽을 내가 더 많이 사랑했을까?
아 이런! 드높은 소나무가 껍질이 벗겨지면
　　　그 잎은 시들고 수액은 마를 텐데,
　　　내 영혼도 껍질이 벗겨지면 꼭 같은 신세다.

그녀 집은 약탈됐고 평온은 깨졌으며   1170
그녀의 저택은 적에게 난타를 당했고,
그 신성한 신전은 때 묻고, 털리고, 오염되고,
과감한 오명에게 명백하게 포위됐다.
그러니 내가 이 훼손된 요새에 구멍 내어
　　　불안한 이 영혼을 데리고 나간다고   1175
　　　그것을 불경죄라 일컫지는 않게 하라.

그러나 난 콜라틴이 때 이른 내 죽음의

1170행 그녀 영혼.

이유를 들은 뒤, 내가 내 숨 끊게 만든
그에게 복수를 그 슬픈 시각에
맹세할 수 있을 때까지는 안 죽을 것이다. 1180
난 얼룩진 내 피를 타르퀸에게 넘길 텐데,
  그에게 더럽혀진 그것은 그에게 갈 테고,
  그가 받을 몫으로 내 유언에 적힐 거다.

난 몹시도 불명예스러운 내 몸에
상처를 내는 칼에 명예를 물려줄 것이다. 1185
불명예스러운 목숨을 뺏는 것은 명예이며
한쪽이 죽으므로 다른 쪽은 살 것이다.
그래서 수치의 재에서 내 명성은 자랄 거야,
  난 죽어서 수치스러운 경멸을 살해하고
  죽은 내 수치로 명예는 새로 태어날 테니까. 1190

내가 잃은 소중한 보석의 소중한 주인이여,
당신에겐 내가 무슨 유산을 남길까요?
내 결심은, 여보, 당신이 그것을 본보기로
복수를 할 수 있는 자랑거리 될 거예요.
타르퀸을 어떻게 다룰지를 내게서 읽으세요. 1195
  당신 친구 나 자신이 당신 원수 날 죽일 테니
  나를 위해 거짓된 타르퀸도 그리해 주세요.

내 유언의 이 간단한 요약본을 만들게요.
내 영혼과 육신은 저 하늘과 땅에 가고,

1198행 요약본 루크리스가 말로 하는 짧은 유언.

내 결심은, 남편이여, 당신이 받으세요.   1200
내 명예는 내게 상처 입히는 이 칼의 것이고
내 수치는 내 명성 파괴한 그의 것이 되기를.
      그리고 남은 내 명성은 나를 수치스럽게
      여기지 않는 사람 모두에게 분배해요.

콜라틴, 당신은 이 유언을 감독해야 합니다.   1205
당신이 이걸 볼 거라고 난 얼마나 착각했나!
내 피가 내 죄악의 험담을 씻어 내고
삶의 비행, 삶의 고운 끝으로 사면될 거예요.
아뜩한 마음아, 기절 말고 굳게 말해, '그래 좋다.'
      내 손에게 복종해, 손이 널 정복할 테니까.   1210
      네 죽음에 둘 다 죽고, 둘 다 승리할 거야."

그녀는 슬프게도 이 죽음의 계획을 세우고
빛나는 그 눈에서 짠물 진주 닦은 뒤에
목청이 갈라진 쉰 소리로 시녀를 불렀고
그녀는 재빨리 복종하며 마님께 급히 온다.   1215
'날개 달린 복종심은 생각의 깃털로 나니까.'
      시녀 눈에 가엾은 루크리스의 두 뺨은
      햇볕에 눈이 녹은 겨울 풀밭 같았다.

그녀는 마님께 정숙함의 참된 표시,
부드럽고 느린 말로 얌전한 아침 인사 드리고   1220
여주인의 얼굴이 슬픔의 제복을 걸쳤기에

1206행 당신…착각했나 콜라틴이 읽게 될 문서로 된 유언은 없으니까.

그 슬픔에 맞추어 슬픈 표정 짓지만
뻔뻔하게 그녀에게 감히 묻진 않는다,
    그녀의 두 해는 왜 그리 구름에 가렸는지,
    그녀의 고운 뺨은 왜 비통에 씻겼는지.   1225

하지만 해가 지고 대지가 울게 되면
꽃들은 저마다 물기 어린 눈처럼 촉촉하듯
꼭 그처럼 시녀가 부푸는 물방울로
둥그런 자기 눈 강제로 적시기 시작한 건
마님의 하늘에 진 두 해님에 공감한 탓인데,   1230
    그들은 짠물의 대양 속에 빛을 꺼 버렸고
    그래서 시녀는 이슬 맺힌 밤처럼 울고 있다.

이 예쁜 두 사람은 산호 수조 채우는
상아 분수 인형처럼 꽤 오래 서 있었다.
한 사람은 당연하게 울고 있고, 또 하나는   1235
눈물 동무 외에는 볼일이 달리 없다.
여성에게 울음은 종종 자발적인데,
    딴 사람의 아픔을 추측하여 한탄하면
    자기 눈을 익사시키거나 마음이 상한다.

남자는 대리석, 여자는 밀랍 마음 가졌고   1240
그래서 그것은 대리석의 뜻대로 빚어진다.
무른 것들 누르면 거기에 이상한 형체가
힘이나 속임수나 기술에 의하여 생긴다.
그러니 그것들을 악의 근원이라고 하지 마라.
    밀랍 위에 악마의 형상이 찍혔다고   1245

그 물질이 사악하다 여겨져선 안 된다.

여자들의 온화함은 탁 트인 평야처럼
기어가는 작은 벌레 다 드러내 보인다.
거칠게 자라난 수풀 같은 남자들에게는
동굴 시절 죄악이 어둠 속에 숨어 있다.　　　　　1250
수정 벽 안으론 조그만 티끌도 다 보인다.
　　　남자는 단호한 표정으로 죄를 덮을 수 있지만
　　　불쌍한 여자의 얼굴은 결점 적힌 책이다.

그 누구도 시든 꽃을 맹비난하지 말고
꽃을 죽인 매서운 겨울을 꾸짖어라.　　　　　　 1255
비난을 받을 것은 삼켜진 게 아니라
삼키는 주체다. 오, 여자가 남자에게
수없이 당하는 학대를 여자의 잘못으로
　　　여기지 않게 하라. 그 잘난 지주들이 잘못하여
　　　천생 약한 여자들을 치욕의 소작인 만든다. 　1260

그에 대한 실례로 루크리스를 보라.
그녀는 밤중에 공격당해 당장의 죽음과,
그 죽음에 뒤따를지 모르는 수치로
남편이 해 입을 게 확실한 상황에 처했었다.
반항에는 정말로 큰 위험이 있었기에 　　　　　 1265
　　　치명적인 공포가 그녀의 온몸에 퍼졌다.
　　　그리고 그 누가 시신을 욕보이지 못할까?

이쯤에서 고운 루크리스는 더 못 참고

가엾게 자기 불평 본뜨는 시녀에게 말을 건다.
"얘야." 그녀의 말, "무슨 일로 그 눈물이   1270
네게서 터져 나와 뺨 위에 흐르느냐?
내가 겪는 비탄 땜에 울고 있는 거라면
        애야, 알아둬, 내 기분엔 소용없어.
        눈물이 도울 수 있다면 내 것이 이롭겠지.

근데 애, 말해 봐, 언제 갔지." — 그러고는   1275
깊은 신음 할 때까지 멈췄다. — "타르퀸이 여기서?"
"마님, 제가 깨기 전에요." 시녀는 답한다,
"더더욱 게으른 제 나태의 책임이죠.
근데 전 그 잘못을 이만큼 용서할 수 있어요.
        전 날이 새기 전에 움직이고 있었고,   1280
타르퀸은 제가 일어나기 전에 갔다고요.

근데 마님, 시녀로서 아주 무례하지만
왜 우울하신지 알기를 청합니다."
"오, 그만!" 루크리스의 말, "그 이유를
되풀이한다고 그것이 줄어들진 않는단다,   1285
그건 내가 잘 표현할 수 있는 것 이상이고
        말할 능력 이상으로 많은 걸 느낄 때
        그 심한 고문은 지옥이라 부를 수 있으니까.

넌 가서 종이, 잉크, 펜을 이리 가져와라.
근데 수고 안 해도 돼, 여기 다 있으니까.   1290
뭔 말을 해야지? 남편의 하인 중 하나에게
나의 주인, 나의 사랑, 그이에게 머지않아

편지 한 통 전할 준비 하라고 일러라.
    빨리 그걸 가져갈 채비 하라 일러라,
    서둘 필요 있으니 곧 써서 줄 거야."   1295

시녀는 나갔고, 그녀는 깃촉을 손에 쥐고
종이 위를 맴돌며 글을 쓸 준비 한다.
상념과 비탄이 격렬한 전투를 벌이는데,
머리 써서 적은 걸 감정이 곧바로 지운다.
이건 너무 상세하다, 이건 조잡스럽다.   1300
    문간으로 밀려드는 사람들과 꼭 같이
    그녀의 창작물이 앞서려고 몰려온다.

그녀는 드디어 시작한다. "훌륭하신 주인님,
이 못난 아내가 당신에게 인사하고
건강을 빕니다! 다음으로, 당장 빨리—   1305
여보, 당신의 루크리스를 꼭 보시려거든—
속력 내어 달려와 날 찾아봐 주세요.
    비탄에 잠긴 우리 집에서 안부를 전하며,
    내 말은 짧으나 비통은 지루해요."

여기에서 그녀는 그 비통의 취지문을,   1310
불분명하게 적은 분명한 슬픔을 접는다.
콜라틴은 이 짧은 쪽지로 그녀의 비탄은
알지도 모르나 그 비탄의 실상은 모를 거다.
그녀는 그건 감히 못 밝힌다, 그가 그걸
    그녀가 자신의 물든 변명 피로 물들이기 전에   1315
    그녀의 명백한 비행으로 여기면 안 되니까.

게다가 그녀는 자기 비애의 정수를
남편이 곁에서 들을 때 쓰려고 숨겨 둔다.
한숨과 신음과 눈물이 그녀의 불명예를
멋지게 꾸며 주면, 이 세상이 그녀에게   1320
품을 수 있는 의심은 더 잘 벗겨질 테니까.
  그런 의혹 피하려고 그녀는 책잡힐 말
  행동이 더 어울릴 때까지 편지에 안 남겼다.

슬픈 광경 듣기보단 볼 때 더 울컥한다.
몸의 각 부위가 비통의 일부를 담당할 때   1325
우리 눈은 귀에게 그것이 바라보는
중요한 움직임을 해설해 주니까.
우리가 듣는 건 슬픔의 일부일 뿐이다.
  깊은 음은 얕은 여울 소리보다 더 낮고
  슬픔은 말의 바람 맞으면 잦아든다.   1330

이제 그녀는 편지를 봉하고, 그 위에
"아르데아에서 주인님께, 지급."이라 적었다.
사자는 기다리고, 그녀는 그것을
언짢은 얼굴의 하인에게 건네면서
북풍에 뒤처진 새처럼 빨리 가라 명하고   1335
  전속력도 둔해 느릴 뿐이라 여기는데,
  극한에 이르면 늘 그런 극한을 주문한다.

수수한 종 녀석은 몸을 낮춰 절하고
그녀에게 시선을 고정한 채 붉히면서
예, 아니오, 말도 없이 두루마리 받아 들고   1340

수줍고 순진한 마음에 서둘러 나간다.
하지만 가슴에 죄를 안은 이들은 모든 눈이
   그들 흉을 본다고 상상한다, 루크리스도
   그가 그녀 치욕에 붉혔다고 생각했으니까.

반면에 단순한 종에게 그것은, 진짜로,   1345
패기, 활기, 용감한 호기 부족이었다.
이 순진한 사람들은 진정한 배려가 있어서
행동으로 말하지만 딴 놈들은 뻔뻔하게
빠른 속도 약속하나 여유 있게 실행한다.
   꼭 그처럼 오래전 시대의 이 사례에서도   1350
   정직한 모습만 담보했고 언약은 없었다.

그의 타는 존경심이 그녀의 불신을 불붙여
두 붉은 불길이 양쪽의 얼굴에서 빛났다.
그녀는 그가 타르퀸의 욕정 알고 붉혔다 여겼고
함께 붉어지면서 그를 깊이 응시했다.   1355
열성적인 그녀 눈에 그는 더욱 당황했고
   그녀는 그의 뺨에 피가 더 차는 걸 볼수록
   더더욱 그가 무슨 결점을 찾았다 생각했다.

근데 그녀 생각에 그가 돌아오려면
오래 걸릴 터인데, 그 충복은 가지도 않았다.   1360
그녀는 그 지겨운 시간을 못 받아들인다,
한숨과 울음과 신음은 이제 식상하니까.
비통과 신음은 이제 매우 지겹고 싫증 나서
   그녀는 푸념을 잠시 동안 멈추고

좀 새롭게 애도할 방법을 숙고한다. 1365

마침내 프리아모스의 트로이를 소재로 한
교묘한 그림이 걸린 곳을 마음에 떠올렸고,
그 도시 앞에는 그리스 군대가 집결하여
헬레네의 강간을 이유로 그것을 부수려고
구름 닿는 일리온을 고통으로 으르는데, 1370
　　기발한 화가가 그 성채를 대단히 높게 그려
　　하늘이 몸 굽혀 망루에 키스하는 것 같았다.

예술은 그곳의 천 가지 구슬픈 사물에게
자연을 비웃으며 생명 없는 생명을 주었다.
많은 채색 물방울은 도륙된 남편에게 1375
아내가 흘리는 눈물인 것 같았다.
악취 뿜는 선혈은 화가의 분투를 보였고,
　　꺼져 가는 눈들은 지루한 밤중에 타 버린
　　꺼져 가는 장작처럼 잿빛을 번득였다.

거기에서 자네는 땀에 푹 절어서 1380
먼지 잔뜩 뒤집어쓴 노역자를 볼 수 있고,
또 트로이 성채에는 총안에 들이민 채
열의도 하나 없이 그리스인들을 응시하는
병사들의 바로 그 눈들이 나타날 것이네.

1366행 프리아모스 트로이의 왕, 헤카베의 남편, 헥토르와 파리스의 아버지.
1369행 헬레네의 강간 트로이의 왕자 파리스가 그리스의 헬레네를 데려간 사건. 여기에서 "강간"은 그리스 측의 시각을 반영하는 말이다.
1370행 일리온 트로이의 다른 이름.

이 작품엔 참 즐거운 사실성이 있어서 1385
그 먼 곳의 눈들이 슬퍼 보인다는 걸 알 것이네.

위대한 사령관들에게는 품위와 위엄이,
청년들에게는 활기찬 행동과 기민함이
얼굴에서 빛나는 걸 볼 수 있을 것이네.
그리고 화가는 떨리는 걸음으로 행군하는 1390
창백한 겁보들을 여기저기 끼워 넣었는데,
그들은 용기 없는 농노들과 매우 닮아
와들와들 떠는 게 보인다고 단언할 정도네.

아이아스와 율리시스에게는, 오, 얼마나
뛰어난 관상술을 바라볼 수 있는지! 1395
각자의 얼굴은 각자의 마음을 묘사했고
얼굴은 성격을 극명하게 알렸다네.
아이아스는 퉁명한 격노에 엄한 눈 굴렸지만
교활한 율리시스가 보내는 온화한 눈길은
원려와 웃음 짓는 통제력을 보여 줬네. 1400

거기에, 설득 중인 근엄한 네스토르가
이를테면 그리스인들에게 싸움을 독려하듯
진지한 손짓으로 주의를 속여 끌고
시선을 매혹하며 서 있는 걸 볼 수 있네.

1394행 아이아스와 율리시스 트로이 전쟁에 참여한 그리스의 두 영웅으로, 율리시스는 이타카의 왕 오디세우스의 라틴 이름이다.

1401행 네스토르 트로이 전쟁에 참여한 그리스의 왕으로 지긋한 나이와 지혜로 유명한 달변가.

그가 말을 할 때면 온통 흰 은빛의 수염이 1405
　　위아래로 흔들렸고, 입술에선 엷은 김이
　　구불구불 새 나와 하늘로 오르는 것 같았지.

그 사람 주위엔 입 벌린 얼굴 한 무리가
건전한 그의 충고 삼키는 것 같았고,
웬 인어가 그들 귀를 정말 유혹한 것처럼 1410
다 함께 듣지만 각자의 자세를 취했는데,
누군 높고 누군 낮게, 화가는 참 정확했지.
　　거의 뒤로 감춰진 많은 이의 머리통은
　　사람 마음 홀리려고 더 높이 솟은 것 같았네.

여긴 누가 한 손을 딴 사람 머리에 기댔고, 1415
그의 코엔 옆 사람의 귀 그늘이 졌으며,
여긴 누가 떠밀려 잔뜩 붓고 벌게져 물러나고,
숨 막힌 하나는 퍼붓고 욕하는 것 같다네.
또 그들은 격노 중에 엄청난 격노를 표시하여
　　네스토르의 금빛 말을 놓치지만 않는다면 1420
　　화난 칼로 논쟁을 하려는 것처럼 보였지.

거기엔 상상력이 많이 작용했으니까
속임수가 대단히 치밀하고 자연스러워서
아킬레우스의 모습 대신 무장한 그의 손에
그의 창이 쥐어져 있었고, 그 자신은 1425
마음눈에 말고는 안 보이게 뒤쪽에 있었네.

1424행 아킬레우스 트로이 전쟁에 참가한 그리스군 최고의 전사.

손 하나, 발, 얼굴, 다리, 머리 하나로
전체를 상상하게 만들어 놓았지.

또 단단히 포위된 트로이의 성벽 위엔
그들의 멋진 희망, 용감한 헥토르가 진군할 때   1430
수많은 트로이 어미가 기운찬 아들들이 다루는
빛나는 무기 보고 기쁨을 나누며 서 있었네.
그런데 그들의 희망은 표현이 참 이상하여
    빛나는 게 얼룩진 것처럼, 가벼운 기쁨 새로
무거운 공포가 나타나는 것 같았지.   1435

또 그들이 싸웠던 트로이 해안엔 붉은 피가
시모에이스의 갈대 덮인 강둑까지 흘렀는데,
그 물결은 잔뜩 부푼 물마루로 그 전투를
흉내 내려 하였고, 상처 난 해안에
대열 지어 부서지기 시작한 다음에   1440
    더 큰 대열 만나서 시모에이스의 강둑에
함께 거품 쏟을 때까지 다시 뒤로 물러났네.

루크리스는 잘 그려진 이 작품에 다가와
오로지 고뇌만 표현된 얼굴 하나 찾는다.
그녀는 근심이 좀 새겨진 많은 얼굴 보지만,   1445

1430행 헥토르 트로이 전쟁에서 트로이 군 최고의 전사.
1437행 시모에이스 트로이 평원의 작은 강 이름.

1446행 퓌로스 아킬레우스의 아들로 아버지의 죽음에 대한 복수를 위해 트로이의 왕 프리아모스를 죽인다. 1448행의 헤카베는 프리아모스 왕의 왕비이자 헥토르의 어머니.

퓌로스의 오만한 발밑에 누워서 피 흘리는
프리아모스의 상처를 늙은 두 눈으로 응시하며
      절망하는 헤카베를 바라봤을 때까지는
      오로지 고뇌와 탄식만 깃든 것은 없었다.

그녀의 모습에서 화가는 시간의 파괴와   1450
미의 파멸, 잔인한 근심의 지배를 파헤쳤네.
그녀 뺨은 깨지고 주름으로 찌그러져
옛날의 그녀와는 하나도 안 닮았지.
핏줄마다 검게 변한 그녀의 푸른 피는
      줄어든 혈관을 채우던 원천이 사라져   1445
      생명이 죽은 몸에 갇혔음을 보여 줬어.

루크리스는 이 슬픈 환영에게 눈길 주며
이 노파의 비통에 자신의 슬픔을 맞추고,
노파는 잔인한 원수들을 저주할 외침과
독설만 있었어도 화답했을 터인데,   1460
화가도 신이 못 돼 그런 걸 주지는 못했고,
      그래서 루크리스는 그 많은 비탄을 혀도 없이
      그녀에게 부여한 건 잘못이라 단언한다.

"소리를 못 내는" 그녀의 말, "불쌍한 악기여,
난 당신의 비통을 구슬프게 노래하고   1465
프리아모스의 그림 속 상처에 향유를 뿌리며
그를 해친 퓌로스에게는 욕설을 퍼붓고
너무 오래 불타는 트로이는 내 눈물로 끌게요.
      그리고 내 칼로 당신의 적들인 그리스인

모두의 성난 눈을 긁어내 버릴게요.　　　　　1470

이 소동의 원인이 된 그 갈보를 보여 줘요,
내가 이 손톱으로 그 미모 찢을 수 있도록.
어리석은 파리스여, 당신의 욕정으로 인하여
불타는 트로이가 이 분노의 짐을 지고
당신의 눈에 의해 여기에서 불이 타며,　　　　1475
　　트로이 여기에서 당신 눈이 불륜을 저질러
　　그 부친, 그 아들, 그 모친과 딸이 죽어요.

왜 어느 한 사람의 사적인 쾌락이
수많은 사람의 공적인 재앙이 돼야 하지?
혼자서 범한 죄는 그렇게 빗나간 사람의　　　　1480
그 머리 위에만 떨어지도록 하라.
죄 없는 영혼은 죄의 비통 면제하라.
　　사적인 죄 때문에 전부를 벌주려고
　　일인의 범죄로 왜 다수가 쓰러져야 하지?

보라, 헤카베 여기 울고, 프리아모스 여기 죽고,　1485
씩씩한 헥토르 여기 죽고, 트로일로스 기절하고,
친구 곁에 친구가 피로 물든 도랑에 누웠고,
친구가 친구에게 무심결에 상처 주고,
한 사람의 욕정이 이 많은 생명을 파괴한다.

1471행 갈보　트로이 전쟁의 원인을 제공
한 헬레나. 1473행의 파리스는 헬레나를
그리스에서 트로이로 데려간 트로이 왕
자이며 나중에 아킬레우스를 활로 쏘아
죽인다.
1486행 트로일로스　트로이의 왕자 가운
데 한 명.

　　　　혹했던 프리아모스가 아들 욕심 눌렀다면　　　　1490
　　　　트로이는 불이 아닌 명성으로 빛났으리."

여기에서 그녀는 트로이의 그림 속 비통을
느껴 운다, 무겁게 매달린 종과 같은 슬픔은
한번 치기 시작하면 자체의 무게로 움직여
힘 안 줘도 우울한 조종은 쭉 울리니까.　　　　1495
루크리스도 그렇게 시작하여 구슬픈 애기를
　　　　그려진 근심과 채색된 비애에게 건네고,
　　　　그들이 말하게 해 주고 그들의 표정을 빌린다.

그녀는 그 그림에 빙 둘러 시선을 던지고
버려진 자 발견하면 누구든 한탄한다.　　　　1500
드디어 프리기아 목동들이 딱하단 표정 짓는
어떤 묶인 사람의 비참한 몰골을 보는데,
그 얼굴은 근심이 가득하나 만족을 드러냈다.
　　　　그는 거친 양치기들과 트로이로 가는데,
　　　　아주 순해 인내심도 그의 비통 비웃는 듯하다.　　　　1505

화가는 자신의 재주로 그 사람 속에다
거짓을 숨기려 애썼고, 그 무해한 인물에게
낮은 걸음, 편한 표정, 늘 통곡하는 눈,
비통을 환영하듯 굽힘 없는 얼굴과,
붉지도 희지도 않으면서 둘이 잘 섞이어　　　　1510

1501행 프리기아 소아시아의 한 나라로 트로이 사람들이 살았다고 여겨졌다.

창피한 붉힘이 죄책감도, 잿빛의 창백함이
거짓된 마음의 공포도 안 보였던 뺨을 준다.

그래서 그 사람은 불변의 확고한 악마처럼
대단히 의로워 보이는 모습을 했고,
그 점에서 자신의 비밀 악덕 아주 잘 덮어서   1515
경계심 자체라도 거짓된 술수와 위증이
그렇게 밝은 낮에 기어 나와 그토록 시커먼
    폭풍 얼굴 내밀거나, 성자 같은 형체를
    지옥 죄로 더럽힐 거라고 의심할 순 없었다.

솜씨 좋은 장인이 그린 이 순한 초상은   1520
위증한 시논이고, 넋을 빼는 그의 얘기 때문에
쉽게 믿는 프리아모스 노인은 나중에 죽었다.
그의 말은 빛나는 영광의 화려한 일리온을
들불처럼 태웠기에 신들도 서운했고,
    조그만 별들은 자기들이 얼굴을 비춰 보던   1525
    거울이 부서지자 붙박인 곳에서 날아갔다.

그녀는 이 그림을 신중하게 정독하고
딴 인물이 시논으로 잘못 쓰였다면서,
그리 고운 모습에 그리 나쁜 마음은 없다고
화가의 놀라운 기술을 꾸짖었다.   1530

1521행 시논 트로이 사람들에게 그리스 군이 남기고 간 목마를 성안으로 들이도록 설득한 그리스인.
1523행 일리온 트로이의 다른 이름.

1526행 거울 트로이는 하늘의 별들을 반영하는 모습을 하고 있었기 때문에 그것이 무너졌을 때 별들이 흩어졌다. (아든)

그리고 그를 계속 응시했고 계속 응시하면서
    솔직한 그 얼굴에서 진실 표시 감지하곤
    그 그림은 거짓으로 차 있다고 결론 낸다.

'불가능해.' 그녀는 속으로, '저런 큰 간계가 —
저 모습에 깃드는 건.'이라고 하고 싶었다.   1535
근데 그때 타르퀸의 형상이 마음속에 떠올라
그녀의 '불가능해'에서 '불' 자를 앗아 갔다.
그녀는 '불가능해' 그 의미를 버린 다음
    그것을 이렇게 바꾼다. '사악한 맘 품는 건,
    난 알아, 오직 그런 얼굴만이 가능해.   1540

교활한 시논이 여기에 비탄이나 고역으로
어지러운 것처럼, 아주 엄숙 진지하고,
아주 지쳐 아주 순한 것처럼 그려졌듯
꼭 그처럼 타르퀸도 겉모습은 정직하나
내면의 악덕으로 오염된 채 속이려고   1545
    내게 왔다. 프리아모스가 그를 퍽 아꼈듯
    난 타르퀸 맞았고, 내 트로이는 사라졌다.

보라, 보라, 시논이 흘리는 가짜 눈물 보고서
듣고 있던 프리아모스 얼마나 눈 적시나!
프리아모스여, 늙었는데 왜 현명치 못한가요?   1550
그가 떨군 눈물마다 트로이인 피 흘려요.
그의 눈은 불을 뿜지, 물을 내보내진 않아요.
    당신의 동정 얻는 맑고 둥근 그 진주는
    안 꺼지는 불덩이로 당신 도시 태워요.

그 같은 악마들은 빛 없는 지옥을 표절한다.   1555
시논은 자기 불길 속에서 추위 떨고
그 추위 속에는 뜨겁게 타는 불길 이니까.
이 상반된 것들이 보여 주는 통일성엔
오로지 바보들만 기뻐하고 용감해지기에
    프리아모스는 시논의 가짜 눈물 쾌히 믿고   1560
    그는 그의 트로이를 물로 태울 길 찾는다.'

여기에서 확 격분한 그녀는 격정에 휩싸여
인내심은 그녀의 품에서 완전히 쫓겨난다.
그녀는 무감각한 시논을 손톱으로 찢는다,
비행으로 그녀의 자기혐오 일으킨   1565
그 불운한 손님과 그를 비교하면서.
    마침내 그녀는 웃으며 하던 일을 멈춘다.
    "바보, 바보!" 그녀의 말, "이 상처는 안 아파."

이렇게 그녀의 슬픔은 들락날락 물결치고
그녀의 불평으로 시간은 시간에 지친다.   1570
그녀는 밤을 기대한 다음 아침을 원하고,
양쪽 다 머물기엔 너무 길다 생각한다.
날 선 슬픔 견딜 땐 짧은 시간 긴 것 같고,
    비통은 힘들어도 좀처럼 잠들지 않아서
    깨 있으면 시간이 참 느리게 기는 게 보인다.   1575

이 비통을 그녀는 이때껏 생각하지 못했고
그래서 그림 속 인물들과 시간을 보냈는데
그녀는 타인의 손실을 깊이 추측하는 일로

자신의 비탄을 느끼는 데에서 멀어졌고,
그려진 불만 속에 자신의 비통을 녹였었다. 1580
      남들이 견딘 슬픔 자기 거라 생각하면
      치유는 전혀 안 되지만 약간은 편해진다.

근데 이제 주의 깊은 사자가 집으로
주인님과 그 일행을 모시고 돌아왔고,
그는 아내 루크리스가 검은 상복 입었으며, 1585
눈물로 더럽혀진 그녀 눈 주위를 푸른 원이
하늘의 무지개처럼 휘감은 걸 발견한다.
      그녀의 어둑한 얼굴에 뜬 이 작은 홍예는
      이미 지난 폭풍 외에 새것들을 예고한다.

그것을 심각한 모습의 남편이 봤을 때 1590
그는 깜짝 놀라서 그 슬픈 얼굴을 응시한다.
그녀 눈은 눈물에 잠겼으나 붉고 헌 듯하며,
생기 있는 안색은 죽음 같은 근심에 바랬다.
그에겐 어떻게 지내는지 물을 힘도 없었다.
      둘은 먼 타향에서 만난 옛 친구처럼 1595
      이 우연에 경탄하며 넋을 잃고 서 있었다.

마침내 핏기 없는 그녀 손을 그가 잡고
이렇게 시작한다. "무슨 흉한 사고가
당신에게 일어나 그렇게 떨면서 서 있소?
여보, 무슨 일로 화가 나서 고운 안색 상했소? 1600
왜 이렇게 불만의 의복을 걸쳤소?
      이 우울한 비애를, 여보, 여보, 털어놓고

당신 비탄 말해 봐요, 우리가 바로잡게."

그녀는 비통의 말 한마디 뱉기 전에
세 번의 한숨으로 슬픔을 가동한다.　　　　　　　　　　1605
마침내 그의 소원 들어주기로 작정하고
그녀가 점잖게 자신의 정조가 그 원수의
포로가 되었음을 알릴 준비 하는 동안,
　　콜라틴과 그의 귀족 동행들은 진지하게
　　그녀의 말 듣기를 간절히 바란다.　　　　　　　　　1610

이제 이 창백한 백조는 습기 찬 둥지에서
분명한 종말의 슬픈 만가 시작한다.
"변명으로 그 잘못을 고칠 수 없을 바엔
말수가 적은 게 그 불륜에 가장 맞을 거예요.
내겐 지금 말보다 더 많은 비통이 닥쳤고,　　　　　　　1615
　　내 한탄은 불쌍한 지친 혀 하나로
　　다 얘기하기엔 너무 길게 늘어질 거예요.

그러니 그 혀의 임무는 이게 전부랍니다.
소중한 서방님, 당신의 침대를 요구하며
낯선 자가 왔었고, 당신이 습관처럼　　　　　　　　　　1620
지친 머리 뉘었던 저 베개에 누웠어요.
그래서 더러운 폭력으로 내게 범할 수 있는
　　상상 속의 잘못이 무엇이든 거기에서
　　아아, 당신의 루크리스 자유롭지 못해요.

왜냐하면 검은 자정 무서운 한밤중에　　　　　　　　　1625

빛나는 언월도 들고서 누가 내 침실로
타는 불을 가지고 숨어 들어왔으니까요.
그리고 조용히 외치길, '일어나요, 로마 부인,
내 사랑을 받아요. 안 그러면 영원한 수치를
    그대가 내 사랑의 욕망을 거역하면,   1630
    난 그대와 하인에게 이 밤에 안기겠소.'

'왜냐하면 못생긴 그대의 종놈을.' 그의 말,
'그대가 내 욕심에 굴복하지 않는다면
난 당장 살해한 뒤 그대도 도륙하고,
둘을 그 역겨운 욕정을 채운 데서 찾았고,   1635
그래서 색골들을 행위 중에 죽였다고
    맹세할 테니까. 이 행동은 나에겐 명성이,
    그대에겐 영원한 오명이 될 것이오.'

이 말에 난 흠칫 놀라 울기 시작했어요.
그런데 그는 칼을 내 가슴에 갖다 대고   1640
모든 걸 침착하게 안 받아들이면
살아서 입도 열지 못할 거라고 맹세했죠.
그래서 내 수치는 늘 기록에 남을 테고
    루크리스와 그녀 종의 간통 관련 죽음은
    막강한 로마에서 절대 아니 잊히겠죠.   1645

나의 적은 강했고 가련한 난 약했으며
그토록 강력한 공포로 훨씬 더 약해졌죠.
잔인한 내 판관은 내게 말을 금지시켜
정의로운 항변을 올바로 할 수가 없었어요.

그의 주홍 욕정은 증인으로 나와서　　　　　　　　　　1650
　　　초라한 내 미모가 그의 눈을 훔쳤다 맹세했고
　　　그래서 판관을 빼앗길 때 피고는 죽어요.

오, 내가 어찌 변명할지 가르쳐 주세요!
아니면 적어도 이런 핑계 찾도록 해 줘요.
내 피는 이 폭행으로 온통 물들었으나　　　　　　　　1655
내 마음은 결백하고 티 한 점 없으며,
강탈되지 않았고, 한 번도 종범으로
　　　무릎 꿇지 않았으며, 여전히 순수하게
　　　더렵혀진 몸 안에 아직 남아 있다고."

보라, 이 손실에 절망한 그 상인은 여기에서　　　　　1660
머리를 숙이고 목소리는 비통에 콱 막히고,
슬프게 고정된 눈을 하고 팔짱을 낀 채로
새롭게 창백해진 입술이 대답을 못 하게
막고 있는 비탄을 불어 내기 시작한다.
　　　하지만 그가 비참한 만큼 그 노력은 헛되다,　　　1665
　　　그가 내뱉는 걸 그의 숨이 되마셔 버리니까.

아치를 지나며 세차게 울부짖는 조류는
그 급한 흐름을 바라보는 눈을 앞지르지만,
소용돌이에서는 최고조로 솟아올라
격렬히 나갔다가 지나면 격렬히 뒤집혀　　　　　　　1670
빠르게 밀어 보낸 그 좁은 통로로 돌아오듯

1660행 상인 루크리스의 남편 콜라틴을 비유하는 말.

바로 그의 한숨도 슬픔으로 톱 만들어
비탄을 밀었다가 꼭 같은 비탄을 당긴다.

말없는 그의 비통 가엾은 그녀가 경청하고
때 이른 그의 광란 이렇게 깨운다. 1675
"소중한 주인님, 당신의 슬픔은 내 슬픔을
강화한답니다. 홍수는 비로 줄지 않아요.
너무나 민감한 내 비통은 당신의 격정으로
　　더 심하게 아파요. 그러니 우는 눈 한 쌍이
　　비통 한번 끄는 걸로 족하게 해 줘요. 1680

그리고 날 위해, 당신께 마법 쓸 수 있다면,
당신 여자 루크리스를 위하여 주목해요.
곧바로 당신, 나, 그 자신의 원수에게―
복수해요. 지나간 일로부터 당신이 날
지킨다고 상상해요, 당신이 줄 도움은 1685
　　너무 늦게 왔지만 그 배신자 죽게 해요,
　　'정의를 버리면 사악함이 자라니까.'"

"하지만 이름을 대기 전에, 귀족들이시여."
그녀는 콜라틴과 함께 온 이들에게 말한다,
"재빨리 추적하여 제 피해를 복수하겠노라고 1690
여러분의 고귀한 신의를 약속해 주세요,
원한 맺힌 팔뚝으로 불의를 쫓는 것은
　　가치 있는 멋진 일이니까요. 기사들은
　　불쌍한 부인들의 피해를 서약 따라 바뤄야죠."

327

이 요청에 거기 있던 귀족들 각자는   1695
그녀의 과제에 기사도로 매여 있기 때문에
그 미운 원수가 밝혀지길 고대하며
고귀한 마음씨로 도움을 약속하기 시작했다.
하지만 그녀는 슬픈 임무 아직 말 않은 채
      그 선서를 막는다. "오, 말해 봐요, 어떻게   1700
      강제된 나의 이 오점이 지워질 수 있지요?

끔찍한 상황에서 억지로 범하게 된
내 죄의 성격은 무엇이란 말입니까?
순수한 내 마음이 실추된 명예를 높이려고
이 추한 행동을 용서할 수 있을까요?   1705
어떡하면 내가 이 사건에서 방면되죠?
      독이 든 샘물은 다시 맑아지는데 왜 나는
      이 강제된 오염에서 그리되지 못하죠?"

이 말에 그들은 오염 안 된 그녀 맘이
몸의 오염 맑힌다고 다 함께 말하기 시작했고,   1710
그동안에 그녀는 기쁨 없이 웃으면서
눈물로 새겨진 극심한 불행의 자국이
깊이 팬 지도 같은 그녀 얼굴 돌리며 말한다.
      "아뇨, 아뇨, 지금부터 그 어떤 부인도
      내 관용을 내세워 관용 요구 못 합니다."   1715

여기에서 그녀는 가슴이 터질 듯 한숨 쉬며
타르퀸의 이름을 던지고, "그요, 그." 하는데
'그' 이상은 그 가엾은 입으로 말하지 못했다.

마침내 그녀는 잦은 목청 가다듬기와 지연,
몇 번의 헐떡임과 아프고 짧은 시도 뒤에야   1720
    이렇게 내뱉는다. "그, 그, 귀족분들, 바로 그가
    이 손을 인도해 나에게 이 상처를 줬어요."

바로 이때 그녀는 무해한 그녀의 가슴에
해로운 칼 꽂았고, 영혼을 거기서 풀어줬다.
그 일격에 그것은 숨을 쉬던 그 오염된 감옥의   1725
깊은 불안으로부터 정말로 보석됐다.
그녀는 회한의 한숨으로 날개 달린 영혼을
    구름에게 넘겼고, 그녀의 상처를 통하여
    영생은 그 운명이 취소되어 날아갔다.

이 무서운 행위에 경악하여 목석처럼   1730
콜라틴과 모든 귀족 동료는 가만 서 있었다.
마침내 루크리스 부친이 피 흘리는 딸을 보고
자살한 그 몸 위에 자신을 던졌고,
브루투스가 살인검을 자줏빛 샘에서
    뽑았는데, 그것이 그 자리를 떠났을 때   1735
    그녀 피가 가엾게 복수하듯 뒤쫓았다.

그러고는 가슴에서 부글부글 흘러나와
두 느린 줄기로 갈라진 선홍빛 핏물은
그녀 몸을 사방에서 빙 둘러싸는데,

1734행 부루투스 루키우스 유니우스 브루투스. 타르퀸 일가가 로마에서 추방되었을 때 콜라틴과 함께 로마 공화정 최초의 집정관이 된 사람이며, 시저 암살자 중 하나인 마르쿠스 유니우스 브루투스의 선조.

그것은 최근에 함락된 섬처럼 황량하게 1740
이 무서운 홍수 속에 헐벗고 인적 없이 떠 있다.
>   그녀 피의 일부는 여전히 맑고도 붉었으며,
>   일부는 검었고, 그건 삿된 타르퀸이 물들였다.

애통으로 웅어리진 검은 핏물 표면에
물기 많은 고리가 하나 생기는데, 1745
그것은 더렵혀진 그곳에서 우는 것 같으며,
그 후로 언제나 루크리스의 비통을 동정하듯
오염된 피는 좀 물기 많은 모습을 보이고
>   아니 물든 핏물은 그렇게 부패한 것에게
>   얼굴을 붉히면서 언제나 붉은색을 유지한다. 1750

"딸아, 딸아." 늙은 루크레티우스가 외친다,
"여기서 네가 앗은 생명은 내 거였다.
자식에게 아비의 영상이 깃들어 있다면
루크리스가 없는데 난 이제 어디에서 사느냐?
넌 이렇게 끝나려고 내게 오지 않았다. 1755
>   자식들이 조상보다 앞서 사망한다면
>   우리가 후손이고, 그들은 우리 것 아니다.

가엾은 깨진 거울, 네 참한 모습에서
나는 내 노년이 재생한 걸 자주 봤다.
근데 이제 그 선명한 거울이 흐리고 탁해져 1760
세월로 뼈만 남은 죽음을 나에게 보여 주네.
오, 너는 네 뺨에서 내 초상을 찢어 내고
>   내 거울의 아름다움 산산이 다 부수어

　　　　나는 내 옛 모습을 더 이상 못 본다.

오, 시간이여, 살아남아야 할 사람들이　　　　　　　　1765
살기를 그친다면 네 행진 그치고 더 가지 마.
썩어 빠진 죽음이 강자들을 정복하고
비틀대는 약자들은 살려 두려 하느냐?
늙은 벌들 죽으면 어린것이 벌집을 차지해.
　　　그러니 살아나, 고운 루크리스야, 다시 살아　　1770
　　　아비가 보는 네 죽음 아닌 아비 죽음 보아라!"

이때쯤 콜라틴은 꿈에서 깨듯이 흠칫 놀라
루크레티우스에게 자기도 슬퍼하게 해 달라며
열쇠처럼 차가운 루크리스의 흐르는 피 속에
쓰러져, 창백한 그 얼굴의 공포를 적시고　　　　　　1775
한동안 그녀와 함께 죽은 체하다가
　　　마침내 남자다운 수치심에 정신을 차리고
　　　살아서 그녀의 죽음을 복수하려고 한다.

영혼 저 깊은 곳의 심한 분통 때문에
멈춰 서서 벙어리가 돼 버린 그의 혀는　　　　　　　1780
슬픔이 그 사용을 억제해서, 아니면
안심되는 말을 너무 오래 막는 것에 격노해
얘기를 시작한다. 그런데 가냘픈 말들이
　　　입술로 몰려와, 딱한 마음 도우려 쇄도하여,
　　　아무도 그가 한 말 분간할 수 없었다.　　　　1785

그래도 때로는 '타르퀸'을 잘 발음했지만

잇새로 그 이름을 찢듯이 내뱉었다.
이 말과 한숨의 태풍은 비를 뿌릴 때까지
슬픔의 조수를 가로막아 더 크게 만들었다.
드디어 비가 오고, 바쁜 말과 한숨은 멈춘다. 1790
  곧이어 사위와 장인은 딸 위해, 아내 위해,
  누가 가장 많이 우나 경쟁하며 함께 운다.

이쪽도 저쪽도 그녀를 자기 것이라고 하나
어느 쪽도 청구한 걸 소유할 수는 없다.
장인은 "그녀는 내 것."이라 한다. "오, 제 것입니다."
남편이 응답한다. "제 슬픔의 권리를 1795
빼앗지 마십시오. 그 어떤 문상객도 그녀 위해
  운단 말 못 합니다, 오직 제 것이었으니까
  오직 이 콜라틴만 통곡해야 합니다."

"오" 루크레티우스의 말, "그녀가 너무 일찍, 1800
너무 늦게 엎지른 그 생명을 준 건 나다."
"아, 슬프다." 콜라틴의 말, "그녀는 제 아내였고
제가 가졌었는데, 제 것을 그녀가 죽였어요."
'내 딸아'와 '내 아내'라는 말이 요란하게
  주변 공기 채웠고, 루크리스의 혼을 실은 공기는 1805
  '내 딸아'와 '내 아내'라는 외침을 되울렸다.

루크리스의 옆구리에서 칼을 뽑은 브루투스는
비통으로 그렇게 경합하는 둘을 보고
자신의 바보짓을 루크리스의 상처에 묻으며
그가 가진 지능을 멋지게 보여 주기 시작했다. 1810

그는 로마인들에게, 불쌍한 천치들을
　　　왕들이 야유하듯 재미있는 농담과
　　　바보 같은 생각을 뱉는 자로 여겨졌다.

하지만 이제 그는 깊이 있는 계책으로
자신을 위장했던 얕은 언행 내던지고　　　　　　　　1815
콜라틴의 눈에 고인 눈물을 멈추려고
오랫동안 감춰 뒀던 지혜를 신중히 꺼냈다.
"상처 입은 로마의 귀족이여, 일어나요.
　　　바보로 여겨졌던, 검증 안 된 내가 이제
　　　경험 많은 당신 지혜 가르치게 하시오.　　　　1820

콜라틴, 비통이 왜 비통의 치료제죠?
상처로 상처가, 비탄으로 흉악 범죄 낫나요?
그의 추한 행동에 당신의 아내가 피 흘렸는데
당신이 자신을 때리는 게 복수란 말입니까?
그 유치한 감정은 소심함의 소산이오.　　　　　　1825
　　　당신의 불행한 아내는 사태를 오해하여
　　　자기 적을 죽여야 할 자신을 살해했소.

용감한 로마인이여, 당신의 마음을
연화제인 그 한탄의 이슬에 적시지 말고
나와 함께 무릎 꿇고 로마의 신들을　　　　　　　1830
나를 도와 기도로 깨우는 역할을 함으로써

1809행 바보짓 브루투스는 오랫동안 바보 행세를 하며 자신의 안전을
지켰다.

333

> 그분들이 우리가 강한 팔로 이 흉물들을—
> 　　　로마가 그 때문에 망신을 당하니까—
> 　　　그 고운 거리에서 내쫓게 하도록 하시오.
>
> 자, 이제 우리가 경배하는 카피톨과,　　　　　　　　1835
> 참으로 부당하게 더럽혀진 순결한 이 피와,
> 기름진 땅의 풍요 키우는 하늘의 고운 해,
> 로마에서 받드는 이 나라의 모든 권리,
> 조금 전에 우리에게 자신의 피해를 하소연한
> 　　　순결한 루크리스의 영혼과 피비린 이 칼을 걸고,　1840
> 　　　참된 이 아내의 죽음을 우린 복수할 거요."

그런 다음 그는 자기 손으로 가슴 치고,
서약을 마치려고 치명적인 그 칼에 키스한 뒤
다른 사람들에게 자신의 선서를 재촉한다.
그들은 그에게 놀라며 그의 말을 승인했다.　　　　1845
곧이어 그들은 함께 땅에 무릎 꿇고
　　　브루투스가 앞서 했던 그 깊은 서약을
　　　되풀이한 다음 거기에 맹세했다.

그들은 이 사려 깊은 판결에 맹세한 뒤
죽은 루크리스를 거기에서 들고 나가　　　　　　1850
피 흘리는 시신을 온 로마에 내보여
타르퀸의 더러운 범죄를 공표키로 결정했다.

1835행 카피톨 유피테르, 유노, 미네르바의 신전이 있는 로마에서 가장 신성한 장소.

그 일은 신속하게 부지런히 실행됐고
　　　로마인들은 타르퀸의 영원한 추방에
　　박수로써 그들의 동의를 표시했다.　　　　1855

불사조와 산비둘기

The Phoenix and the Turtle

역자 서문

　이 책에 실린 『셰익스피어 소네트』와 『비너스와 아도니스』, 『루크리스의 강간』에 관해서는 아무런 위작 시비가 없다. 모든 셰익스피어 학자들이 셰익스피어의 창작이 틀림없다고 말한다. 하지만 그 밖에 셰익스피어의 작품이라고 알려진 시들은 끊임없이 그 진위를 의심받고 있다. 따라서 이번 전집에는 셰익스피어의 창작으로 거의 확실시되는 시 한 편만 싣는다. 그것은 다름 아닌 '불사조와 산비둘기'라는 제목으로 알려진 시다.
　이 시가 세상에 나온 경위는 이렇다. 1601년에 로버트 체스터(Robert Chester)라는 시인이 '사랑의 순교자'라는 제목의 장시와 그 부록으로 여러 다른 작가의 시들을 모은 시집을 발간하였다. 이 시집에 셰익스피어의 이름이 붙었으나 제목은 없는 시가 한 편 있었는데 그것이 나중에 「불사조와 산비둘기」로 알려지게 되었다. 이 시집에서 여러 시인이 공통으로 다루는 주제는 바로 불사조와 산비둘기였고, 일반적으로 불사조는 엘리자베스 여왕을, 그리고 충성스러운 신하를 상징하는 산비둘기는 존 솔루스베리 경(Sir John Salusbury)을 가리키는 것으로 해석된다. 체스터는 그의 시집을 솔루스베리 경에게 헌정하였고, 솔루스베리 경이 1601년 여왕으로부터 받은 기사 작위를 기념하기 위해 출판한 것으로 보이기 때문이다. 그러나 불사조와 산비둘기를 순전히 상징적인 의미로 읽는다거나 두 동물을 다른 인물들과 연관 지을 수도 있어서 지금까지 모두가 만족하는 해석은 없으며, 셰익스피어의 작품 중 가장 난해한 시로 알려져 있다.
　끝으로 이번 번역은 캐서린 덩컨 존스(Katherine Duncan-Jones)

와 우드후이센(H. R. Woudhuysen) 편집의 아든(The Arden Shakespeare) 제3판 『셰익스피어의 시(*Shakespeare's Poems*)』를 기본으로 하고, 블레이크모어 에번스(G. Blakemore Evans) 편집의 리버사이드 셰익스피어(The Riverside Shakespeare) 판과 조너선 베이트(Jonathan Bate)와 에릭 라스무센(Eric Rasmussen) 편집의 RSC(Royal Shakespeare Company) 판을 참조하였다. 본문의 주에 언급되는 '아든' 또는 '리버사이드'는 이들 판본을 가리킨다. 또한 편리함을 목적으로 시의 행수를 5단위로 명기하였다.

하나뿐인 아라비아 나무에서
가장 크게 노래하는 이 새가
구슬픈 나팔의 전령 되고,
그 소리 순결한 조류는 따르라.

하지만 너 끽끽대는 예고자,   5
악마의 더러운 앞잡이,
열병의 끝을 보는 점쟁이는
이 무리 가까이 오지 마라.

포악한 날짐승은 모조리
이 모임에 못 오게 막아라,   10
깃털의 왕 독수리만 빼놓고.
이 장례를 그렇게 엄수하라.

중백의 차려입은 신부님을
고별의 음악을 알 터이니,
진혼곡이 제 몫을 다하도록   15

2행 이 새 정확하게 어느 새인지에 대해 많은 논란이 있지만 가장 큰 목쇄를 가졌다는 것 외에 분명히 밝혀진 사실은 없다.(아든)

5행 너 뒤따르는 설명으로 보건대 부엉이를 가리키는 것 같다.
16행 백조 전설에 의하면 이 새는 다가오는 자신의 죽음을 알 수 있고 그때서야 울 수 있다고 한다.

죽음을 감지한 백조로 삼으라.

　　　그리고 세 곱 수명 까마귀야,
　　　넌 들숨과 날숨을 주고받아
　　　칠흑 같은 네 자손을 만드니까
　　　우리의 문상객에 넣어 주마.　　　　　　　　　　20

　　　여기에서 만가는 시작된다.—
　　　사랑과 절개는 죽었다,
　　　불사조와 산비둘기 사라졌다,
　　　같은 불길 속에서 여길 떴다.

　　　그들은 두 사랑이 본질에서　　　　　　　　　25
　　　두 개체가 분리되지 않은 채
　　　단 하나인 것처럼 사랑했다,
　　　사랑에서 수는 녹아 버리니까.

　　　두 마음은 멀어져도 안 떨어져
　　　산비둘기와 그의 여왕 사이에　　　　　　　　30
　　　거리는 있지만 공간은 없었고,
　　　남의 일이라면 놀라웠을 것이다.

　　　사랑은 둘 사이에서 몹시 빛나
　　　산비둘기는 불사조의 눈에서

17행 세…수명 즉 인간보다.
18행 들숨…주고받아 부리를 비비며 숨결　방법이라고 여겨졌다.(아든)
을 주고받는 것이 까마귀가 새끼를 낳는　30행 그의 여왕 불사조를 말한다.

그 자신이 타오르는 걸 보았고,   35
양쪽은 서로 내 것이었다.

개체성이 이렇게 날아가서
각자는 전과 같지 않았고,
단일한 본성 가진 두 이름은
둘로도 하나로도 불리지 않았다.   40

이성은 자체 혼란 속에서
분리된 게 합치는 걸 보았고,
양쪽은 미분화 상태에서
단순한 것끼리 아주 잘 결합했다.

그래서 외쳤다. "이 조화된 하나는   45
얼마나 꿋꿋한 둘로 보이는가!
갈라진 게 붙을 수 있다면
사랑은 조리 있고 이성은 없구나."

그리하여 이성은 이 비가를
공동 지존이면서 사랑의 별들인   50
불사조와 비둘기를 위해 짓고,
그들의 비극을 해설하게 되었다.

45행 외쳤다 이 동사의 주어는 이성이다. 다른 개체의 결합이므로 위의 모순을 설
47행 사랑은⋯없구나 사랑의 본질은 두 명할 수 있고 이성은 그렇게 못 하는구나.

비가

미와 절개, 그리고 탁월성,
소박함이 가득한 우아함은
여기 담긴 재에 들어 있노라.　　　　　　　　　55

죽음 이제 불사조의 둥지이고,
산비둘기의 충실한 가슴은
영원한 안식을 취하노라.

후손을 남기기 않은 것은
그들의 허약함이 아니라
결혼 속의 순결 때문이었다.　　　　　　　　　60

절개는 있는 것 같아도 없으며
뽐내는 미, 그런 건 있지 않다.
절개와 미는 묻혀 버렸으니까.

절개가 있거나 깨끗한 자들은　　　　　　　　65
이 항아리 쪽으로 와 한숨 쉬며
이 죽은 새들 위해 기도하라.

66행 항아리 죽은 자들의 재가 담긴 그릇.

작가 연보

1564년　　　　아버지 존 셰익스피어와 어머니 메리 아든의 장남으로
　　　　　　　스트랫퍼드어폰에이번에서 태어남. 4월 26일 세례 받음.

1582년　　　　11월 여덟 살 연상의 앤 해서웨이와 결혼.

1583년　　　　딸 수재너 태어남. 5월 26일 세례 받음.

1585년　　　　아들 햄닛과 딸 주디스(쌍둥이) 태어남. 2월 2일 세례 받음.

1588–1589년　런던에서 최초의 극작품들이 공연됨.

1588–1590년　식구들을 두고 런던으로 감.

1590–1591년　3부작 『헨리 6세(Henry VI)』.

1592–1594년　시집 『비너스와 아도니스(Venus and Adonis)』,
　　　　　　　『루크리스의 강간(The Rape of Lucrece)』 출간.
　　　　　　　두 시집 모두 사우샘프턴 백작에게 헌정.
　　　　　　　로드 체임벌린스 멘 극단의 주주가 됨.
　　　　　　　『리처드 3세(Richard III)』,
　　　　　　　『실수 희극(The Comedy of Errors)』,
　　　　　　　『티투스 안드로니쿠스(Titus Andronicus)』,
　　　　　　　『말괄량이 길들이기(The Taming of the Shrew)』,
　　　　　　　『베로나의 두 신사(The Two Gentlemen of Verona)』.

1595-1597년	『사랑의 헛수고(Love's Labour's Lost)』,
	『존 왕(King John)』, 『리처드 2세(Richard II)』,
	『로미오와 줄리엣(Romeo and Juliet)』,
	『한여름 밤의 꿈(A Midsummer Night's Dream)』,
	『베니스의 상인(The Merchant of Venice)』,
	『헨리 4세 1부(Henry IV, Part 1)』,
	『윈저의 즐거운 아낙네들(The Merry Wives of Windsor)』.
1596년	아들 햄닛 사망.
	부친의 문장을 사용하는 것을 허가받음.
1597년	스트랫퍼드에서 뉴 플레이스 저택 구입.
1598-1599년	『헨리 4세 2부(Henry IV, Part 2)』,
	『대단한 헛소동(Much Ado About Nothing)』,
	『헨리 5세(Henry V)』, 『줄리어스 시저(Julius Caesar)』,
	『좋으실 대로(As You Like It)』.
	셰익스피어의 극단이 새로운 글로브 극장으로 옮겨 감.
1600년	『햄릿(Hamlet)』.
1601-1602년	시집 『불사조와 산비둘기(The Phoenix and the Turtle)』 출간.
	『십이야(Twelfth Night, or What You Will)』,
	『트로일로스와 크레시다(Troilus and Cressida)』,
	『끝이 좋으면 다 좋다(All's Well That Ends Well)』.
1601년	부친 사망. 9월 8일 장례.

1603년	엘리자베스 여왕 사망. 스코틀랜드의 제임스 6세가 영국의 제임스 1세가 됨. 셰익스피어의 극단이 킹스 멘이 됨.
1604년	『잣대엔 잣대로(Measure for Measure)』, 『오셀로(Othello)』.
1605년	『리어 왕(King Lear)』.
1606년	『맥베스(Macbeth)』, 『안토니와 클레오파트라(Antony and Cleopatra)』.
1607년	6월 5일 딸 수재너 결혼.
1607 – 1608년	『코리올레이너스(Coriolanus)』, 『아테네의 티몬(Timon of Athens)』, 『페리클레스(Pericles)』.
1608년	모친 사망. 9월 9일 장례.
1609 – 1610년	『심벌린(Cymbeline)』, 『겨울 이야기(The Winter's Tale)』. 『소네트(Sonnets)』 출간. 셰익스피어의 극단이 블랙프라이어스 극장을 매입.
1611년	『태풍(The Tempest)』. 스트랫퍼드로 은퇴.
1612 – 1613년	『헨리 8세(Henry VIII)』, 『카르데니오(Cardenio)』, 『두 귀족 친척(The Two Noble Kinsman)』.

1616년   2월 10일 딸 주디스 결혼.
         스트랫퍼드에서 4월 23일 사망.

1623년   글로브 극장 시절의 동료 배우 존 헤밍과 헨리 콘델이
         편집한 셰익스피어의 극작품들이 이절판으로 출판됨.
         부인 앤 해서웨이 사망.

셰익스피어 전집 10
소네트·시

1판 1쇄 펴냄. 2016년 4월 19일
1판 2쇄 펴냄. 2024년 10월 2일

지은이. 윌리엄 셰익스피어
옮긴이. 최종철
발행인. 박근섭·박상준

펴낸곳. (주)민음사
출판등록 1966. 5. 19. 제16-490호
주소. 서울시 강남구 도산대로1길 62(신사동)
　　　강남출판문화센터 5층(우편번호 06027)
대표전화. 02-515-2000 | 팩시밀리 02-515-2007
홈페이지. www.minumsa.com

ⓒ 최종철, 2016. Printed in Seoul, Korea

978-89-374-3130-2 04840
978-89-374-3120-3 (세트)

* 잘못 만들어진 책은 구입처에서 교환해 드립니다.

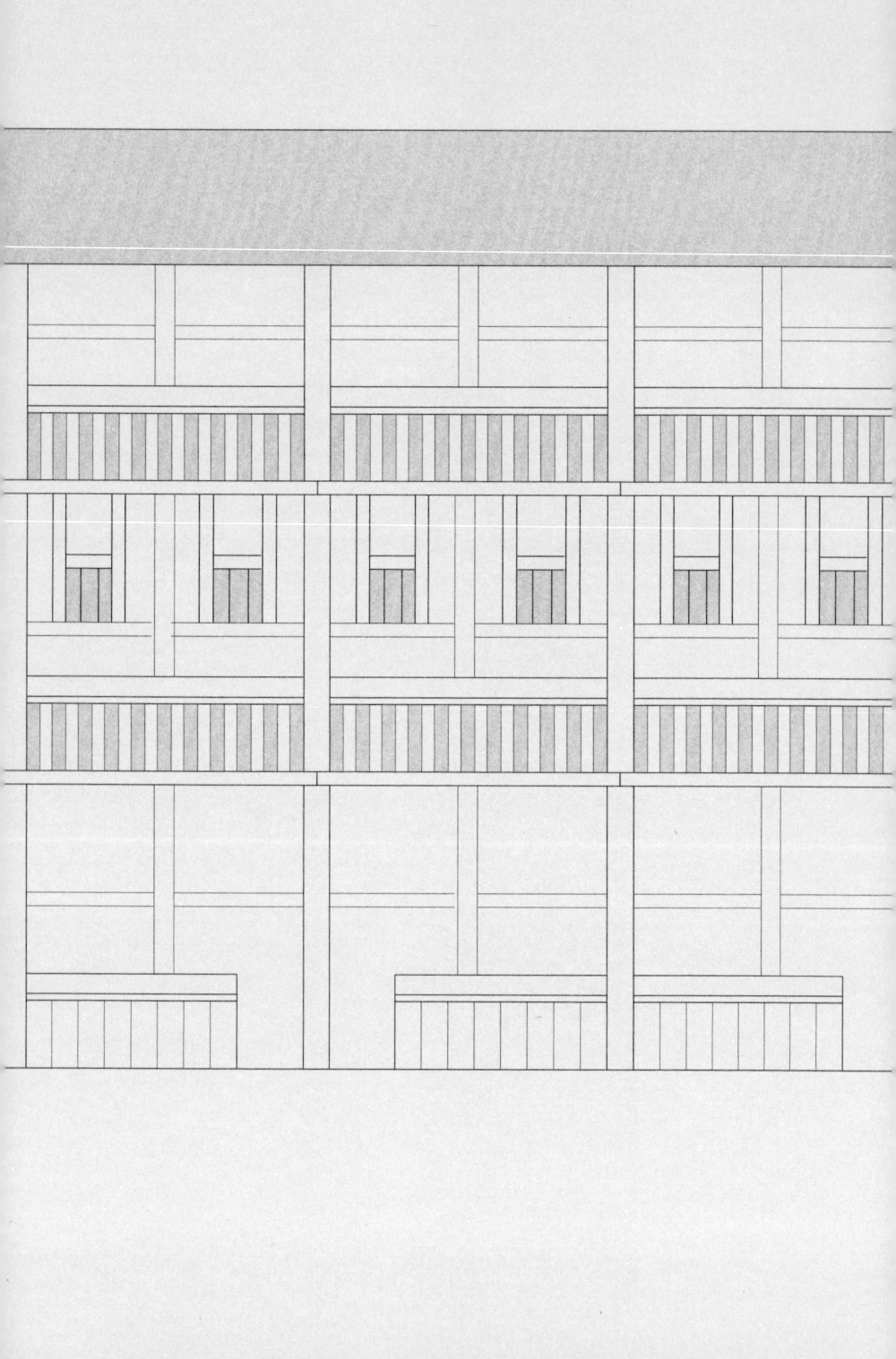